我很重要

毕淑敏 / 著

毕淑敏经典散文
学生读本

山东文艺出版社

图书在版编目（CIP）数据

我很重要:毕淑敏经典散文学生读本/毕淑敏著. —济南：山东文艺出版社,2016.6
ISBN 978-7-5329-5268-7

Ⅰ.①我… Ⅱ.①毕… Ⅲ.①散文集—中国—当代 Ⅳ.①I267

中国版本图书馆 CIP 数据核字(2016)第 106277 号

我很重要

毕淑敏经典散文学生读本
毕淑敏　著

主管单位	山东出版传媒股份有限公司
出版发行	山东文艺出版社
社　　址	山东省济南市英雄山路 189 号
邮　　编	250002
网　　址	www.sdwypress.com
读者服务	0531-82098776(总编室)
	0531-82098775(市场营销部)
电子邮箱	sdwy@ sdpress.com.cn
印　　刷	山东新华印务有限公司
开　　本	710 毫米×1000 毫米　1/16
印　　张	17　插页/2
字　　数	220 千
版　　次	2016 年 6 月第 1 版
	2023 年 6 月第 2 版
	2024 年 12 月第 3 版
印　　次	2025 年 10 月第 11 次印刷
书　　号	ISBN 978-7-5329-5268-7
印　　数	68001~72000
定　　价	35.00 元

版权专有,侵权必究。如有图书质量问题,请与出版社联系调换。

目 录

第一单元　精读美文

005／我很重要
009／保持惊奇
014／你要学着自己强大
017／教养的证据
021／心理拒绝创可贴
027／行使你的拒绝权
032／珍惜愤怒
034／阅读是一种孤独
037／爱怕什么
040／每只小狗都有一个目标

第二单元　泛读美文

一　你的身体里，必有一颗成功的种子

045／你的身体里，必有一颗成功的种子
047／没有一棵小草自惭形秽

050 / 风不能把阳光打败

052 / 回头是土

054 / 女儿,你是在织布吗

057 / 每天都冒一点险

060 / 九芒星的钥匙

062 / 人生有三件事不可俭省

064 / 第二志愿

068 / 柱子的弹性

二 回家去问妈妈

072 / 友情:这棵树上只有一个果子,叫作信任

074 / 友情如鞭

078 / 回家去问妈妈

082 / 孝心无价

084 / 握紧你的右手

086 / 淑女书女

088 / 让我们倾听

091 / 看着别人的眼睛

095 / 爱的回音壁

098 / 柔和

101 / 谎言三叶草

三 你站在金字塔的第几层

105 / 坦言,心灵的力量

110 / 切开忧郁的洋葱

114 / 发出声音永远是有用的

117 / 蚕是被自己的丝裹住的

121 / 你站在金字塔的第几层

126 / 紧张

132 / 轰毁你心中的魔床

138 / 谈怕

141 / 造心

144 / 千头万绪是多少

149 / 像烟灰一样松散

152 / 疲倦

四 泥沙俱下的生活

157 / 盲人看

160 / 抱着你,我走过安西

180 / 让我们彼此善解人意

181 / 苦难之后

185 / 提醒幸福

189 / 我羡慕你

191 / 世界上最缓慢的微笑

198 / 泥沙俱下的生活

201 / 呵护心灵

206 / 刺玫瑰依然开放

212 / 校门口的红跑车

五 世界那么大,我想去看看

220／旅行使我们谦虚

222／带上灵魂去旅行

226／送你一颗光芒之海

233／心轻者上天堂

235／铁马冰河入梦来

241／昆仑之喝

247／信使

251／冻顶百合

256／翡翠菩提

260／玛瑙人

266／在海参崴闭上眼睛

第一单元 精读美文

毕淑敏经典散文学生读本

亲爱的同学：

　　欢迎你阅读毕淑敏经典散文——精读美文！

　　这里为你呈现10篇毕淑敏老师的经典散文。这10篇文章从毕淑敏老师百余篇散文中精挑细选而来，可谓篇篇精品，字字珠玑。"你要学着自己强大""行使你的拒绝权""珍惜愤怒"……相信这些字眼经常出现在你的生活中。试着仔细地读一读吧，看看毕淑敏老师都有着怎样的见解，能否给你带来新的启迪和收获。

精彩先睹为快

　　我对于我的工作我的事业，是不可或缺的主宰。我的独出心裁的创意，像鸽群一般在天空翱翔，只有我才捉得住它们的羽毛。我的设想像珍珠一般散落在海滩上，等待着我把它用金线串起。我的意志向前延伸，直到地平线消失的远

方……没有人能替代我，就像我不能替代别人。我很重要。（《我很重要》）

到自然中去，造化永远给我们以大惊喜。和寥廓的宇宙相比，个人的得失是怎样的微不足道啊。不要小看山水的洗涤，假如真正同天地对一次话，我们定会惊奇自己重新获得活力。（《保持惊奇》）

我们有很多不完善，但只要宽容待人待己，我们就依然强大。完善可以不懈追求，但不必形成坚硬桎梏。世上的事情就像吃饭，八分饱即是完美。处处尽善尽美，就是一种无言的慢性自杀。（《你要学着自己强大》）

人不是不可以怯懦和懒惰，但他不能把这些陋习伪装成高风亮节，不能由于自己做不到高尚，就诋毁所有做到了这些的人是伪善。你可以跪在泥里，但你不可以把污泥抹上整个世界的胸膛，并因此煞有介事地说到处都是污垢。（《教养的证据》）

我说人生是没有意义的，这不错，但是——我们每一个人要为自己确立一个意义！（《心理拒绝创可贴》）

你也许会发现，你以前不敢拒绝，是怕增添烦恼。但是恰恰相反，拒绝像一柄巨大的梳子，快速地理顺了杂乱无章的日子，使天空恢复明朗。（《行使你的拒绝权》）

没有愤怒的生活是一种悲哀。犹如跳跃的麋鹿丧失了迅速奔跑的能力，犹如敏捷的灵猫被剪掉胡须。当人对一切都无动于衷，当人首先戒掉了愤怒，随后再戒掉属于正常人的所有情感之后，人就在活着的时候走向了永恒，那就是死亡。（《珍惜愤怒》）

阅读是一种精神的按摩，在书页中你嗅得见悲剧的泪痕，

摸得着喜剧的笑靥，可以看清智者额头的皱纹，不敢碰撞勇士鲜血淋淋的创口……（《阅读是一种孤独》）

爱是孕育万物的草原。在这里，能生长出能力、勇气、智慧、才干、友谊、关怀……所有人间的美德和属于大自然的美丽天分，爱都会赠予你。（《爱怕什么》）

我们常常把别人的期待当成了自己的目标，在孩童的时候，这几乎是顺理成章的事情。但是，你会渐渐地长大，无论别人的期望是怎样的美好，它也不属于你。除非有一天，你成功地在自己的心底移植了这个期望，这个期望生根发芽，长成了你的目标。（《每只小狗都有一个目标》）

我很重要

当我说出"我很重要"这句话的时候,颈项后面掠过一阵战栗。我知道这是把自己的额头裸露在弓箭之下了,心灵极容易被别人的批判洞伤。许多年来,没有人敢在光天化日之下表示自己"很重要"。我们从小受到的教育都是——我不重要。

作为一名普通士兵,与辉煌的胜利相比,我不重要。

作为一个单薄的个体,与浑厚的集体相比,我不重要。

作为一位奉献型的女性,与整个家庭相比,我不重要。

作为随处可见的人的一分子,与宝贵的物质相比,我们不重要。

我们——简明扼要地说,就是每一个单独的"我"——到底重要还是不重要?

我是由无数星辰日月草木山川的精华汇聚而成的。只要计算一下我们一生吃进去多少谷物,饮下了多少清水,才凝聚成一具美轮美奂的躯体,我们一定会为那数字的庞大而惊讶。平日里,我们尚要珍惜一粒米、一叶菜,难道可以对亿万粒菽粟亿万滴甘露濡养出的万物之灵,掉以丝毫的轻心吗?

当我在博物馆里看到北京猿人窄小的额和前凸的吻时,我为人类原始时期的粗糙而黯然。他们精心打制出的石器,用今天的目光看来不过是极简单的玩具。如今很幼小的孩童，就能熟练地操纵语言，我们才意识到已经在进化之路上前进了多远。我们的头颅就是一部历史，无数祖先进步的痕迹储存于脑海深处。我们是一株亿万年苍老树干上最新萌发的绿叶，不单属于自身，更属于土地。人类的精神之火，是连绵不断的链条，作为精致的一环，我们否认了自身的重要，就是推卸了一种神圣的承诺。

回溯我们诞生的过程，两组生命基因的嵌合，更是充满了人所不能把握的偶然性。我们每一个个体，都是机遇的产物。

常常遥想，如果是另一个男人和另一个女人，就绝不会有今天的我……

即使是这一个男人和这一个女人，如果换了一个时辰相爱，也不会有此刻的我……

即使是这一个男人和这一个女人在这一个时辰，由于一片小小落叶或是清脆鸟啼的打搅，依然可能不会有如此的我……

一种令人怅然以至走入恐惧的想象，像雾霭一般不可避免地缓缓升起，模糊了我们的来路和去处，令人不得不断然打住思绪。

我们的生命，端坐于概率垒就的金字塔的顶端。面对大自然的鬼斧神工，我们还有权利和资格说我不重要吗？

对于我们的父母，我们永远是不可重复的孤本。无论他们有多少儿女，我们都是独特的一个。

假如我不存在了，他们就空留一份慈爱，在风中蛛丝般飘荡。

假如我生了病，他们的心就会皱缩成石块，无数次向上苍祈祷我的康复，甚至愿灾痛以十倍的烈度降临于他们自身，以换取我的平安。

我的每一滴成功，都如同经过放大镜，进入他们的瞳孔，摄入他们心底。

假如我们先他们而去，他们的白发会从日出垂到日暮，他们的泪水会使太平洋为之涨潮。面对这无法承载的亲情，我们还敢说我不重要吗？

我们的记忆，同自己的伴侣紧密地缠绕在一处，像两种混淆于一碟的颜色，已无法分开。你原先是黄，我原先是蓝，我们共同的颜色是绿，绿得生机勃勃，绿得苍翠欲滴。失去了妻子的男人，胸口就缺少了生死攸关的肋骨，心房裸露着，随着每一阵轻风滴血。失去了丈夫的女人，就是齐崭崭折断的琴弦，每一根都在雨夜长久地自鸣……面对相濡以沫的同道，我们忍心说我不重要吗？

俯对我们的孩童，我们是至高至尊的唯一。我们是他们最初的宇宙，我们是深不可测的海洋。假如我们隐去，孩子就永失淳厚无双的血缘之爱，天倾东南，地陷西北，万劫不复。盘子破裂可以粘起，童年碎了，永不复原。伤口流血了，没有母亲的手为他包扎。面临抉择，没有父亲的智慧为他谋略……面对后代，我们有胆量说我不重要吗？

与朋友相处，多年的相知，使我们仅凭一个微蹙的眉尖、一次睫毛的抖动，就可以明了对方的心情。假如我不在了，就像计算机丢失了一份不曾复制的文件，他的记忆库里留下不可填补的黑洞。夜深人静时，手指在揿了几个电话键后，骤然停住，那一串数字再也用不着默诵了。逢年过节时，她写下一沓沓的贺卡。轮到我的地址时，她闭上眼睛……许久之后，她将一张没有地址只有姓名的贺卡填好，在无人的风口将它焚化。

相交多年的密友，就如同沙漠中的古陶，摔碎一件就少一件，再也找不到一模一样的成品。面对这般友情，我们还好意思说我不重要吗？

我很重要。

我对于我的工作我的事业，是不可或缺的主宰。我的独出心裁的创意，像鸽群一般在天空翱翔，只有我才捉得住它们的羽毛。我的设想像珍珠一般散落在海滩上，等待着我把它用金线串起。我的意志向前延伸，直到地平线消失的远方……没有人能替代我，就像我不能替代别人。我很重要。

我对自己小声说。我还不习惯嘹亮地宣布这一主张，我们在不重要中生活得太久了。我很重要。

我重复了一遍。声音放大了一点。我听到自己的心脏在这种呼唤中猛烈地跳动。我很重要。

我终于大声地对世界这样宣布。片刻之后，我听到山岳和江海传来回声。

是的，我很重要。我们每一个人都应该有勇气这样说。我们的地位可能很卑微，我们的身份可能很渺小，但这丝毫不意味着我们不重要。

重要并不是伟大的同义词，它是心灵对生命的允诺。

人们常常从成就事业的角度，断定我们是否重要。但我要说，只要我们在时刻努力着，为光明在奋斗着，我们就是无比重要地生活着。

让我们昂起头，对着我们这颗美丽的星球上无数的生灵，响亮地宣布——我很重要。

保持惊奇

惊奇，是天性的一种流露。

生命的第一瞬就是惊奇。我们周围的世界，为什么由黑暗变得明朗？周围为什么由水变成了气？温度为什么由温暖变得清凉？外界的声音为何如此响亮？那个不断俯视我们亲吻我们的女人是谁？

……

从此我们在惊奇中成长。

这个世界上，有多少值得惊奇的事情啊。苹果为什么落地，流星为什么下雨，人为什么兵戎相见，史为什么世代更迭……

孩子大睁着纯洁的双眼，面对着未知的世界，不断地惊奇着，探索着，在惊奇中渐渐长大。

惊奇是幼稚的特权，惊奇是一张白纸。

但人是不可以总是惊奇着的。在生命的某一个时辰，你突然因为你的惊奇，遭逢尴尬与嘲笑。你惊奇地发现——惊奇在更多的时候，是稚弱的表现，是少见多怪的代名词，是一种原始蛮荒的状态。

在我们这个崇尚见怪不怪其怪自败，尊重老练成熟的民族心理中，惊奇是如胎发一般的标志。

你想成功吗？你首先需成功地把自己的惊奇掩盖起来。

我们的词典里，印着许多诸如处变不惊、宠辱不惊的词汇，使不惊镀着大将风度的金辉，而惊则屈于永久的贬义。

翻那词典，后面更有了惊慌失措、大惊失色、惊恐万分的形容，惊堕落着，简直就是怯懦、退缩、畏葸的同义词了。

于是人们开始厌恶惊奇。你想做大事吗？一个必备的基本功，就是训练自己丧失惊奇。

你看到爱情远不是传说中那般纯洁，你不要惊奇。

你看到生活远没有书本上描写的那么美好，你不要惊奇。

你看到友谊根本不是故事中那般忠诚，你不要惊奇。

你看到日子绝不如想象中那般绚烂，你不要惊奇……

如果你惊奇了，你就违反了一条透明的规则，会遭到别人阳光下或是暗影里的嘲笑：这个孩子还嫩着呢。

你在一次次碰壁后省悟到：即使你对这个世界还一知半解，你还搞不清问题的全部，但有一点你现在就能做到——那就是——埋葬你的惊奇。

你看到丑恶，假装没有看到，依旧面不改色谈笑风生，人们就会送你人情练达的评价。你听到秽闻，仿佛在那一刻患了突发性的耳聋，脸上毫无表情，人们会感觉你老于世故可以信赖。你被美丽美好美妙的景色感动，只可以默默地藏在心底，脸上切不可露出少见多怪的惊异，人们就会以为你少年老成，有大谋略大气魄，是可做将帅的优良材料。你碰到可歌可泣的人间至情，要把心肠练得硬如钻石，脸不变色心不跳。就算真搅得肝肠寸断，只可夜晚躲在无人处暗自咀嚼，切不可叫人觑了去，落得个柔情寡断的罪名……

现代社会是一只飞速旋转的风火轮，把无数信息强行灌输给我们。见多不怪，我们的心灵渐渐在震颤中麻痹，更不消说有意识地掩饰我们的惊讶，会更猛烈地加速心灵粗糙。在纷繁的灯红酒绿和人为的打磨中，我们必将极快地丧失掉惊奇的本能。

于是我们看到太多矜持的面孔。我们遭遇无数微笑后面的冷淡。我们把惊奇视作一种性格缺憾，我们以为永不惊讶才是人生的至高境界。

细细分析起来，惊奇是由两部分组成的，先有了惊，其次才是奇。如果说惊属于一种对陌生事物认识局限的愕然，奇则是对未知事物积极探讨的萌芽了。

否认了惊，就扼杀了它的同胞兄弟。我们将在无意之中，失去众多丰富自己的机遇。

假如牛顿不惊奇，他也许就把那个包裹着真理的金苹果，吃到自己的小肚子里面了。人类与伟大的万有引力相逢，也许还要迟滞很多年。

假如瓦特不惊奇，水壶盖噗噗响着，一个划时代的发现，就蒸发到厨房的空气中了。我们的蒸汽火车头，也许还要在牛车漫长的辙道里蹒跚亿万公里。

即使对普通人来说，掩盖惊奇，也易闹笑话。一位乡下朋友，第一次住进城里的宾馆。面对盥洗室里那些式样别致的洁具，他想不通人洗一个脸，何至于要如此麻烦。他不会使用这些物件，本来请教一下服务小姐，也就迎刃而解了。可是他不想暴露自己的惊奇，就用地上一个雪白的盛着半盆水的瓷器，洗了脸。后来他才知道，那是马桶。

这当然是一个极端的例子了。我之所以把它写在这里，绝无幸灾乐祸之意。现代社会令人眼花缭乱，每个人在某种意义上说，都是孤陋寡闻的。你在你的行业里是专家里手，在其他领域，完全可能是白痴。这不是羞愧的事情，坦率地流露惊奇，表示自己对这一方面的无知以及求知的探索，是一种可嘉的勇气。

我认识一位老人，一天兴致勃勃地同我探讨电脑的种种输入方法，他整整82岁了,肾脏功能已经衰竭,我坚信他这一辈子也不可能在电脑键盘上敲出一个字。他在自己的专业范畴里,是一位德高望重的长者,但对电脑的理解多有谬误,就连我这个二把刀也听出了许多破绽。但是老人家充满探索之光的惊奇的眼神,却在这一瞬像探照灯一样扫过我的灵魂。面对他青筋暴突微微颤抖的手,我想,不知我这一生可否活得这样高寿?不论我生命的历程有多长,我一定要记得这目光炯炯的惊奇,学习他对世界的这份挚爱。绝不仅仅沉浸在熟悉的航道,要始终保持对辽阔海域的探索,直到我最后一次呼吸。

惊奇是一种天然,而不是制造出来的。它是真情实感的火花。一块滚圆的鹅卵石,便不再会惊讶江河的波涛。惊奇蕴涵着奋进的活力。

惊奇不仅仅是幼稚,惊奇不仅仅是无知,惊奇是在它们基础上的深化和挺进。

你既然惊奇了,你就要探索这奥妙。你既然惊奇了,你就不能仅仅止于惊奇。爱好惊奇的人,也需将惊奇转化为平凡。消灭惊奇的过程,也就是学习的过程,惊奇在熟悉中淡化,才干在惊奇中成长。

世界是没有止境的,惊奇也是没有止境的。惊奇是流动的水,它使我们的思想翻滚着,散发着清新,抗拒着腐烂。

在城市里待得久了,常常使我们丧失惊奇的本能。我们蟮一样滑行着,浑身粘满市侩的黏液。

到自然中去,造化永远给我们以大惊喜。和寥廓的宇宙相比,个人的得失是怎样的微不足道啊。不要小看山水的洗涤,假如真正同天地对一次话,我们定会惊奇自己重新获得活力。

如果无法到自然中去,就同与自己没有利害关系的从小的朋友,做一次促膝的谈心。利害关系这件事,实在是交友的大敌。我不相信有永久的利益,我更珍视患难与共的友谊。长留史册的,不是锱铢必较的利益,而是肝胆相照的情分。和朋友坦诚地交往,会使我们留存着对真情的敏感，会使我们的眼睛抹去云翳，心境重新开朗，惊奇就在这清明的心境中，翩翩来临了。

假如既没有自然可以依傍，又没有朋友可以信赖，真是人生的大憾事。只有在静夜中同自己对话，回忆那些经历中最美好的片段，温习曾经使心灵震撼的镜头。它也许是很小的一朵旷野花，也许是冬天的一盏红灯笼，也许是苍茫的大漠暮色，也许是雄浑激荡的乐曲……总之，那是独属于你的一份秘密，只有你才知道它对于你的惊奇的意义。古语说：学而时习之，不亦说乎。复习以往我们情感中最精彩的片段，常常会使我们整旧如新。

保持惊奇，我常常这样对自己说。它是一眼永不干涸的温泉，会有汩汩的对于世界的热爱，蒸腾而起，滋润着我们的心灵。

你要学着自己强大

小时候学古诗，杜甫的这几句背得熟："挽弓当挽强，用箭当用长。射人先射马，擒贼先擒王。"主要是因为它像个童谣，或者说简直是个顺口溜。

问过大人，"挽强"是什么意思。大人说，强就是指弓很硬，拉这种弓要用大力气，好处是射得远。从此把"强"和弓联系起来，再说，谁让这个强字的偏旁部首就是个"弓"呢？更是和弓箭逃不脱干系了。

渐渐年长，才知这个"强"字的根源，和弓箭并没有丝毫相关，那答案真是匪夷所思，本意居然说的是一枚虫。这要从"强"的繁体"強"说起，它原本的模样是在"弘扬"的"弘"字右下角嵌进了个"虫"字组成。改成简体字的时候，将"弘"的右半边改成了一个"口"，让无限的深意丢却了注脚。它原本是什么意思呢？"虫"指代的是单一的卑微生命。不过若这小虫把体内的精神弘扬出来，就构成了坚强雄厚的力量。

这个字里蕴含的能量，让人心意难平。"强"字像个微电影，描绘了一条卑弱小虫的奋斗史。

再来说说这个"大"字。

有一些字,因为太熟稔,念起它们的时候,就像嘴巴接触了牙膏,虽知是异物,却难得留心思谋它的深意。"大"是什么意思呢?就是范围广,高度高,体积阔吧?估计大多数人都会同意这个解释。

"大"的本义,其实和范围高度什么的毫无关系,就是非常单纯地独指一个人。

汉字是象形字,在甲骨文里,这个"大"字伸胳膊撂腿,就是一个人的体态临摹。西周战国之后大行其道的金文中,"大"也是笔触鲜明、四肢俱全的人形。与甲骨文笔道细弱的"大"字相比,金文粗肥猛壮,把人的形象镌刻得更雄硕伟岸。

等到了小篆和现代文字,这个"大"字就和人的形状渐行渐远,一时让人想不起命名它时的初心,不那么相似了。

"强大"是"强"和"大"组成的一个铿锵有力的词。你看到它,不由得会挺起胸膛浑身充满能量。但倘若问某人,你觉得自己强大吗?大多数都会说,我还不够强大,我希望自己有一天会强大起来。

然而,错了。我们每个人,本身就是强大的。强大的原意指的就是一个卑微如虫的生命,只要将精神弘扬出来,它就有力量。只要你是一个人,天然就强大。

爱因斯坦说过:有百折不挠的信念所支持的人的意志,比那些似乎是无敌的物质力量有更强大的威力。

我们孜孜以求的强大,以为远在天边的强大,以为要靠什么人赐予或是相助才能达到的境界,其实原驻于自己身上。

一个再弱小的人,也比一条虫子要有力量。

所以,强大并不难,难的是我们不自知自己的强大。这真是天下第一大悲剧。我们四处寻找的东西,我们以为自己一生也不可能具备的东西,其实从未须臾离开过我们。

我们要学习的不是如何让自己强大起来，而是让自己原本就具有的强大，拂去尘埃，闪闪发光，铮铮作响。

毛笔就在我们手里，墨汁瓶盖已经打开。如果你的时间足够，慢慢研磨墨汁也是极好。总之万事俱备，只等我们用自己的心和手，书写人生的美丽篇章。

我们有很多瑕疵，但只要内心坚定，我们就依然强大。我们可以修补自己的瑕疵，也可以携带着瑕疵前进。这个世界上没有瑕疵的人根本没有出生。

我们有很多不完善，但只要宽容待人待己，我们就依然强大。完善可以不懈追求，但不必形成坚硬桎梏。世上的事情就像吃饭，八分饱即是完美。处处尽善尽美，就是一种无言的慢性自杀。

我们常常受伤，伤痕累累。不过，听说只有一生都圈养在棉花堡中的牲畜，才不会受伤，留待把它们的皮毛制成贵人的衣裳。我们要和命运厮杀，哪里能不受伤，受伤不是耻辱，而是勋章。强大也会受伤，只不过修复的能力比较强，速度比较快，能够在更短的时间内重上战场。

据说每个人每天都会和自己进行5 000次对话，其中绝大多数话语都是在否定自己。比如说：我很差，我无力，我不行，我要等等看，哦，算了……这一切的根源，都来自我们认定自己不强大。

"你生而有翼，为何竟愿一生匍匐前进，形如虫蚁？"这是贾拉尔·阿德丁·鲁米的诗，每当读起，我都心生痛楚的觉醒。

希望从今天开始，我们对自己说的第5 001次话是——我已学会了自己强大。

教养的证据

教养是个高频词。时下，如果说某人没教养，就是大批评大贬义了。如果说一个女人没教养，简直就如同说她是三陪小姐了。

什么叫教养呢？词典上说是"文化和品德的修养"，但我更愿意理解为"因教育而养成的优良品质和习惯"。

一个人可以受过教育，但他依然是没有教养的。就像一个人可以不停地吃东西，但他的肠胃不吸收，竹篮打水一场空，还是骨瘦如柴。不过这话似乎不能反过来说——一个人没有受过系统的教育，他却能够很有教养。

教养不是天生的。一个小孩子如果没有人教给他良好的习惯和有关的知识，他必定是愚昧和粗浅的。当然，这个"教"是广义的，除了指入学经师，也包括家长的言传身教和环境的耳濡目染。

教养和财富一样，是需要证据的。你说你有钱不成，得拿出一个资产证明。教养的证据不是你读过多少书，家庭背景如何显赫，也不是你通晓多少礼节规范，能够熟练使用刀叉会穿晚礼服……这些仅仅是一些表面的气泡，最关键的证据可能有如下若干。

热爱大自然。把它列为有教养的证据之首，是因为一个不懂得敬畏大自然，不知道人类渺小的人，必是井底之蛙，与教养谬之千里。

这也许怪不得他，因为如果不经教育，一个人是很难自发地懂得宇宙之大和人类的微薄的。没有相应的自然科学知识，人除了显得蒙昧和狭隘以外，注定也是盲目傲慢的。之所以从小就教育孩子要爱护花草，正是这种伟大感悟的最基本的训练。若是看到一个成人野蛮地攀折林木，通常人们就会毫不迟疑地评判道——这个人太没有教养了。可见教养和绿色是紧密地联系在一起。懂得与自然协调地相处，懂得爱护无言的植物的人，推而广之，他多半也可能会爱惜更多的动物，爱护自己的同类。

　　一个有教养的人，应该能够自如地运用公共的语言，表达自己的内心和同他人交流，并能妥帖地付诸文字。我所说的公共语言，是指大家——从普通民众到知识分子都能理解的清洁和明亮的语言，而不是某种狭窄的土语俚语或者某特定情境下的专业语言。这个要求并非画蛇添足，在这个千帆竞发的时代，太多的人，只会说他们那个行业的内部语言，只会说机器仪器能听懂的语言，却不懂得和人亲密地交流。这不是一个批评，而是一个事实。和人的交流的掌握，特别是和陌生人的沟通，通常不是自发产生的，是要通过学习和练习来获得的。一个没有受过教育的人，他所掌握的词汇是有限和贫乏的，除了描绘自己的生理感受，比如饿了、渴了、睡觉以及生殖的欲望之外，他们对于自己的内心感知甚为模糊，因为那些描述内心感受的词汇，通常是抽象和长于比兴的。不通过学习，难以明确恰当地将它表达出来。那些虽然拥有一技之长，但无法精彩地运用公共语言这种神圣的媒介，来沟通和解读自我心灵的人，难以算是一个有教养的人。技术是用来谋生的，而仅仅具有谋生的本领是不够的。就像豺狼也会自发地猎取食物一样，那是近乎无需教育也可掌握的本能。而人，毫无疑问地应比豺狼更高一筹。

　　一个有教养的人，对历史有恰如其分的了解，知道生而为人，我们走过了怎样曲折的道路。当然，教养并不能使每个人都像历史学家那样博古通今，但是教养却能使一个有思考爱好的人，知晓我们是从哪里来，要到哪里去。教养通过历史，使我们不单活在此时此刻，也活在从前和以后，如同生活在一条奔腾的大河里，知道泉眼和海洋的方向。

　　一个有教养的人，除了眼前的事物和得失以外，他还会不由自主地想到他远大的目标。教养把人的注意力拓展了，变得宏大和光明。每一个个体都有沉没在黑暗峡谷的时刻，当你跋涉和攀援其中，虽然伤痕累累，因为你具有的教养，确知时间是流动的，明了暂时与永久。相信在遥远的地方，定有峡谷的出口，那里有瀑布在轰鸣。

　　一个有教养的人，特别是女人，对自己的身体，有着亲切的了解和珍惜之情。知道它们各自独有的清晰的名称，明了它们是精致和洁净的，身体的每一部分都有着不可替代的功能，并无高低贵贱的区别。她知道自己的快乐和满足，有很大的一部分是建筑在这些功能灵敏的感知上和健全的完整上的。她也毫无疑义地知道，她的大脑是她的身体的主宰。她不会任由她的器官牵制她的所作所为，她是清醒和有驾驭力的。她在尊重自己身体的同时，也尊重他人的身体。在尊重自我的权利的同时，也尊重他人的权利。在驰骋自我意志的骏马时，也精心维护着他人的茵茵草地。

　　一个有教养的人，对人类种种优秀的品质，比如忠诚、勇敢、信任、勤勉、互助、舍己救人、临危不惧、吃苦耐劳、坚贞不屈……充满敬重敬畏敬仰之心。不一定每一个人都能够身体力行，但他们懂得爱戴和歌颂。人不是不可以怯懦和懒惰，但他不能把这些陋习伪装成高风亮节，不能由于自己做不到高尚，就诋毁所有做到了这些的人是伪善。你可以跪在泥里，但你不可以把污泥抹上整个世界的胸膛，并因此煞有介事地说到处都是污垢。

有教养的人知道害怕。知道害怕是件有意义有价值的事情。它表示明了自己的限制,知道世上有一些不可逾越的界限。知道世界上有阳光,阳光下有正义的惩罚。由于害怕正义的惩罚,因而约束自我,是意志力坚强的一种体现。

有教养的人知道仰视高山和宇宙,知道仰视那些伟大的发现和人格,知道对自己无法企及的高度表达尊重,而不是糊涂地闭上眼睛或是居心叵测地嘲讽。

教养是不可一蹴而就的。教养是细水长流的。教养是可以遗失也可以捡拾起来的。教养也具有某种坚定的流传和既定的轨道性。教养是一些习惯的总和,在某种程度上,教养不是活在我们的皮肤上,是繁衍在我们的骨髓里。教养和遗传几乎是不相关的,是后天和社会的产物。教养必须要有酵母,在潜移默化和条件反射的共同烘烤下,假以足够的时日,才能自然而然地散发出香气。教养是衡量一个民族整体素质的一张X片子。脸面上可以依靠化妆繁花似锦,但只有内在的健硕,才经得起冲刷和考验,才是力量的象征。

心理拒绝创可贴

我有过若干次讲演的经历,在北大和清华,在军营和监狱,在农村土坯搭建的课堂和美国最奢华的私立学校……面对从医学博士到纽约贫民窟的孩子等各色人群,我都会很直率地谈出对问题的想法。在我的记忆中,有一次的经历非常难忘。

那是一所很有名望的大学,约过我好几次了,说学生们期待和我进行讨论。我一直推辞,我从骨子里不喜欢演说。每逢答应一桩这样的公差,就要莫名地紧张好几天。但学校方面很执著,在第N次邀请的时候说该校的学生思想之活跃甚至超过了北大,会对演讲者提出极为尖锐的问题,常常让人下不了台,有时演讲者简直是灰溜溜地离开学校。

听他们这样一讲,我的好奇心就被激励起来,我说,我愿意接受挑战。于是,我们就商定了一个日子。

那天,大学的礼堂挤得满满,当我穿过密密的人群走向讲台的时候,心里涌起怪异的感觉,好像是"文革"期间的批斗会场,不知道今天将有怎样的场面出现。果然,从我一开始讲话,就不断地有条子递上来,不一会儿,就在手边积成了厚厚一堆,好像深秋时节被清洁工扫起的落叶。我一边讲课,一边充满了猜测,不知树叶中潜伏着怎样的思想炸弹。讲演告一段落，进入回答问题阶段，我迫不及待地打开了堆积如山的纸条，一张张阅读。那一瞬，台下变得死寂，偌大的礼堂仿若空无一人。

我看完了纸条，说，有一些表扬我的话，我就不念了。除此之外，纸条上提的最多的问题是——"人生有什么意义？请你务必说真话，因为我们已经听过太多言不由衷的假话了。"

我念完这个纸条以后，台下响起了掌声。我说你们今天提出这个问题很好，我会讲真话。我在西藏阿里的雪山之上，面对着浩瀚的苍穹和壁立的冰川，如同一个茹毛饮血的原始人，反复地思索过这个问题。我相信，一个人在他年轻的时候，是会无数次地叩问自己——我的一生，到底要追索怎样的意义？

我想了无数个晚上和白天，我终于得到了一个答案。今天，在这里，我将非常负责地对大家说，我思索的结果是：人生是没有任何意义的！

我这句话说完，全场出现了短暂的寂静，如同旷野。但是，紧接着，就响起了暴风雨般的掌声。

那是我在讲演中获得的最激烈的掌声。在以前，我从来不相信有什么"暴风雨般的掌声"这种话，觉得那只是一个拙劣的比喻。但这一次，我相信了。我赶快用手做了一个"暂停"的手势，但掌声还是绵延了若干时间。

我说，大家先不要忙着给我鼓掌，我的话还没有说完。我说人生是没有意义的，这不错，但是——我们每一个人要为自己确立一个意义！

是的，关于人生的意义的讨论，充斥在我们的周围。很多说法，由于熟悉和重复，已让我们从熟视无睹滑到了厌烦。可是，这不是问题的真谛。真谛是，别人强加给你的意义，无论它多么正确，如果它不曾进入你的心理结构，它就永远是身外之物。比如我们从小就被家长灌输过人生意义的答案。在此后漫长的岁月里，谆谆告诫的老师和各种类型的教育，也都不断地向我们批发人生意义的补充版。但是，有多少人把这种外在的框架，当成了自己内在的标杆，并为之下定了奋斗终生的决心？

那一天结束讲演之后，我听到有同学说，他觉得最大的收获是听到有一个活生生的中年人亲口说，人生是没有意义的，你要为之确立一个意义。

其实，不单是中国的青年人在目标这个问题上飘忽不定，就是在美国的著名学府哈佛大学，也有很多人无法在青年时代就确立自己的目标。我看到一则材料，说某年哈佛的毕业生临出校门的时候，校方对他们做了一个有关人生目标的调查。结果是27%的人，完全没有目标。60%的人目标模糊。10%的人有近期目标。只有3%的人，有着清晰而长远的目标。

25年过去了，那3%的人不懈地朝着一个目标坚忍努力，成了社会的精英，而其余的人，成就要相差很多。

我之所以提到这个例子，是想说明在人生目标的确立上面，无论中国还是外国的青年，都遭遇到了相当程度的朦胧或是混沌状态。有人会说，是啊，那又怎么样？我可以一边慢慢成长，一边寻找自己的人生意义啊。我平日也碰到很多青年朋友，诉说他们的种种苦难。我在耐心地听完那些折磨他们的烦心事之后，把他们渴求帮助的目光撇在一旁，我会问，你的人生目标是什么呢？

他们通常会很吃惊，好像怀疑我是否听懂了他们的愁苦，甚至恼怒我为什么对具体的问题视而不见，而盘问他们如此不着边际的空话。更有甚者，以为我根本就没有心思听他们说话，自己胡乱找了个话题来搪塞。

我会迎着他们疑虑的目光，说，请回答我的这个问题，你为什么而活着呢？

年轻人一般会很懊恼地说，这个问题太大了，和我现在遇到的事没有一点关联。我会说，你错了。世上的万物万事都有关联。有人常常以为心理上的事只和单一的外界刺激有关，就事论事，其实心理和人生的大目标有着纲举目张的紧密接触。很多心理问题，实际上都是人生的大目标出现了混乱和偏移。

举个例子。一个小伙子找到我，说他为自己说话很快而苦恼，他交了一个女朋友，感情很好。但女孩子不喜欢他说话太快。一听他口若悬河滔滔不绝地说个没完，女孩就说自己快变成大头娃娃了。还说如果他不改掉这毛病，就不能把他引荐给自己的妈妈，因为老人家最烦的就是说话爱吐唾沫星子的人。

你说我怎么才能改掉说话太快的毛病？他殷切地看着我，闹得我都觉得如果不帮他这个忙，简直就成了毁掉他一生的爱情和事业的凶手。

我说，你为什么要讲话那么快呢？

他说，如果慢了，我怕人家没有耐心听完我的话。您知道，现今的社会，节奏那么快，你讲慢了，人家就跑了。

我说，如果按照你的这个观点发挥下去，社会节奏越来越快，你岂不是就得说绕口令了？你的准丈母娘并不是这样的人啊，她就喜欢说话速度慢一点并且注意礼仪的人啊。

他说，好吧，就算你说的这两种人都可以并存，但我还是觉得说话快一些，比较占便宜，可以在单位时间内传达更多的信息。

我说，那你的关键就是期待别人能准确地接受你的信息。你以为只有快速发射信息才是唯一的途径。你对自己的观点并不自信。

他说，正是这样。我生怕别人不听我的，我就快快地说，多多地说。

当他这样说完之后，连自己也笑起来。我说，其实别人能否接受我们的观点，语速并不是最重要的。而且，你能告诉我，你为什么这样在意别人是否能接受你的观点？

这个说话很快的男孩突然语塞起来，忸怩着说，我把理想告诉你，你可不要笑话我。

我连连保证绝不泄密，他说，我的理想是当一个政治家。所有的政治家都很雄辩，你说对吧？

我说，这咱们就比较接触到了问题的实质。要当一个政治家，第一要自信。他们的雄辩不是来自速度，而来自信念。一个自信的人，不论说话快还是慢，他们对自我信念的坚守流露出来，会感染他人。我知道你有如此远大的理想，这很好。你要做的事，不是把话越说越快，而是积攒自己的力量，让自己的信念更加坚定。

那一天的谈话就到此为止，后来，这个男生告诉我，他讲话的速度就慢了下来，也被批准见到了自己的准丈母娘，听说很受欢迎。

这厢刚刚解决了一个说话快的问题，紧接着又来了一位女硕士，说自己的心理问题是讲话太慢，周围的人都认为她有很深的城府，不敢和她交朋友，以为在她那些缓慢吐出的话语背后，隐藏着怎样的阴谋。

我试了很多方法，却无法让自己说话快起来，烦死了。她慢吞吞地对我这样说，语速的确有一种压抑人的迟缓，好像在话的背后还隐藏着另一句话。

我看她急迫的神情，知道她非常焦虑。

我说，你讲每一句话是否都要经过慎重的考虑？

她说，是啊。如果不考虑，讲错了话，谁负得了这个责？

我说，你为什么特别怕讲错话？

女硕士说，因为我输不起。我家庭背景不好，家里有犯罪的人，周围的人都看不起我们。很穷，从小就靠亲戚的施舍才能坚持学业。我生怕一句话说错了，人家不高兴，就不给我学费了。所以，连问一句"你吃了吗"这样中国人最普遍问的话，我也要三思而后行。我怕人家说，你连自己的饭都吃不饱，也配来问别人吃饭问题。

听到这里，我说我明白了。你觉得自己的每一句话都可能引致他人的误解，给自己造成不良影响。

女硕士连连说，对对，就是这样的。

我笑了，说，你这一句话说得并不慢啊。

她说，那我是相信你不会误会我。

我说，这就对了。你说话速度慢，不是一个技术性的问题，是你不能相信别人。你是否准备一辈子都不相信任何人？如果是这样的话，我断定你的讲话速度是不会改变的。如果你从此相信他人，讲话的速度自然会比较适宜，既不会太慢，也不会太快，而是能收放自如。

那个女生后来果然有了很大的改变，她的人际关系也有了进步。

今天我们从一个很大的目标谈起，结果要在一个很小的地方结束。我想说，一个人的心理是一座斗拱飞檐的宫殿，这座宫殿的基础就是我们对自己人生目标的规划和对世界对他人的基本看法。一些看起来是技术和表面的问题，其实内里都和我们的基本人生观有着千丝万缕的联系。心理问题切不可头痛医头脚痛医脚，那样如同创可贴，只能暂时封住小伤口，却无法从根本上让我们的精神强健起来。

行使你的拒绝权

拒绝是一种权利,就像生存是一种权利。古人说,有所不为才能有所为。这个"不为",就是拒绝。人们常常以为拒绝是一种迫不得已的防卫,殊不知它更是一种主动的选择。

纵观我们的一生,选择拒绝的机会,实在比选择赞成的机会,要多得多。因为生命属于我们只有一次,要用唯一的生命成就一种事业,就需在千百条道路中寻觅仅有的花径。我们确定了"一",就拒绝了九百九十九。拒绝如影随形,是我们一生不可拒绝的密友。

我们无时无刻不是生活在拒绝之中,它出现的频率,远较我们想象得频繁。你穿起红色的衣服,就是拒绝了红色以外所有的衣服。

你今天上午选择了读书,就是拒绝了唱歌跳舞,拒绝了参观旅游,拒绝了与朋友的聊天,拒绝了和对手的谈判……拒绝了支配这段时间的其他种种可能。

你的午餐是馒头和炒菜,你的胃就等于庄严宣布同米饭、饺子、馅饼和各式各样的煲汤绝缘。无论你怎样逼迫它也是枉然,因为它容积有限。

你选择了律师这个职业,毫无疑问就等于拒绝了建筑师的头衔。也许一个世纪以前,同一块土地还可套种,精力过人的智慧者还可多方向出击,游刃有余。随着现代社会的发展,任何一行都需从业者的全力以赴，除非你天分极高，否则兼做的最大可能性，是在两条战线功败垂成。

你认定了一个男人或是一个女人为终身伴侣，就斩钉截铁地拒绝了这世界上数以亿计的男人或女人，也许他们更坚毅更美丽，但拒绝就是取消，拒绝就是否决，拒绝使你一劳永逸，拒绝让你义无反顾，拒绝在给予你自由的同时，取缔了你更多的自由。拒绝是一条单航道，你开启了闸门，江河就奔涌而去，无法回头。

拒绝对我们如此重要，我们在拒绝中成长和奋进。如果你不会拒绝，你就无法成功地跨越生命。拒绝的实质是一种否定性的选择。

拒绝的时候，我们往往显得过于匆忙。

我们在有可能从容拒绝的日子里，胆怯而迟疑地挥霍了光阴。我们推迟拒绝，我们惧怕拒绝。我们把拒绝比作困境中的背水一战，只要有一分可能，就鸵鸟式地缩进沙砾。殊不知，当我们选择拒绝的时候，更应该冷静和周全，更应有充分的时间分析利弊与后果。拒绝应该是慎重思虑之后一枚成熟的浆果，而不是强行将下的酸葡萄。

拒绝的本质是一种丧失，它与温柔热烈的赞同相比，折射出冷峻的付出与掷地有声的清脆，更需要果决的判断和一往无前的勇气。

你拒绝了金钱，就将毕生扼守清贫。

你拒绝了享乐，就将布衣素食天涯苦旅。

你拒绝了父母，就可能成为飘零的小舟，孤悬海外。

你拒绝了师长，就可能被逐出师门，自生自灭。

你拒绝了一个强有力的男人的帮助，他可能反目为仇，在你的征程上布下道道激流险滩。

你拒绝了一个神通广大的女人的青睐，她可能笑里藏刀，在你意想不到的瞬间刺得你遍体鳞伤。

你拒绝了上司，也许象征着与一个如花似锦的前程分道扬镳。

你拒绝了机遇，它永不再回头光顾你一眼，留下终身的遗憾任你咀嚼。

……

拒绝不像选择那样令人心情舒畅，它森严的外衣里裹着我们始料不及的风刀霜剑。像一种后劲很大的烈酒，在漫长的夜晚，使我们头痛目眩。

于是我们本能地惧怕拒绝。我们在无数应该说"不"的场合沉默，我们在理应拒绝的时刻延宕不决。我们推迟拒绝的那一刻，梦想拒绝的冰冷体积，会随着时光的流逝逐渐缩小以至消失。

可惜这只是我们善良的愿望，真实的情境往往适得其反。我们之所以拒绝，是因为我们不得不拒绝。

不拒绝，那本该被拒绝的事物，就像菜花状的癌肿，蓬蓬勃勃地生长着，浸润着，侵袭我们的生命，一天比一天更加难以救治。

拒绝是苦，然而那是一时之苦，阵痛之后便是安宁。

不拒绝是忍，心字上面一把刀。忍是有限度的，到了忍无可忍的那一刻，贻误的是时间，收获的是更大的痛苦与麻烦。

拒绝是对一个人胆魄和心智的考验。

因为拒绝，我们将伤害一些人。这就像春风必将吹尽落红一样，有时是一种进行中的必然。如果我们始终不拒绝，我们就不会伤害别人，但是我们伤害了一个跟自己更亲密的人，那就是我们自己。

拒绝的味道，并不可口。当我们鼓起勇气拒绝以后，忧郁的惆怅伴随着我们，一种灵魂被挤压的感觉，久久挥之不去。

因为惧怕这种难以言说的感觉，我们有意无意地减少了拒绝。

在人生所有的决定里，拒绝是属于破坏而难以弥补的粉碎性行为。这一特质决定了我们在做出拒绝的时候，需要格外的镇定与慎重。

然而拒绝一旦做出，就像打破了的牛奶杯，再不会复原。它凝固在我们的脚步里，无论正确与否，都不必原地长久停留。

拒绝是没有过错的，该负责任的是我们在拒绝前做出的判断。

不必害怕拒绝，我们只需更周密的决断。

拒绝是一种删繁就简，拒绝是一种举重若轻。拒绝是一种大智若愚，拒绝是一种水落石出。

当利益像万花筒一般使你眼花缭乱之时，你会在混沌之中模糊了视线。尝试一下拒绝吧。

你依次拒绝那些自己最不喜欢的人和事，自己的真爱就像退潮时的礁岩，嶙峋地凸现出来，等待你的攀援。

当你抱怨时间像被无数餐刀分割的蛋糕，再也找不到属于你自己的那朵奶油花时，尝试一下拒绝。

你把所有可做可不做的事拒绝掉，时间就像湿毛巾里的水，一滴一滴地拧出来了。

当你发现生活中蕴涵着太多的苦恼，已经迫近一个人能够忍受的极限，情绪面临崩溃的边缘时，尝试一下拒绝吧。

你也许会发现，你以前不敢拒绝，是怕增添烦恼。但是恰恰相反，拒绝像一柄巨大的梳子，快速地理顺了杂乱无章的日子，使天空恢复明朗。

当你被陀螺般旋转的日子搅得耳鸣目眩，忘记了自己是从哪里来、要到哪里去的时候，尝试一下拒绝吧。

你会惊讶地发觉自己从复杂的包装中清醒，唤起久已枯萎的童心，感叹我们每一个人都是自然之子。拒绝犹如断臂，带有旧情不再的痛楚。

拒绝犹如狂飙突进，孕育天马横空的独行。

拒绝有时是一首挽歌，回荡袅袅的哀伤。

拒绝更是破釜沉舟的勇气，一种直面淋漓鲜血惨淡人生的气概。

拒绝也不可太多啊。假如什么都拒绝，就从根本上拒绝了每个人只有一次的辉煌生命。

请智慧地勇敢地行使拒绝权。这是我们每个人与生俱来的权利，这是我们意志之舟劈风斩浪的白帆。

珍惜愤怒

小时候看电影，虎门销烟的英雄林则徐在官邸里贴一条幅"制怒"。由此知道怒是一种凶恶而丑陋的东西，需要时时去制服它。

长大后当了医生，更视怒为健康的大敌。师传我，我授人；怒而伤肝，怒较之烟酒对人为害更烈。人怒时，可使心跳加快，血压升高，瞳孔散大，寒毛竖紧……一如人们猝然间遇到老虎时的反应。

怒与长寿，好像是一架跷跷板的两端，非此即彼。

人们渴望强健，人们于是憎恶愤怒。

我愿以我生命的一部分为代价，换取永远珍惜愤怒的权利。

愤怒是人的正常情感之一，没有愤怒的人生，是一种残缺。当你的尊严被践踏，当你的信仰被玷污，当你的家园被侵占，当你的亲人被残害，你难道不滋生出火焰一样的愤怒吗？当你面对丑恶面对污秽，面对人类品质中最阴暗的角落，面对黑夜里横行的鬼魅，你难道能压抑住喷薄而出的愤怒吗？！

愤怒是我们生活中的盐。当高度的物质文明像软绵绵的糖一样簇拥着我们的时候，现代人的意志像被泡酸了的牙一般软弱。小悲小喜缠绕着我们，我们便有了太多的忧郁。城市人的意志脱了钙，越来越少倒拔垂杨柳强硬似铁怒目金刚式的愤怒，越来越少见幽深似海水波不兴却孕育极大张力的愤怒。

没有愤怒的生活是一种悲哀。犹如跳跃的麋鹿丧失了迅速奔跑的能力，犹如敏捷的灵猫被剪掉胡须。当人对一切都无动于衷，当人首先戒掉了愤怒，随后再戒掉属于正常人的所有情感之后，人就在活着的时候走向了永恒，那就是死亡。

我常常冷静地观察他人的愤怒，我常常无情地剖析自己的愤怒，愤怒给我最深切的感受是真实，它赤裸而新鲜，仿佛那颗勃然跳动的心脏。

喜可以伪装，愁可以伪装，快乐可以加以粉饰，孤独忧郁能够掺进水分，唯有愤怒是十足成色的赤金。它是石与铁撞击一瞬痛苦的火花，是以人的生命力为代价锻造出的双刃利剑。

喜更像是一种获得，一种他人的馈赠。愁则是一枚独自咀嚼的青橄榄，苦涩之外别有滋味。唯有愤怒，那是不计后果不顾代价无所顾忌的坦荡的付出。在你极度愤怒的刹那，犹如裂空而出横无际涯的闪电，赤裸裸地裸露了你最隐秘的内心。于是，你想认识一个人，你就去看他的愤怒吧！

愤怒出诗人，愤怒也出统帅，出伟人，出大师，愤怒驱动我们平平常常的人做出辉煌的业绩。只要不丧失理智，愤怒便充满活力。

怒是制不服的，犹如那些最优秀的野马，迄今没有任何骑手可以驾驭它们。愤怒是人生情感之河奔泻而下的壮丽瀑布，愤怒是人生命运之曲抑扬起伏的高亢音符。

珍惜愤怒，保持愤怒吧！愤怒可以使我们年轻。纵使在愤怒中猝然倒下，也是一种生命的壮美。

阅读是一种孤独

阅读的感觉难以比拟。

它有些像吃。对于头脑来说,渴望阅读的时刻必定虚怀若谷。假如脑袋装得满满当当,不断溢出香槟酒一样的泡沫,不论这泡沫是泛着金黄的铜彩还是热恋的粉红,都不宜于阅读,尤其是阅读名著。

头脑嗷嗷待哺,像荒原上觅食的狼。人愈是年轻的时候,愈是贪吃。随着年龄的增长,我们吃得渐渐地少了,但要求渐渐地精了。我们知道了什么于我们有益,什么于我们无补。我们不必像小的时候,总要把整碗面都吃光,才知道碗底下并没有卧着个鸡蛋。我们以为是碗欺骗了我们,其实是缺少经验。有许多长寿的人,你问他常吃什么食品,他们回答说,什么都吃,并无特殊的禁忌。但有许多东西他们只尝一口,就尖锐地判断出成色。我想寿星佬的胃一定都是很坚强的,只有一个坚强的胃才能养活得了一个聪明的脑。读书也是一样,好的书,是人参燕窝熊掌,人生若不大快朵颐,岂不白在世上潇洒走过一回?坏的书,是腐肉砒霜氰化物,浪费了时间贻误了性命。关于读什么书好的问题,要多听老年人的意见,他们是有经验的水手。也许在航道的选择上有趋于保守的看法,但他们对于风暴的预测绝对准确。名著一般多是经过了许多年代的考验,是被大师们的智慧之磨研磨了无数遭的精品。读的时候,像烈火烹油的满汉全席,为大享乐。

  它有些像睡。我小的时候,当我忧愁,当我病痛,当我莫名其妙烦躁的时候,妈妈总是摸着我的头说,去睡吧。睡一觉也许就好了。睡眠中真的蕴藏着奇妙的物质,起床的时候我们比躺下时信心倍增。阅读是一种精神的按摩,在书页中你嗅得见悲剧的泪痕,摸得着喜剧的笑靥,可以看清智者额头的皱纹,不敢碰撞勇士鲜血淋淋的创口……当合上书的时候,你一下子苍老又顿时年轻。菲薄的纸页和人所共知的文字只是由于排列的不同,就使人的灵魂和它发生共振,为精神增添了新的钙质。当我们读完名著的最后一个字时,仿佛从酣然梦幻中醒来,重又生机盎然。

  它有些像搏斗。阅读的时候,我们不断同书的作者争辩。我们极力想寻出破绽,作者则千方百计把读者柔软的思绪纳入他的模具。在这种智力的角斗中,我们往往败下阵来。但思维的力度却在争执中强硬了翅膀。在读名著的时候,我常常在看上一页的时候,揣测下一页的趋势。它们经常同我的想象悬殊甚远。这种时候我会很高兴,知道自己碰上了武林中的高手。大师们的著作像某一流派掌门人的秘籍,记载着绝世的功法。细细研读,琢磨他们的一招一式,会在潜移默化中悟出不可言传的韵律。只是江湖上的口诀多藏之深山传之密室,各个学科大师们的真迹却是唾手可得。由于它的廉价和平凡,人们常常忽视了它的价值。那是古往今来人类最智慧的大脑留给我们的结晶啊!我一次次在先哲们辉煌的思辨与精湛的匠艺面前顶礼膜拜,我一次次在无与伦比的语言搭配之下惊诧莫名……我战胜自己的怯懦不断地阅读它们,勇敢地从匍匐中站起。我知道大师们在高远的天际微笑着注视着后人,他们虽然灿烂却已经凝固。他们是秒表上固定了的纪录,是一根不再升高的横杆。今人虽然暗淡,但我们年轻。作为阅读者,我们还处在生命的不断蜕变之中,蛹里可能飞出美丽的天鹅。在阅读中，我们被征服。我们在较量中蓬勃了自身，迸发出从未有过的力量。

阅读是一种孤独。几个人共看一本书，那只是在极小的时候争抢连环画。它同看电影看录像听音乐会是那样地不同。前者是一块巨大的生日蛋糕可以美味地共享，后者只是孤灯下的一盏清茶，只可独啜，倾听一个遥远的灵魂对你一个人的窃窃私语。他在不同的时间对不同的人说过同样的话，但你此时只感觉他在为你而歌唱。如果你不听，他也不会恼，只会无声地从书页里渗出悲悯的叹息。你啪地合上书，就把一代先哲幽禁在里面。但你忍不住又要打开它，穿越历史的灰尘与他对话。

阅读名著不可以在太快乐的时光。人们在幸福的时候往往读不进书。快乐是一团粉红色的烟雾，易使我们的眼睛近视。名著里很少恭维幸运的话语，它们更多是苦难之蚌分泌的珍珠。

阅读名著也不可在太富裕的时刻。阅读其实是思索的体操，富裕的膏脂太多时，脑子转动得就慢了。名著多半是智者饿着肚子时写成的，过饱者是不大读得懂饥饿的文字的。真正的阅读，可以发生在喧嚣的人海，也可以坐落在冷峻的沙漠。可以在灯红酒绿的闹市，也可以在月影婆娑的海岛。无论周围有多少双眼睛，无论分贝达到怎样的嘈杂，真正的阅读注定孤独。那是一颗心灵对另一颗心灵单独的捶击，那是已经成仙的老爷爷特地为你讲的故事。

爱怕什么

爱挺娇气挺笨挺糊涂的,有很多怕的东西。

爱怕撒谎。当我们不爱的时候,假装爱,是一件痛苦而倒霉的事情。假如别人识破,我们就成了虚伪的坏蛋。你骗了别人的钱,可以退赔,你骗了别人的爱,就成了无赦的罪人。假如别人不曾识破,那就更惨。除非你已良心丧尽,否则便要承诺爱的假象,那心灵深处的绞杀,永无宁日。

爱怕沉默。太多的人,以为爱到深处是无言。其实爱是很难描述的一种感情,需要详尽的表达和传递。爱需要行动,但爱绝不仅仅是行动,或者说语言和温情的流露,也是行动不可或缺的部分。我曾经和朋友们做过一个测验,让一个人心中充满一种独特的感觉,然后用表情和手势做出来,让其他不知底细的人猜测他的内心活动。出谜和解谜的人都欣然答应,自以为万无一失。结果,能正确解码的人少得可怜。当你自觉满脸爱意的时候,他人误读的结论千奇百怪。比如认为那是——矜持、发呆、忧郁……

一位妈妈,胸有成竹地低下头,做出一个表情。我和另一位女士愣愣地看着她,相互对视了一下,异口同声地说,你要自杀!她愤怒地瞪着我们说,岂有此理!你们怎那么笨?!我此刻心头正充盈着温情！愚笨的我们挺惭愧的，但没等我们道歉的话出口，那妈妈恍然大悟道，原来是这样！怪不得我每次这样看着儿子的时候，他都会不安地说，妈妈，我又做错了什么？你又在发什么愁？

爱是那样地需要表达，就像耗竭太快的电器，每日都得充电。重复而新鲜地描述爱意吧，它是一种勇敢和智慧的艺术。

爱怕犹豫。爱是羞怯和机灵的，一不留神它就吃了鱼饵闪去。爱的初起往往是柔弱无骨的碰撞和翩若惊鸿的引力。在爱的极早期，就敏锐地识别自己的真爱，是一种能力更是一种果敢。爱一桩事业，就奋不顾身地投入。爱一个人，就斩钉截铁地追求。爱一个民族，就挫骨扬灰地献身。爱一桩事业，就呕心沥血。爱一种信仰，就至死不悔。

爱怕模棱两可。要么爱这一个，要么爱那一个，遵循一种"全或无"的铁则。爱，就铺天盖地，不遗下一个角落。不爱就抽刀断水，金盆洗手。迟疑延宕是对他人和自己的不负责任。

爱怕沙上建塔。那样的爱，无论多么玲珑剔透，潮起潮落，遗下的只是无珠的蚌壳和断根的水草。

爱怕无源之水。沙漠里的河啊，即便不是海市蜃楼，波光粼粼又能坚持几天？当沙暴袭来的时候，最先干涸的正是泪水积聚的咸水湖。

爱怕假冒伪劣。真的爱也许不那么外表光滑，色彩艳丽，没有精致的包装，没有夸口的广告，但它有内在的质量保证。真爱并非不会发生短路与损伤，但是它有保修单，那是两颗心的承诺，写在天地间。

爱是一个有机整体，怕分割。好似钢化玻璃，据说坦克压上也不会碎，可惜它的弱点是宁折不弯，脆不可裁。一旦破碎，就裂成了无数蚕豆大的渣滓，流淌一地，闪着凄楚的冷光，再也无法复原。

爱的脚力不健，怕远。距离会漂淡彼此相思的颜色，假如有可能，就靠得近一点，再近一点，直到水乳交融亲密无间。万万不要人为地以分离考验它的强度，那你也许后悔莫及。尽量地创造并肩携手天人合一的时光。

爱像仙人掌类的花朵，怕转瞬即逝。爱可以不朝朝暮暮，爱可以不卿卿我我，但爱要铁杵磨成针，恒远久长。

爱怕平分秋色，在爱的钢丝上不能学高空王子，不宜做危险动作。即使你摇摇晃晃，一时不曾跌落，也是偶然性在救你，任何一阵旋风，都可能使你飘然坠毁。最明智最保险的是赶快从高空回到平地，在泥土上留下深深的脚印。

爱怕刻意求工。爱可以披头散发，爱可以荆钗布裙，爱可以粗茶淡饭，爱可以餐风宿露。只要一腔真情，爱就有了依傍。

爱的时候，眼珠近视散光，只爱看江山如画。耳是聋的，只爱听莺歌燕舞。爱让人片面，爱让人轻信。爱让人智商下降，爱让人一厢情愿。爱最怕的，是腐败。爱需要天天注入激情活力，但又如深潭，波澜不惊。

说了爱的这许多毛病，爱岂不一无是处？

爱是世上最坚固的记忆金属，高温下不熔化，冰冻不脆裂。造一艘爱的航天飞机，你就可以驾驶着它，遨游九天。

爱是比天空和海洋更博大的宇宙，在那个独特的穹隆中，有着亿万颗爱的星斗，闪烁光芒。一粒小行星划下，就是爱的雨丝，缀起满天清光。

爱是神奇的化学试剂，能让苦难变得香甜，能让一分钟永驻成永远。能让平凡的容颜貌若天仙，能让喃喃细语压过雷鸣电闪。

爱是孕育万物的草原。在这里，能生长出能力、勇气、智慧、才干、友谊、关怀……所有人间的美德和属于大自然的美丽天分，爱都会赠予你。

在生和死之间，是孤独的人生旅程。保有一份真爱，就是照耀人生得以温暖的灯。

每只小狗都有一个目标

有一对夫妇有两个孩子，一个叫莎拉，一个叫克里斯蒂。当孩子还小的时候，父母决定为他们养一只小狗。小狗抱回来以后，他们想请一位朋友帮忙训练这只小狗。他们搂着小狗来到朋友家，安然坐下，在第一次训练前，女驯狗师问，小狗的目标是什么？夫妻俩面面相觑，很是意外，他们实在想不出狗还有什么另外的目标。嘟囔着说，一只小狗的目标？那当然就是当一只狗了。女驯狗师极为严肃地摇了摇头说，每只小狗都得有一个目标。

夫妇俩商量之后，为小狗确立了一个目标——白天和孩子们一道玩，夜里要能看家。后来，小狗被成功地训练成了孩子的好朋友和家中财产的守护神。这对夫妇就是美国的前任副总统阿尔·戈尔和他的妻子迪帕。他们牢牢地记住了这句话——做一只狗要有目标。推而广之，做一个人也要有目标。

在现实生活中，却有太多太多的人，没有目标。其实寻找目标并不是一件太难的事，关键是你要知道天下有这样一件唯此为大的事，然后尽早来做。正是你自己需要一个目标，而不是你的父母或是你的老师或是你的上级需要它。它的存在，和别人的关系都没有和你的关系那样密切。也就是说，它将是你最亲爱的伙伴，其血肉相连的程度，绝对超过了你和你的父母，你和你的妻子儿女，你和你的同伴和领导的关系。你可能丧失了所有的财产和所有的亲人,但只要你的目标还在,你就还有一个完整的系统存在,你就并不孤独和无望。

我们常常把别人的期待当成了自己的目标,在孩童的时候,这几乎是顺理成章的事情。但是,你会渐渐地长大,无论别人的期望是怎样的美好,它也不属于你。除非你有一天,你成功地在自己的心底移植了这个期望,这个期望生根发芽,长成了你的目标。那时,尽管所有的枝叶都和原本的母本一脉相承,但其实它已面目全非,它的灵魂完完全全只属于你,它被你的血脉所濡养。

我们常常把世俗的流转当成自己的目标。这一阵子崇尚钱,你就把挣钱当成了自己的目标。殊不知钱只是手段而非目标,有了钱之后,事情远远没有结束。把钱当成目标,就是把叶子当成了根。目标是终极的代名词,它悬挂在人生的瀚海之中,你向它航行,却永远不会抵达。你的快乐就在这跋涉的过程中流淌,而并非把目标攫为己有。从这个意义上说,钱不具备终极目标的资格。过一阵子流行美丽,你就把制造美丽保存美丽当成了目标。殊不知美丽的标准有所不同,美丽是可以变化的,目标却是相当恒定的。美丽之后你还要做什么?美丽会褪色,目标却永远鲜艳。

有人把快乐和幸福当成了终极目标,这也值得推敲。快乐并不只是单纯的快感,类乎饮食和繁殖的本能。科学家们通过研究,发现最长远最持久的快乐,来自于你的自我价值的体现。而毫无疑问,自我价值从属于你的目标感,一个连目标都没有的人,何谈价值呢?

一棵树的目标也许是雕成大厦的栋梁,也许是撑一把绿伞送人荫凉。也许是化作无数张白纸传递知识,也许是制成一次性筷子让人大快朵颐……还有数不清的可能性,我们不是树,我们终其一生也不可能明白树的心思。我们是人,我们可以为自己确立一个目标,这是做人的本分之一。

第二单元 泛读美文

一　你的身体里，必有一颗成功的种子

亲爱的同学：

　　欢迎你阅读这一部分的毕淑敏经典散文！

　　这一部分精选10篇毕淑敏老师的经典散文，跟你聊一聊正能量那些事儿。

　　"少壮不努力，老大徒伤悲。""少壮"时努力的目标不只是获取各种知识、习得各种技能，更重要的是在此过程中修炼得到的一些可以让你终生受用的优良品质，比如目标明确、充满自信、坚守信念、坚毅勇敢、积极乐观等等，如此方可在"老大"之时，毫无遗憾。请你将优良品质照单全收，将自己打造成一个充满正能量的小宇宙，赢得丰满、充盈的人生！

　　有问　毕老师您好！人们常说"自信是成功的基石"，可我总认为"自信来自实力"，一旦考试失败，我就怀疑自己的能力：我是不是智商太低？我老是失败，考大学还有希望吗？……关于自信，您怎么看？

毕答 草是卑微的，但卑微并非指向羞惭。在庄严的大树身旁，一棵微不足道的小草都可以毫不自惭形秽地生活着，何况我们万物灵长的人类！（《没有一棵小草自惭形秽》）

向前，一切是陌生和昏暗暧昧的，在它若隐若现的浑浊中，藏身着莫名的危险和恐惧。这种未知带来的不安和焦虑，在强度和广度上，甚于我们已然经受的痛楚。

练练看，不回头。你就发现，行进的速度快了许多，心情好了不少。回头是土，向前是金。（《回头是土》）

有问 毕老师您好！我热切企盼，并努力为之奋斗的目标瞬间落空了，深深的挫败感时刻笼罩在我心头。身边很多人都安慰我，说大不了从头再来，可一直以来我都是一个好胜心很强的人，接受不了失败的打击。我该怎么办？

毕答 此刻，你以前不经意间随手填写的第二志愿，就像保险绳一样，在你下坠的过程中，有力地拽住了你，还你一方风景。

其实人的才能是多方面的，守节般地效忠第一志愿，愚蠢不说，更是浪费。

不可搪塞第二志愿。它依旧是人生重要的选择，是你面对逆境的备份文件。它是进可以攻退可以守的支撑点，它是无惧无悔的屏障，它是一个终结和起跑的双重底线。（《第二志愿》）

你的身体里，必有一颗成功的种子

在每个人的生命里，都有一个关于创造的秘密，等待着被发现，那将是你的第二次诞生。

你一定要相信，在你的身体里，有一颗种子，焦灼地盼望着阳光。至于它到底是一颗什么种子，在没有发芽之前，谁也不知道。

你的责任就是给它浇水，保护它不被鸟雀啄食，不因为干渴而失去生机，不会被人偷走，也不会在你饥肠辘辘的时刻被你炒熟了充饥。如果那样做了，你虽可一时果腹，却丧失了长久发展的原动力。

那颗种子可能藏在你的耳朵里，你就有了灵敏的听觉。可能藏在你的手指甲里，你就有了非凡的触觉。也可能在你的眸子里，也可能在你的肌肉中。当然了，更可能在你的大脑中、心脏里、双手中……

每个人在属于个人的成长经历中，早已获得了解决问题的丰富宝藏。请信任我们的潜意识，它必定能在正确的时机产生恰当的回应。告诉你一句悄悄话——有时候，信息也将以非语言的方式揭露真相。

找找吧，一定找得到！

身体里绝对有不少于一百种的功能，能保证你在浑然不觉中完成种种复杂的运作。但你不要以为功能们会一直老老实实地待在那里，它们是勤勤恳恳的，却不是任劳任怨的。如果你一直视它们的存在为理所当然，从来不照料它们，不维护和激励它们，或是过度使用，或是置若罔闻，那么，它们不是反抗，就是消极怠工，也许集体突围，无声无息地溜走了，然而你误以为它们从来不曾居住在你的身体里。要知道，一辈子无意识地随波逐流，会导致你各种功能的退化。

成功并不像想象的那样难，因为我们不敢做，它才变得难起来。

没有一棵小草自惭形秽

被人邀请去看一棵树，一棵古老的树。大约有 5 000 年的历史，已被唐朝的地震弯折了腰，半匍匐着，依然不倒，享受着人们尊敬的注视。

我混在人群中直着脖子虔诚地仰望着古树顶端稀疏的绿叶，一边想，人和树相比是多么的渺小啊。人生出来，肯定是比一粒树种要大很多倍，但人没法长得如树般伟岸。在树小的时候，人很容易就把树枝包括树干折断，甚至把树连根拔起，树就结束了生命。就算是小树长成了大树，归宿也是被人伐了去，修成各种各样实用的物件。长得好的树，花纹美丽木质出众，也像美女一样，红颜薄命，被人劫掠的可能性更大，于是很多珍贵的树种濒临灭绝。在这一点上，树是不如人的。美女可以人造，树却是不可以人造的。

树比人活得长久，只要假以天年，人是绝对活不过一棵树的。树并不以此傲人，爷爷种下的树，照样以硕硕果实报答那人的孙子或是其他人的后代。

通常情况下，树是绝对不伤人的。即便如前几天报上所载一些村民在树下避雨，遭了雷击致死，那元凶也不是树，而是闪电，树也是受害者。人却是绝对伤树的，地球上森林数量的锐减就是明证，人成了树的天敌。

树比人坚忍。在人不能居住的地方，树却裸身生长着，不需要炉火或是空调的保护。树是会帮助人的，在饥馑的时候，人扒过树的皮以充饥，我们却从未听到过树会扒下人的什么零件的传闻。

很多书籍记载过这棵古树，若是在树群里评选名人的话，这棵古树是一定名列前茅了。很多诗人词人咏颂过这棵古树，如果树把那些词句都当叶子一般披挂起来，一定不堪重负。唐朝的地震不曾把它压倒，这些赞美会让它扑在地上。

树的寿命是如此的长久，居然看到过妲己那个朝代的事情。在我们死后很多年，这棵古树还会枝叶繁茂地生长着。一想到这一点，无边的嫉妒就转成深深的自卑。作为一个人活不了那么久远，伤感让我低下头来，于是我就看到了一棵小草，一棵长在古树之旁的小草。只有细长的两三片叶子，纤细得如同婴儿的睫毛。树叶缝隙的阳光打在草叶的几丝脉络上，再落到地上，阳光变得如绿纱一样飘浮了。

这样一株柔弱的小草，在这样一棵神圣的树底下，一定该俯首称臣毕恭毕敬了吧？我竭力想从小草身上找出低眉顺眼的谦卑，最后以失望告终。这棵不知名的小草，毫无疑问是非常渺小的。就寿命计算，假设一岁一枯荣，老树很可能见过小草 5 000 辈以前的祖先。就体量计算，老树抵得过千百万小草集合而成的大军。就价值来说，人们千里万里路地赶了来，只为瞻仰老树，我敢肯定没有一个人是为了探望小草。

既然我作为一个人，都在古树面前自惭形秽了，小草你怎能不顶礼膜拜？我这样想着，就蹲下来看着小草。在这样一棵历史久远声名卓著的古树身边为邻，你岂不要羞愧死了？

小草昂然立着，我向它吐了一口气，它就被吹得蜷曲了身子，但我气息一尽，它就像弹簧般伸展了叶脉，快乐地抖动着。我再吹一口气,它还是在弯曲之后怡然挺立。我悲哀地发现,不停地吹下去,有我气绝倒地的一刻,小草却安然。

  草是卑微的,但卑微并非指向羞惭。在庄严的大树身旁,一棵微不足道的小草都可以毫不自惭形秽地生活着,何况我们万物灵长的人类!

风不能把阳光打败

"但是"这个连词,好似把皮坎肩缀在一起的丝线,多用在一句话的后半截,表示转折。

比方说,你这次的考试成绩不错,但是——强中自有强中手。

比方说,这女孩身材不错,但是——皮肤黑了些。

不知"但是"这个词刚发明的时候,对它前后意思的分量,是否大致公允?也就是说,它只是一个单纯纽带,并不偏谁向谁。后来在长期的使用磨损中,悄悄变了。无论在它之前,堆积了多少褒义词,"但是"一出,便像撒了盐酸的污垢,优点就冒着泡沫没了踪影。记住的总是贬义,好似爬上高坡,没来得及喘口匀气,"但是"就不由分说把你推下了谷底。

"但是"成了把人心捆成炸药包的细麻绳,成了马上有冷水泼面的前奏曲。让你把面前的温暖和光明淡忘,只有振起精神,迎击扑面而来的顿挫。

其实,所有的光明都有暗影,"但是"的本意,不过是强调事物立体。可惜日积月累的负面暗示,"但是"这个预报一出,就抹去了喜色,忽略了成绩,轻慢了进步,贬斥了攀升。

一位心理学家主张大家从此废弃"但是",改用"同时"。

比如我们形容天气的时候，早先说，今天的太阳很好，但是风很大。

今后说，今天的太阳很好，同时风很大。

最初看这两句话的时候，好像没有多大差别。你不要急，轻声地多念几遍，那分量和语气的韵味，就体会出来了。

但是风很大——会把人的注意力凝固在不利的因素上。觉着太阳好不是件值得高兴的事情，风大才是关键。借助了"但是"的威力，风把阳光打败。

同时风很大——它更中性和客观，前言余音袅袅，后语也言之凿凿。不偏不倚，公道而平整。它使我们的心神安定，目光精准，两侧都观察得到，头脑中自有安顿。

一词背后，潜藏着的是如何看待世界和自身的目光。

花和虫子，一并存在。我们的视线降落在哪里？

"但是"，是一副偏光镜，让我们聚焦在虫子，把它的影子放得浓黑硕大。

"同时"，是一个透明的水晶球，均衡地透视整体。既看见虫子，也看见无数摇曳的鲜花。

尝试着用"同时"代替"但是"吧。时间长了，你会发现自己多了勇气，因为情绪得到保养和呵护。你会发现拥有了宽容和慈悲，因为更细致地发现了他人的优异。你能较为敏捷地从地上爬起，因为看到沟坎的同时也看到了远方的灯火……

回头是土

早年读鲁迅关于写作技巧的传授,有一条叫作——一直写下去,不要回头。

那时年轻,很有些不解。为什么不能回头呢?看看自己的脚印,歪斜了就校正,如果笔直,便一直走下去,有什么不好呢?

存疑。很多年。有一天,忽然就懂了。原来,鲁迅在传授和不自信做斗争的经验。面向前方,坚定地走下去,任它成功或是失败,不再计较,只是一味地挺进。

这句话说起来容易,做起来,难。头在你的颈子上,稍有犹疑,椎骨就会螺旋般地转回,眸子就看到了你熟悉的一切。它们拧成一道拽你后退的绳索,牵着你,退缩。

身后,是熟悉的一切,尽管它有令人不悦不满以至腐朽发臭的地方,但我们曾长久地浸泡其中,习惯成自然了。即使是令人痛苦的体验,我们也已经承受并忍耐,熬过了。向前,一切是陌生和昏暗暧昧的,在它若隐若现的浑浊中,藏身着莫名的危险和恐惧。这种未知带来的不安和焦虑,在强度和广度上,甚于我们已然经受的痛楚。

于是,回头就不是单纯的一个脖子的动作,而是心灵的扭曲和战栗。

写作也是如此。新生的念头是如此脆弱和飘忽，它可以很锐利，但是不沉厚。它可以很空灵，但是不扎实。它可以很幽默，但是不持久。它可以很美妙，但是不坚固……总之，任何一个新生儿有的优点它都具备，但是它也义无反顾地具有一切婴儿所有的弊病。它是朝气蓬勃和易折易断的。否定的锄头，不必太强烈，轻轻一点，都会使它在焦土中窒息。

鲁迅好心肠。我猜他早年也是不断回头的，后来吃了苦头，才有这般肺腑之言。到了晚年，敢回头了。回多少次头，也无法击毁他决战的信念。但他已不屑回头，不回头成了习惯。他的矍铄和坚韧，很多大概来源于此吧？鲁迅体恤后人，教个诀窍给我们。他不讲这是为什么，只是说，你们若信，就这样做吧。你当真听了他的话，试上几次，定能体会到奥妙和乐趣。

练练看，不回头。你就发现，行进的速度快了许多，心情好了不少。回头是土，向前是金。

女儿，你是在织布吗

正式写作十年以后，我完成了第一部长篇小说，名为《红处方》。之前，我一直踌躇，要不要写长篇小说？它对于人的精神和体力来说，都是一场马拉松。青年时代遭过苦的人，对所有长途跋涉，都要三思而后行。有几位我所尊敬的作家，写完长篇后撒手人寰，使我在敬佩的同时，惊悸不止。最后还是决定写，因为我心中的这个故事，激我向前。

对生活的感受，像一些彩色的布。每当打开包袱皮，它们就跳到眼前。我慢慢地看着想着，估摸着自己的手艺，不敢贸然动笔。其中有一堆素色的棉花，沉实地裹成一团。我因为它的滞重而绕过，它又在暗夜的思索中，经纬分明地浮现在脑海。

它是我在戒毒医院的身感神受。也许不仅仅是那数月的有限体验，也是我从医二十余年心灵感触的凝聚与扩散。我又查阅了许多资料，几乎将国内有关戒毒方面的图书读尽。

以一位前医生和一位现作家为职业的我，感到一种不可推卸的责任。

我是一个视责任为天职的人。

我决定写这部长篇小说。前期准备完成以后，接下来的具体问题就是——在哪里写呢？古话说，大隐隐于市。我不是高人，没法在北京安下心来。便向领导告了假，回到母亲居住的地方。那是北方的一座小城，父亲安息在那片土地上。

幽静的院落被深沉的绿色萦绕，心境浸入生命晚期的苍凉。

母亲想让我在一间大大的朝阳房屋里写作，那儿宽敞豁亮。我选定了父亲生前的卧室，推开门来，一种极端的整洁和肃穆凝结在每一立方厘米空气中。父亲巨大的遗像，关切地俯视着我。正是冬天，母亲说，这屋冷啊。我说，不怕。我希望自己在写作的全过程中，始终感到微微的寒意，它督我努力，促我警醒。

在大约三个月的时间里，我日出而作，日落而息，像工厂的工人一般准时，每天以大约五千字的匀速推进着。有时候，我很想写得更多一些，汹涌的思绪，仿佛要代替我的手指敲击计算机键盘，欲罢不能。但我克制住激情，强行中止写作，去和妈妈聊天。这不但是写作控制力的需要，更因为我既为人子，居在家中，和母亲的交流就是非常重要的事情。母亲从不问我写的是什么，只是偶尔推开房门，不发出任何声响地静静看着我，许久许久。我知道这种探望对她是何等重要，就隐忍了很长时间，但终有一天耐不住了，对她说，妈，您不能时不时地这样瞧着我。您对我太重要了，您一推门，我的心思就立刻集中到您身上，事实上停止了写作。我没法锻炼出对您的出现置若罔闻的能力……

从此母亲不再看我，只是与我约定了每日三餐的时间，到了吃饭的钟点，要我自动走出那间紧闭的屋子，坐到饭厅。偶尔我会沉浸在写作的惯性中，忘了时辰，母亲会极轻地敲敲门。我恍然大悟地跑出去，母亲守在餐桌旁，菜已凉，粥已冷，馒头不再冒汽，面条凝成一坨……我怪她为什么不自己先吃一点，她总是说，你爸爸在的时候，我也总是等他一起吃。

于是母女相对无言。以后的日子，我再不敢丝毫贻误吃饭。

打印出的稿纸越积越厚了。母亲有一次对我说，女儿，你是在织布吗？

我说，布是怎样织出来的，我没见过啊。

母亲说，要想织出上等的好布来，织布的女人，就得钻到一间像地窖样的房子里，每日早早进屋，晚晚出来，不能叫人打搅，也不跟别人说话。

我说，布难道也像冬储大白菜似的，需遮风避雨不见光吗？

母亲说，地窖里土气潮湿，布丝不易断，织出的布才平整。人心绪不一样，手下的劲道也是不同的。气力有大小，布的松紧也就不相同。人若是能心静如水，胸口里的那股气饱满均匀，绵绵长长地吐出来，织的布才会像绸子一般光滑。

我凛然一惊。

母亲的话里有许多深刻的道理，可惜我听到的时候，生平的第一匹长布，已是疙疙瘩瘩地快要织完了。

好在我以后还会不断地织下去，穷毕生精力，争取织出一幅好布。

每天都冒一点险

"衰老很重要的标志,就是求稳怕变。所以,你想保持年轻吗?你希望自己有活力吗?你期待着清晨能在对新生活的憧憬中醒来吗?有一个好办法啊——每天都冒一点险。"

以上这段话,见于一本国外的心理学小册子。像给某种青春大力丸做广告。本待一笑了之,但结尾的那句话吸引了我——每天都冒一点险。

"险"有灾难狠毒之意。如果把它比成一种处境一种状态,你说是现代人碰到它的时候多呢,还是古代甚至原始时代碰到它的时候多呢?粗粗一想,好像是古代多吧?茹毛饮血刀耕火种的,危机四伏。细一想,不一定。那时的险多属自然灾害,虽然凶残,但比较单纯。现代了,天然险这种东西,也跟热带雨林似的,快速稀少,人工险增多,险种也丰富多了。以前可能被老虎毒蛇害掉,如今是坠机车祸失业污染所伤。以前是躲避危险,现代人多了越是艰险越向前的嗜好。住在城市里,反倒因为无险可冒而焦虑不安。一些商家,就制出"险"来售卖,明码标价。比如"蹦极"这事,实在挺惊险的,要花不少钱,算高消费了。且不是人人享用得了的,像我等体重超标,一旦那绳索不够结实,就不是冒一点险,而是从此再也用不着冒险了。

穷人的险多呢还是富人的险多呢？粗一想，肯定是穷人的险多，爬高上低烟熏火燎的，恶劣的工作多是穷人在操作，就是明证。但富人钱多了，去买险来冒，比如投资或是赌博，输了跳楼饮弹，也扩大了风险的范畴。就不好说谁的险更多一些了。看来，险可以分大小，却是不宜分穷富的。

险是不是可以分好坏呢？什么是好的冒险呢？带来客观的利益吗？对人类的发展有潜在的好处吗？坏的冒险又是什么呢？损人利己夺命天涯？

嗨！说远了。我等凡人，还是回归到普通的日常小险上来吧。

每天都冒一点险，让人不由自主地兴奋和跃跃欲试，有一种新鲜的挑战性。我给自己立下的冒险范畴是：以前没干过的事，试一试。当然了，以不犯法为前提。以前没吃过的东西尝一尝，条件是不能太贵，且非国家保护动物。（有点自作多情。不出大价钱，吃到的定是平常物。）

可惜因眼下在北师大读书，冒险的半径范围较有限。清晨等车时，悲哀地想到，"险"像金戒指，招摇而靡费。比如到西藏，可算是大众认可的冒险之举，走一趟，费用可观。又一想，早年我去那儿，一文没花，还给每月6元的津贴，因是女兵，还外加7角5分钱的卫生费。真是占了大便宜。

车来了。在车门下挤得东倒西歪之时，突然想起另一路公共汽车，也可转乘到校，只是我从来不曾试过这种走法，今天就冒一次险吧。于是拧身退出，放弃这路车，换了一趟新路线。七绕八拐，挤得更甚，费时更多，气喘吁吁地在差一分钟就迟到的当儿，撞进了教室。

不悔。改变让我有了口渴般的紧迫感。一路连颠带跑的，心跳增速，碰了人不停地说对不起，嘴巴也多张合了若干次。

今天的冒险任务算是完成了。变换上学的路线，是一种物美价廉的冒险方式，但我决定仅用这一次，原因是无趣。

第二天冒险生涯的尝试是在饭桌上。平常三五同学合伙吃午饭，AA制，各点一菜，盘子们汇聚一堂，其乐融融。我通常点鱼香肉丝、辣子鸡丁类，被同学们讥为"全中国的乡镇干部都是这种吃法"。这天凭着巧舌如簧的菜单，要了一盘"柳牙迎春"，端上来一看，是柳树叶炒鸡蛋。叶脉宽得如同观音净瓶里洒水的树枝，还叫柳芽，真够谦虚了。好在碟中绿黄杂糅，略带苦气，味道尚好。

第三天的冒险颇费思索。最后决定穿一件宝石蓝色的连衣裙去上课。要说这算什么冒险啊，也不是樱桃红或是帝王黄色，蓝色老少咸宜，有什么穿不出去的？怕的是这连衣裙有一条黑色的领带，好似起锚的水兵。衣服是朋友所送，始终不敢穿的症结正因领带。它是活扣，可以解下。为了实践冒险计划，铆足了勇气，我打着领带去远航。浑身的不自在啊，好像满街筒子的人都在端详议论。仿佛在说：这位大妈是不是有毛病啊，把礼仪小姐的职业装穿出来了？极想躲进路边公厕，一把揪下领带，然后气定神闲地走出来。为了自己的冒险计划，咬着牙坚持了下来。走进教室的时候，同学友好地喝彩，老师说，哦，毕淑敏，这是我自认识以来，你穿的最美丽的一件衣裳。

三天过后，检点冒险生涯，感觉自己的胆子比以往大了一点。有很多的束缚，不在他人手里，而在自己心中。别人看来微不足道的一件事，在本人，也许已构成了茧鞘般的裹挟。突破是一个过程，首先经历心智的拘禁，继之是行动的惶惑，最后是成功的喜悦。

九芒星的钥匙

有一个古老的传说,在宇宙中有一颗闪着九束霞光的星辰,叫作"九芒星"。九芒星是天堂的所在,人类如果最后抵达了那里,就会健康快乐,充满力量。九芒星有一枚钥匙,当众神缔造完了人类的那天傍晚,他们聚在一起,商量着把这枚伟大的钥匙究竟藏在哪里,既不能让人类很轻易地找到,也不能让人类总也找不到,永远浸泡于痛苦之中。

争论半天,有的说,把九芒星的钥匙扔入大海之峡,有的说,埋在雪山之巅,有的说,干脆裹进太阳的肚子里……但众神一想,这些地方随着人类的科技发达,总是可以找到的。讨论了很久,最后众神统一了意见,把九芒星的钥匙种在一个最好找又最不好找的地方,那就是——人类的心田。

众神很得意。这个地方,人类在最初的时候,是绝对想不起去寻找的。当他们搜遍天空海洋的每一朵云彩和每一粒水珠,踩踏了地球上的每一寸土地,还未曾找到天堂的钥匙的时候,也许他们会惆怅而思索地低下头来,查看自己的内心吧?

在每个人的星空,都有一颗九芒星。在每一颗九芒星的上面,都建有一座快乐的天堂。在每一座天堂的墙壁上,都镶着一扇需要打开的门。在每个人的心中,都藏着一枚九芒星的钥匙。

寻找你的九芒星钥匙吧。找到了,快乐和力量就像瀑布,从此充满了你的血脉。

人生有三件事不可俭省

无论世界变得如何奢华，我还是喜欢俭省。这已经变得和金钱没有很密切的关系，只是一个习惯。我这样说，实在是因为俭省的机会其实很廉价，俯拾即是遍地滋生。比如不论牙膏管子多么丰满，但你只能在牙刷毛上挤出大约 1.5 到 2 厘米的膏条，而不是 1 尺长。因为你用不了那么多，你不能把自己的嘴巴变成螃蟹聚会的洞穴。再比如无论你坐拥多少橱柜的衣服，当暑气蒸人的时候，你只能穿一件纯棉的 T 恤衫。如果把貂皮大衣捂在身上，轻则长满红肿热痛的痱毒，重了就会中暑倒地一命呜呼。俭省比奢华要容易得多，是偷懒人的好伴侣——用最直截了当的方式和最小的花费直抵目标。

然而有三件事你不能俭省。

第一件事是学习。学习是需要费用的，就算圣人孔子，答疑解惑也要收干肉为礼。学习费用支出的时候，和买卖其他货物略有不同。你不知道究竟能得到多少知识，这不单决定于老师的水平，也决定于你自己的状态。这在某种情况下就有点隔山买牛的味道，甚至比股票的风险还大。谁也不能保证你在付出了学费之后一定能考上大学，你只能先期投入。机遇是牵着婚纱的小童，如果你不学习，新娘就永远不会出现在你人生的殿堂。

第二件事是旅游。每个人出生的时候都是蝌蚪，长大了都变作井底之蛙。这不是你的过错，只是你的限制，但你要想法弥补。要了解世界，必须到远方去。旅游是需要花钱的，谁都知道。旅游的好处却不是一眼就能看到的，常常需要日积月累潜移默化的蓄积。有人以为旅游只是照一些相片买一些小小的工艺品，其实不然。旅行让我们的身体感悟到不同的风和水，我们的头脑也在不同风情的滋养下变得机敏和多彩。目光因此老辣，谈吐因此谦逊。

第三件事情是锻炼身体。古代的人没有专门锻炼身体的习惯，饥一顿饱一顿全无赘肉。生存的需要逼得他们不停奔跑狩猎，闲暇的时候就装神弄鬼，在岩壁上凿画，在篝火边跳舞，都不是轻体力劳动，积攒不下多余的卡路里。社会进步了，物质丰富了，用不完的热量成了我们挥之不去的负担。于是要人为地在机器上跋涉，在充满氯气的池子里浮沉，在人造的雪花和冰面上打滚，在矫揉造作的水泥峭壁上攀爬……这真是愚蠢的奢侈啊，可我们没有办法，只有不间断地投入金钱，操练贫瘠的肌肉和骨骼，以保持最起码的力量和最基本的敏捷。

有没有省钱的方法呢？其实也是有的。把人生当作课堂，向一切人学习，就省了上学的钱。徒步到远方去，就省了旅游的钱。不用任何健身器械，就在家里踢毽子高抬腿做广播体操……就省了健身的钱。

然而，这也是破费，因为我们付出了时间。

第二志愿

人们常常把所有的注意力都集中在第一志愿上。这些年，随着考试严酷性的不断升级，关于填报志愿的说法，也越来越霸道了——那就是，全力以赴关注你的第一志愿。某些大学的录取人员公开宣布，我们是不会录取第二志愿的学生的。因为你的热爱不够专一，录来也学不好的。

高考形势特殊，僧多粥少，对于学校的取舍，旁人不好议论是非。但我以为，如果把高考报志愿的经验推而广之，把第一志愿至上，扩散成人生选择的一大信条，就有商榷的必要了。

人生的选择绝少是唯一的。

听一位美国心理学家讲座，谈到男女青年挑选恋爱对象时，他说，如果你在读大学的时候，一眼扫去，本班级上的异性，有三分之一以上可以成为你的配偶候选人，那么……

讲到这里，说是悬念也好，说是征询民意也好，他成心留出一个长长的停顿，用苍蓝色的眼珠扫视全场。台下发出汹涌的低语声，均说，那他就是一个神经病！

异国的心理学家抖抖肩膀说，喏！那他或她，就是一个心理健康的人。

这观点有点好玩，也有点耸人听闻，是不是？当然，他指的寻找伴侣，是在大学校园内，智商和背景有大的相仿，并不能波及整个社会，说某个男人觉得与世上三分之一的女人都可成眷属，才属正常。

但这一论点也可以说明，既然结为夫妻这样严重的问题，都不妨有一手或是几手打算，那么，在其他场合的选择，当有更大的弹性。

当孤注一掷地把自己的命运押在某个"唯一"头上的时候，我们实际上处于自我封闭和焦灼无序的状态。内心流淌的是自卑和虚弱。以为只有这狭窄的途径，才是抵达目的地的独木桥，无法设想在另外的情形下，还有道路尚可通行。某些人的信念虽执着但脆弱，难以容忍自己的不成功。由于太惧怕失败的阴影了，拒绝想象除胜利以外，事态还同时存有1 000种以上暗淡的可能。他们能够采取的自卫措施，就是放下眼帘。以为只要不去想，不良的结果就可能像鬼魅，只能在暗夜中游走，不会真的在太阳下现身。

于是每当选择的关头，我们可以看到那么多鸵鸟似的奋不顾身，色厉内荏地跑跳着。到了没有退路的时候，就把小小的脑袋埋入沙荒。他们并不仅仅骗别人，首先的和更重要的，是用这种虚张的气势，为自己打气加力。他们拒不考虑第二志愿，觉着给自己留了退路，就是懦夫和逃兵。甚至以为那是一个不祥的兆头，好像夜啼的猫头鹰，早早赶走方平安。他们竭力不去前瞻那潜伏着的败笔和危险，好像不带粮草就杀入沙漠的孤军。即使为了应付局面多作准备，也是马马虎虎潦潦草草，虚与委蛇地写下第二、第三志愿……不走脑子，秋水无痕。不敢一针见血地问自己，假若第一志愿失守，能否依旧从容微笑？

可惜世上的事情，不如愿者十之八九。当冰冷的结局出现时，很多人就像遇到雪崩的攀援者，一堕千丈。

此刻，你以前不经意间随手填写的第二志愿，就像保险绳一样，在你下坠的过程中，有力地拽住了你，还你一方风景。

惊魂未定的你，此时心中百感交集。被第一志愿抛弃的巨大失落，使百骸俱软，无暇顾及和珍视第二志愿的援手。你垂头丧气地望着崖下，第一志愿的游魂还在碎石中闪着虚光。有人恨不能纵身一跳，以七尺之躯殉了那未竟的理想。即便被亲人和世俗的利害，劝得暂且委曲求全，那心中的苦郁悲凉，也经久不散。

第二志愿如同灰姑娘，龟缩在角落里，打扫尘埃，收拾残局，等待那不知何日才能莅临的金马车。

其实人的才能是多方面的，守节般地效忠第一志愿，愚蠢不说，更是浪费。候鸟是在不断的迁徙当中，寻找自己的最佳栖息地，并在长途艰苦的跋涉中，锻炼了羽翼。在屋檐下盘旋的鸟，除了麻雀，还能想出谁？

寻找第二志愿的过程，实质上是对自己的一次再发现。除了那最突出最显著的特点之外，我还有什么优长之处？第一志愿和第二志愿之间，可否像两位相得益彰的前锋，交互支援？我还有哪些潜藏着的特质，有待发掘和培养？平日疏忽的爱好，也许可在失落中渐渐显影？

第二志愿的考虑和填写，也许比第一志愿更取舍艰难。惟妙惟肖地预想失败，直面失败后的残局和补救的措施，绝非乐事，但却必需。尝试着在出征前就布置退却和迂回的路线，并在这种惨淡经营的设计当中，规划自己再一次崛起的蓝图，是一种经验，更是一种勇气。

也许是因为害怕面对这种挫折的演习，有人惊鸿一瞥般的拟下第二志愿，并不曾经历大脑深远的思考。他们以为这是勇往直前背水一战的魄力，殊不知暴露的只是自己乏于坚韧和气血两虚。

不可搪塞第二志愿。它依旧是人生重要的选择，是你面对逆境的备份文件。它是进可以攻退可以守的支撑点，它是无惧无悔的屏障，它是一个终结和起跑的双重底线。

或许有人以为，有了第二志愿第三志愿……人就易颓败，多疏乐。这是一个谬论。亡命之徒不可取，它使人铤而走险，一旦失利，便是绝望与死寂。不妨想想杂技演员。有了保险绳的时候，他们的表演会无后顾之忧，更精妙绝伦。

在填写第一志愿的时候，把其后的每一份志愿也都认真地考虑，这是人生不屈不挠的法门之一。

我很重要：毕淑敏经典散文学生读本

柱子的弹性

　　有一个故事，说的是一根柱子。一根 300 年前的柱子。那根柱子很坚固，支撑着一座宏伟的大厅。那座大厅很大，大到修建的时候，没有人相信一根柱子就能支撑起沉重的穹顶。年轻的建筑师用了种种的科学方程式，来证实他的这根柱子是何等的牢靠和坚固，足够应用。但是，人们虽然不能反对他的公式，但却可以反对由他来担当这座市政大厅的总设计师。

　　年轻的设计师面临着一个选择。如果他坚持他的设计，那么，他的设计就永远停留在纸上了。如果他变更他的设计，那么人们就看不到这根独撑穹顶的柱子了。设计师沉吟再三，修改了他的图纸，又添加了四根柱子。人们对这个更加稳妥的设计拍手叫好，据此建起了壮丽的大厦。

　　很多年过去了。年轻的设计师变成了墓碑，大地震袭击了城市。很多建筑都倒塌了。唯有具有五根柱子的市政大厅依然巍峨耸立。人们说，幸亏有五根柱子啊！

　　终于到了维修的时刻。人们惊讶地发现，除了最早设计的那根独撑天下的柱子，其余的四根柱子，距离穹顶都有一个窄窄的间隙。也就是说，它们并不承接穹顶的重量，只是美丽的摆设。

于是人们惊叹这匪夷所思的设计，给予设计者以排山倒海的赞美。回答他们的只是墓草的摇曳。

设计师没有收获生前的称誉，但他收获了一根柱子。设计师是可以怒发冲冠一走了之的，但为了他的柱子的诞生，他妥协和避让了。设计师是可以在事成之后，即刻就公布他的计谋的，但为了他的柱子无可辩驳的质地，他保持了宁静的缄默。设计师可以在一份遗嘱或是一部著作中，表达他的先见和果敢，但为了他的柱子的荣誉，他不再贪恋丝毫的浮华。设计师为了他的柱子，隐没在历史的尘埃之中。

这是一根有弹性的柱子。它的设计者把自己的性格赋予了它，于是柱子比设计师活得更长久。

二　回家去问妈妈

亲爱的同学：

　　欢迎你阅读这一部分的毕淑敏经典散文！

　　这一部分精选毕淑敏老师的 11 篇经典散文，跟你聊一聊亲情、友情，以及如何跟父母、朋友以及自己沟通那些事儿。

　　俗话说：在家靠父母，在外靠朋友。学生时代，陪伴你一路成长的更多的是朋友，拥有一份稳定的友谊便显得弥足珍贵；而此时的你自觉已经长大成人，不再依靠母亲遮风避雨，努力去外面的世界寻找自我的价值，她的提醒成了唠叨，她的强调成了啰嗦。友情诚可贵，母爱价更高！既要用心灌溉友情，也要与妈妈温情相拥。当你握紧自己的右手、静心倾听妈妈牌的爱心语言、用心培育友情的信任之果，便可收获一份心灵自在飞扬，亲情、友情常驻身边的成长空间。你还要学会爱自己，爱上自己的闪光点，也接纳自己的缺陷，与自己和解。祝你悦纳自己，悦纳他人，在平和、有爱的氛围中长大！

有问 毕老师您好！请问您相信命运吗？您是如何面对不公、挫折、不幸等生命中这些让人讨厌的因素的？

毕答 渐渐地，我终于发现命运是我怯懦时的盾牌，当我叫嚷命运不公最响的时候，正是我预备逃遁的前奏。

蓝天下的女孩，在你纤细的右手里，有一粒金苹果的种子。

女孩，握紧你的右手，千万别让它飞走！相信自己的手，相信它会在你的手里，长成一棵会唱歌的金苹果树。（《握紧你的右手》）

有问 毕老师您好！我们的生活中须臾不可缺少"沟通"，与父母需要沟通，与同学需要沟通，与老师需要沟通。很多时候因为沟通不力，小事化大，简单变复杂。关于沟通，您能给我们一些建议吗？

毕答 你会说，不认真听别人讲话，会有这样严重的后果吗？我可以很负责地告诉你，正是如此。有很多我们丧失的机遇，有若干阴差阳错的讯息，有不少失之交臂的朋友，甚至各奔东西的恋人，那绝缘的起因，都因我们不曾学会倾听。

听和说像是鲲鹏的两只翅膀，必须协调展开，才能直上九万里。

要在相对短暂的时间内，让别人听懂你的话，让你听懂别人的话，并且在两颗头脑之间产生碰撞，这就变成了心灵的艺术。（《让我们倾听》）

友情：这棵树上只有一个果子，叫作信任

现代人的友谊，很坚固又很脆弱。它是人间的宝藏，需我们珍爱。友谊的不可传递性，决定了它是一部孤本的书。我们可以和不同的人有不同的友谊，但我们不会和同一个人有不同的友谊。友谊是一条越掘越深的巷道，没有回头路可以走的，刻骨铭心的友谊也如仇恨一样，没齿难忘。

友情这棵树上只结一个果子，叫作信任。红苹果只留给灌溉果树的人品尝。别的人摘下来尝一口，很可能酸倒了牙。

友谊之链不可继承，不可转让，不可贴上封条保存起来而不腐烂，不可冷冻在冰箱里永远新鲜。

友谊需要滋养。有的人用钱，有的人用汗，还有的人用血。友谊是很贪婪的，绝不会满足于餐风饮露。友谊是最简朴同时也是最奢侈的营养，需要用时间去灌溉。友谊必须述说，友谊必须倾听，友谊必须交谈的时刻双目凝视，友谊必须倾听的时分全神贯注。友谊有的时候是那样脆弱，一句不经意的言辞，就会使大厦顷刻倒塌。友谊有的时候是那样容易变质，一个未经证实的传言，就会让整盆牛奶变酸。

这个世界日新月异。在什么都是越现代越好的年代里，唯有友谊，人们保持着古老的准则。朋友就像文物，越老越珍贵。

礼物分两种，一种是实用的，一种是象征性的。

我喜欢送实用的礼物。

不单是因为它可为朋友提供立等可取的服务功能，更因为我的利己考虑。

此刻我们是朋友，十年以后不一定是朋友。

就算你耿耿忠心，对方也许早已淡忘。

速朽的礼物，既表达了我此时此刻的善意，又给予朋友可果腹可悦目可哈哈一笑或是凝神端详的价值，虽是一次性的，也留下美好的瞬间，我心足矣。

象征久远意义的礼物，若是人家不珍惜这份友谊了，留着就是尴尬。或丢或毁，都是物件的悲哀，我的心在远处也会颤抖。

若是给自己的礼物，还是具有象征意义的好。比如一块石子一片树叶，在别人眼里那样普通，其中的美妙含义只有自己知晓。

电话簿是一个储存朋友的魔盒，假如我遇到困难，就要向他们发出求救信号。一种畏惧孤独的潜意识，像冬眠的虫子蛰伏在心灵的旮旯。人生一世，消失的是岁月，收获的是朋友。虽然我有时会几天不同任何朋友联络，但我知道自己牢牢地黏附于友谊网络之中。

利害关系这件事，实在是交友的大敌。我不相信有永久的利益，我更珍视患难与共的友谊。长留史册的，不是锱铢必较的利益，而是肝胆相照的情分，和朋友坦诚地交往，会使我们留存着对真情的敏感，会使我们的眼睛抹去云翳，心境重新开朗。

友情如鞭

一次，一个陌生口音的人打电话来，请求我的帮助，很肯定地说我们是朋友（我们就称他 D 吧），相信我一定会伸出援手。我说我不认识你啊。D 笑笑说，我是 C 的朋友。我不由自主地对着话筒皱了皱眉，又赶紧舒展开眉心。因为这个 C 我也不熟悉，幸好我们的电话还没发展到可视阶段，我的表情传不过去，避免了双方的尴尬。

可能是听出我话语中的生疏，D 提示说，C 是 B 的好朋友啊。

事情现在明晰一些了，这个 B，我是认识的。D 随后又吐出了 A 的姓名，这下我兴奋起来，因为 A 确实是我最要好的朋友之一。

D 的事很难办，须用我的信誉为他作保。我不是一个太草率的人，就很留有余地地对他说，这件事让我想一想，等一段时间再答复你。

想一想的实质——就是我开始动用自己有限的力量，调查 D 这个人的来历。我给 A 打了电话，她说 B 确实是她的好友，可以信任的。随之 B 又给 C 作了保，说他们的关系非同一般，尽可以放心云云。然后又是 C 为 D 投信任票……

总之，我看到了一条有迹可循的友谊链。我由此上溯，亲自调查的结果是：ABCD 每一个环节都是真实可信的。

我的父母都是山东人，虽说我从未在那块水土上生活过，但山东人急公好义的血浆,日夜在我的脉管里奔腾。我既然可以常常信任偶尔相识的路人,又有什么理由不相信自己朋友的朋友呢?

依照这个逻辑,我为 D 作了保。

结果却很惨。他辜负了我的信任,是个见利忘义的小人。

愤怒之下,我重新调查了那条友谊链,我想一定是什么地方查得不准,一定是有人成心欺骗了我。我要找出这个罪魁,吸取经验教训。

调查的结果同第一次一模一样,所有的环节都没有差错,大家都是朋友,每一个人都依旧信誓旦旦地为对方作保,但我们最终陷入了一个骗局。

问题出在哪里呢?我久久地沉思。如果我们摔倒了,却不知道是哪一块石头绊倒了我们,这难道不是比摔倒更为懊丧的事情吗?

那条友谊链在我的脑海里闪闪发光,它终于使我怀疑起它的含金量来了。

这世上究竟有多少东西可以毫不走样地一代一代地传递下去呢?嫡亲的骨肉,长相已不完全像他的父母。孪生的姊妹,品行可以天壤之别。遗传的子孙,血缘能够稀释到十六分之一、三十二分之一。同床的伴侣,脑海中缥缈的梦境往往是南辕北辙。高大的乔木,可以因为环境的变迁,异化为矮小的草丛。橘树在淮南为橘而甜,移至淮北变枳而酸。甚至极具杀伤性的放射元素,也有一个不可抗拒的衰变过程,在亿万年的黑暗中,蜕变为无害的石头……

人世间有多少不以人的意志为转移的规律,其中也包括了我们最珍爱的友谊。

友情不是血吸虫病,不能凭借口口相传的钉螺感染他人。兵无常势,水无常形。变是常法,要求友谊在传递的过程中,像复印一般的不走样,原是我们一厢情愿的幼稚。

道理虽是想通了,但情感上总是挽着大而坚硬的疙瘩。我看到友情的传送带，在寒风中变色。信任的含量，第一环是金，第二环是锡，第三环是木头，到了C与D的第四环，已是蜡做的圈套，在火焰下化作烛泪。

现代人的友谊如链如鞭。它羁绊着我们，抽打着我们。世上处处是朋友，我们一天在各式各样友情的旋涡中浮沉。几乎每一个现代人，都曾被友谊之链套牢，都曾被友谊之鞭击打出血痕。

于是我常常在白日嘈杂的人群中厌恶友情，羡慕没有友谊只有利益的世界。虽然冷酷，然而简洁。

到了月朗星稀的夜半，当孤寂的灵魂无处安歇时，我又如承露的铜人一般，渴盼着友人自九天之上洒下琼浆。

友谊是一种易变的东西，假如它不是变得更好，就是不可抑制地变坏了，甚至极快地消亡。有时，在很长一段岁月里，友谊似乎是一成不变的，保持很稳定的状态。这是友谊正在承受时间的考验。

友谊是一种生长缓慢的植物，砍伐它只需要一斧一瞬，培育它则需一世一生。仿佛也有像泡桐一样速生的友谊，但它也像泡桐一样，算不得上好的木材。当然，也有在刹那间酿出友谊的醇酒的，但那多需要极严酷的环境，或是泰山压顶，或是血刃封喉，于平常人是不大相干的。

友谊说起来是极宽广极忠厚的襟怀，其实又是很自私的。它的不可转让性就是明证。它只是一个个体对另一个个体单枪匹马的承诺，时间地点都有严格的限制，馈赠不得的。

在老家是朋友，到了深圳就不一定是朋友。穷的时候是朋友，富了以后很可能就谁也不认识谁了。小的时候是朋友，老的时候或许形同陌路。不信掏出我们每个人的电话簿，你就会发现，前些年经常联系的友人，现在已不知他们飘零何方。有些人已经反目，我们甚至不愿意再看到他们的名字。人为什么要不断地更换电话簿，我以为这是其中一个很重要的原因。

友谊之链不可继承,不可转让,不可贴上封条保存起来而不腐烂,不可冷冻在冰箱里永远新鲜。

正确地讲,友谊是没有链的,有的只是一个个孤立的小环。它为我们度身而做,就像神话中的水晶鞋,换一只脚就套不进去。它是一种纯粹个人栽植的情感树,树上只结一个果子,叫作信任。

红苹果只留给灌溉果树的人品尝。

别的人摘下来尝一口,很可能酸倒了牙。

回家去问妈妈

那一年游敦煌回来，兴奋地同妈妈谈起戈壁的黄沙和祁连的雪峰，说到在丝绸之路上僻远的安西，哈密瓜汁甜得把嘴唇粘在一起……

安西！多么遥远的地方！我在那里体验到莫名其妙的感动。除了我，咱们家谁也没有到过那里！我得意地大叫。

一直安静听我说话的妈妈，淡淡地插了一句，在你不到半岁的时候，我就怀抱着你，走过安西。

我大吃一惊，从未听妈妈谈过这段往事。

妈妈说你生在新疆，长在北京，难道你是飞来的不成？以前我一说起带你赶路的事情，你就嫌烦。说知道啦，别再啰嗦。我说，我以为你是坐火车来的，一件司空见惯的事情。

妈妈依旧淡淡地说，那时候哪有火车？从星星峡经柳园到兰州，我每天抱着你，天不亮就爬上装货卡车的大厢板，在戈壁滩上颠呀颠，半夜才到有人烟的地方。你脏得像个泥巴娃娃，几盆水也洗不出本色……

我静静地倾听妈妈的描述，才知道我在幼年时曾带给母亲那样的艰难，才知道发生在安西的感动源远流长。

我突然意识到，在我和最亲近的母亲之间，潜伏着无数盲点。

我们总觉得已经成人，母亲只是一间古老的旧房。她给我们的童年以遮蔽，但不会再提供新的风景。我们急切地投身外面的世界，寻找自我的价值。全神贯注地倾听上司的评论，字斟句酌地印证众人的口碑，反复咀嚼朋友随口吐露的一滴印象，甚至会为恋人一颦一笑的含义彻夜思索……我们极其在意世人对我们的看法，因为世界上最困难的事莫过于认识自己。我们恰恰忘了，当我们环视整个世界的时候，有一双微微眯起的眼睛，始终在背后凝视着我们。

那是妈妈的眼睛啊！

我们幼年的顽皮，我们成长的艰辛，我们与生俱来的弱点，我们异于常人的禀赋……我们从小到大最详尽的档案，我们失败与成功每一次的记录，都贮存在母亲宁静的眼中。

她是世界上第一个认识我们的人。我们何时长第一颗牙？我们何时说第一句话？我们何时跌倒了不再哭泣？我们何时骄傲地昂起了头颅？往事像长久不曾加洗的旧底片，虽然暗淡却清晰地存放在母亲的脑海中，期待着我们将它放大。

所有的妈妈都那么乐意向我们提起我们小时的事情，她们的眼睛在那一瞬露水般年轻。我们是她们制造的精品，她们像手艺精湛的老艺人，不厌其烦地描绘打磨我们的每一个过程。

于是我们不客气地对妈妈说，老提那些过去的事，烦不烦呀？别说了，好不好？！

从此，母亲就真的噤了声，不再提起往事。有时候，她会像抛上岸的鱼，突然张开嘴，急速地翕动着气流……她想起了什么，但她终于什么也没有说，干燥地合上了嘴唇。我们熟悉了她的这种姿势，以为是一种默契。

为什么怕听母亲讲过去的事情，是不愿承认我们曾经弱小？是不愿承载亲人过多的恩泽？我们在人海茫茫世事纷繁中无暇多想，总以为母亲会永远陪伴在身边，总以为将来会有某一天让她将一切讲完。

在一个猝不及防的刹那，冰冷的铁门在我们身后戛然落下。温暖的目光折断了翅膀，掩埋在黑暗的那一边。

我们在悲痛中愕然回首，才发现自己远远没有长大。

我们像一本没有结尾的书，每一个符号都是母亲用血书写。我们还未曾读懂，著者已撒手离去。从此我们面对书中的无数悬念和秘密，无以破译。

我们像一部手工制造的仪器，处处缠绕着历史的线路。母亲走了，那唯一的图纸丢了。从此我们不得不在暗夜中孤独地拆卸自己，焦灼地摸索着组合我们性格的规律。

当我们快乐时，她比我们更欢喜；当我们忧郁时，她是比我们更苦闷的人，头也不回地远去的时候，我们大梦初醒。

损失了的文物永不能复原，破坏了的古迹再不会重生。我们曾经满世界地寻找真诚，当我们明白最晶莹的真诚就在我们身后时，猛回头，它已永远熄灭。

我们流落世间，成为飘零的红叶。

趁老树虬蚺的枝丫还郁郁葱葱时，让我们赶快跑回家，去问妈妈。

问她对你充满艰辛的诞育，问她独自经受的苦难。问清你幼小时的模样，问清她对你所有的期冀……你安安静静地偎依在她的身旁，听她像一个有经验的老农，介绍风霜雨雪中每一穗玉米的收成。

一定要赶快啊！生命给我们的允诺并不慷慨，两代人命运的云梯衔接处，时间只是窄窄的台阶。从我们明白人生的韵律，距父母还能明晰地谈论以往，并肩而行的日子屈指可数。

给母亲一个机会，让她重温创造的喜悦；给自己一个机会，让我深刻洞察尘封的记忆；给众人一个机会，让他们全面搜集关于一个人一个时代的故事。

在春风和煦或是大雪纷飞的日子，赶快跑回家，去问妈妈。让我们一齐走向从前，寻找属于我们的童话。

孝心无价

我不喜欢一个苦孩求学的故事：家庭十分困难，父亲逝去，弟妹嗷嗷待哺，可他大学毕业后，还要坚持读研究生，母亲只有去卖血……

我以为那是一个自私的学子。求学的路很漫长，一生一世的事业，何必太在意几年蹉跎。况且这时间的分分秒秒都苦涩无比，需用母亲的鲜血灌溉！一个连母亲都无法挚爱的人，还能指望他会爱谁？把自己的利益放在至高无上位置的人，怎能成为为人类献身的大师？我也不喜欢父母重病在床，断然离去的游子，无论你有多少理由。地球离了谁都照样转动，不必将个人的力量夸大到不可思议的程度。在一位老人行将就木的时候，将他对人世间最后的期冀斩断，以绝望之心在寂寞中远行，那是对生命的大不敬。

我相信每一个赤诚忠厚的孩子，都曾在心底向父母许下"孝"的宏愿，相信来日方长，相信水到渠成，相信自己必有功成名就衣锦还乡的那一天，可以从容尽孝。

可惜人们忘了，忘了时间的残酷，忘了人生的短暂，忘了世上有永远无法报答的恩情，忘了生命本身有不堪一击的脆弱。

父母走了，带着对我们深深的挂念。父母走了，遗留给我们永无偿还的心情。你就永远无以言孝。

有一些事情，当我们年轻的时候，无法懂得。当我们懂得的时候，已不再年轻。世上有些东西可以弥补，有些东西永无办法弥补。

"孝"是稍纵即逝的眷恋，"孝"是无法重现的幸福。"孝"是一失足成千古恨的往事，"孝"是生命与生命交接处的链条，一旦断裂，永无连接。

赶快为你的父母尽一份孝心。也许是一处豪宅，也许是一片砖瓦。也许是大洋彼岸的一只鸿雁，也许是近在咫尺的一个口信。也许是一顶纯黑的博士帽，也许是作业簿上的一个红五分。也许是一桌山珍海味，也许是一只野果一朵小花。也许是花团锦簇的盛世华衣，也许是一双洁净的旧鞋。也许是数以万计的金钱，也许只是含着体温的一枚硬币……但"孝"的天平上，它们等值。

只是，天下的儿女们，一定要抓紧啊！趁你父母健在的光阴。

握紧你的右手

常常见女孩郑重地平伸着自己的双手,仿佛托举着一条透明的哈达。看手相的人便说:男左女右。女孩便把左手背在身后,把右手手掌对准湛蓝的天。

常常想,世上可真有命运这种东西?它是物质还是精神?难道说我们的一生都早早地被一种符咒规定,谁都无力更改?我们的手难道真是激光唱盘,所有的祸福都像音符微缩其中?

当我沮丧的时候,当我彷徨的时候,当我孤独寂寞悲凉的时候,我曾格外地相信命运,相信命运的不公平。

当我快乐的时候,当我幸福的时候,当我成功优越欣喜的时候,我曾格外地相信自己,相信只有耕耘才有收成。

渐渐地,我终于发现命运是我怯懦时的盾牌,当我叫嚷命运不公最响的时候,正是我预备逃遁的前奏。命运像一只筐,我把自己对自己的姑息、原谅以及所有的延宕都一股脑儿地塞进去,然后蒙一块宿命的轻纱。我背着它慢慢地向前走,心中有一份心安理得的坦然。

有时候也诧异自己的手。手心叶脉般的纹路还是那样琐细,但这只手做过的事情,却已有了几番变迁。

在喜马拉雅山、冈底斯山、喀喇昆仑山三山交汇的高原上,我当过卫生员。在机器轰鸣铜水飞溅的重工业厂区里,我做过主治医师。

今天，当我用我的笔抒写我对这个世界的想法时，我觉得是用我的手把我的心制成薄薄的切片，置于真和善的天平之上……

高原呼啸的风雪，卷走了我一生中最好的年华，并以浓重的阴影，倾泻于行程中的每一处驿站。

岁月送给我苦难，也随赠我清醒与冷静。我如今对命运的看法，恰恰与少年时相反。

当我快乐当我幸福当我成功当我优越当我欣喜的时候，当一切美好辉煌的时刻，我要提醒我自己——这是命运的光环笼罩了我。在这个环里，居住着机遇，居住着偶然性，居住着所有帮助过我的人。

而当我受挫和悲哀的时候，我便镇静地走出那个怨天尤人的我，像孙悟空的分身术一样，跳起来，站在云头上，注视着那个不幸的人。于是我清楚地看到了她的软弱，她的懦弱，她的虚荣以及她的愚昧……

年近不惑，我对命运已心平气和。

小时候是个女孩，大起来成为女人。总觉得做个女人要比男人难，大约以后成了老婆婆，也要比老爷爷累。

生活中就像没有无缘无故的爱一样，也没有无缘无故的幸运。对于女人，无端的幸运往往更像一场阴谋一个陷阱的开始。我不相信命运，我只相信我的手。

因为它不属于冥冥之中任何未知的力量，而只属于我的心。我可以支配它，去干我想干的任何一件事情。我不相信手掌的纹路，但我相信手掌加上手指的力量。

蓝天下的女孩，在你纤细的右手里，有一粒金苹果的种子。所有的人都看不见它，唯有你清楚地知道它将你的手心炙得发痛。

那是你的梦想，你的期望！

女孩，握紧你的右手，千万别让它飞走！相信自己的手，相信它会在你的手里，长成一棵会唱歌的金苹果树。

淑女书女

假若刨去经济的因素,比如想读书但无钱读书的女子,天下的女人,可分成读书和不读书两大流派。

我说的读书,并不单单指曾经上过小学中学大学硕士博士,读过一本本的教材。严格地讲起来,教材不是书。好像司机的学驾驶和行车,厨师的红白案和刀功一样,是谋生的预备阶段,含有被迫操练的意味。

我说的读书,基本上也不包括报纸和杂志,虽然它们上头都印有字,按照国人"敬惜字纸"的传统,混进了书的大范畴。那些印刷品上,多是一些速朽的讯息,有着时尚和流行的诀窍。居家过日子的实用性是有的,但和书的真谛,还有些差异。

好书是沉淀岁月冲刷的砂金,很重,不耀眼,却有保存的价值。它是地球上曾经生活过的那些智慧的大脑,在永远逝去之前自立下的思维照片。最精华的念头,被文字浓缩了。好像一锅灼热久远的煲汤,濡养着后人的神经。

书对于女人的效力,不像睡眠。睡眠好的女人,容光焕发。失眠的女人,眼圈乌青。读书的女人和不读书的女人,在一天之内是看不出来的。

书对于女人的效力，也不像美容食品。滋润得好的女人，驻颜有术。失养的女人，憔悴不堪。读书的女人和不读书的女人，在三个月之内，也是看不出来的。

日子是一天天地走，书要一页页地读。清风朗月水滴石穿，一年几年一辈子地读下去。书就像微波，从内向外震荡着我们的心，徐徐地加热，精神分子的结构就改变了，成熟了，书的效力凸显出来。

读书的女人，更善于倾听。因为书训练了她们的耳朵，教会了她们谦逊。知道这世上多聪慧明达的贤人，吸收就是成长。

读书的女人，更乐于思考。因为书开阔了她们的眼界，拓展了原本纤细的胸怀。明白世态如币，有正面也有反面。一厢情愿只是幻想。

读书的女人，更勇于决断。因为书铺排了历史的进程，荟萃了英雄的业绩。懂得万事有得必有失，不再优柔寡断贻误战机。

读书的女人，更充满自信。因为书让她们明辨自己的长短，既不自大，也不自卑。既然伟人们也曾失意彷徨，我们尽可以跌倒了再爬起来，抖落尘灰向前。

读书的女人，较少持续地沉沦悲苦，因为晓得天外有天乾坤很大。读书的女人，较少无望地孤独惆怅，因为书是她们招之即来永远不倦的朋友。读书的女人，较少怨天尤人孤芳自赏，因为书让她们牢记个体只是恒河沙粒沧海一粟。读书的女人，较少刻毒与卑劣，因为书中的光明，日积月累浸染着节操鞭挞着皮袍下的"小"……

"淑"字，温和善良美好之意。好书对于女人，是家乡的一方绿色水土。离了它，你自然也能活。但与书隔绝的日子，心无家园。半生过下来，女人就变得言语空虚眼神恍惚心地狭窄见识短浅了。

淑女必书女。

让我们倾听

我读心理学博士方向课程的时候,书写作业,其中有一篇是研究"倾听"。刚开始我想,这还不容易啊,人有两耳,只要不是先天失聪,落草就能听见动静。夜半时分,人睡着了,眼睛闭着,耳轮没有开关,一有月落乌啼,人就猛然惊醒,想不倾听都做不到。再者,我做内科医生多年,每天都要无数次地听病人倾倒满腔苦水,鼓膜都起茧子了。所以,倾听对我应不是问题。

查了资料,认真思考,才知差距多多。在"倾听"这门功课上,许多人不及格。如果谈话的人没有我们的学识高,我们就会虚与委蛇地听。如果谈话的人冗长繁琐,我们就会不客气地打断叙述。如果谈话的人言不及义,我们会明显地露出厌倦的神色。如果谈话的人缺少真知灼见,我们会讽刺挖苦,令他难堪……凡此种种,我都无数次地表演过,至今一想起来,无地自容。世上的人,天然就掌握了倾听艺术的人,可说凤毛麟角。不信,咱们来做一个试验。

你找一个好朋友,对他或她说,我现在同你讲我的心里话,你却不要认真听。你可以东张西望,你可以搔首弄姿,你也可以听音乐梳头发干一切你忽然想到的事,你也可以"王顾左右而言他"……总之,你什么都可以做,就是不必听我说。

当你的朋友决定配合你以后,这个游戏就可以开始了。你必要拣一件撕肝裂胆的痛事来说,越动感情越好,切不可潦草敷衍。好了,你说吧……

我猜你说不了多长时间,最多3分钟,就会鸣金收兵。无论如何你也说不下去了。面对着一个对你的疾苦、你的忧愁无动于衷的家伙,你再无兴趣敞开襟怀。不但你缄口了,而且你感到沮丧和愤怒。你觉得这个朋友愧对你的信任,太不够朋友。你决定以后和他渐疏渐远,你甚至怀疑认识这个人是不是一个错误……

你会说,不认真听别人讲话,会有这样严重的后果吗?我可以很负责地告诉你,正是如此。有很多我们丧失的机遇,有若干阴差阳错的讯息,有不少失之交臂的朋友,甚至各奔东西的恋人,那绝缘的起因,都因我们不曾学会倾听。好了,这个令人不愉快的游戏我们就做到这里。下面,我们来做一个令人愉快的活动。

还是你和你的朋友。这一次,是你的朋友向你诉说刻骨铭心的往事。请你身体前倾,请你目光和煦。你屏息关注着他的眼神,你随着他的情感冲浪而起伏。如果他高兴,你也报以会心的微笑。如果他悲哀,你便陪伴着垂下眼帘。如果他落泪了,你温柔地递上纸巾。如果他久久地沉默,你也和他缄口走过……

非常简单。当他说完了,游戏就结束了。你可以问问他,在你这样倾听他的过程中,他感受到了什么?我猜,你的朋友会告诉你,你给了他尊重,给了他关爱。给他的孤独以抚慰,给他的无望以曙光。给他的快乐加倍,给他的哀伤减半。你是他最好的朋友之一,他会记得和你一道度过的难忘时光,这就是倾听的魔力。

倾听的"倾"字,我原以为就是表示身体向前斜着,用肢体语言表示关爱与注重。翻查字典,其实不然。或者说仅仅作这样的理解是不够全面的。倾听,就是"用尽力量去听"。这里的"倾"字,类乎倾巢出动，类乎倾箱倒箧，类乎倾国倾城，类乎倾盆大雨……总之殚精竭虑毫无保留。

可能有点夸张和矫枉过正，但倾听的重要性我以为必须提到相当的高度来认识，这是一个人心理是否健康的重要标志之一。人活在世上，说和听是两件要务。说，主要是表达自己的思想情感和意识，每一个说话的人都希望别人能够听到自己的声音。听，就是接收他人描述内心想法，以达到沟通和交流的目的。听和说像是鲲鹏的两只翅膀，必须协调展开，才能直上九万里。

现代生活飞速地发展，人的一辈子，再不是蜷缩在一个小村或小镇，而是纵横驰骋漂洋过海。所接触的人，不再是几十一百，很可能成千上万。要在相对短暂的时间内，让别人听懂你的话，让你听懂别人的话，并且在两颗头脑之间产生碰撞，这就变成了心灵的艺术。

看着别人的眼睛

很小的时候，如果我有了过失，说了谎话，又不愿承认的时候，妈妈就会说：看着我的眼睛。如果我襟怀坦荡，我就敢看着她的眼睛，否则就只有羞愧地低头。从此，我面对别人的时候，看着他的眼睛。

当我失败的时候，看着亲人的眼睛，我无地自容；但悲伤会使我的眼睛蒙满泪水，却不会使我闭上眼睛。看着批评我的目光，我会激起正视缺点的勇气与信念。我会仔细回顾我走过的路，看看自己是怎样跌倒的，今后避开同样的危险。

当我受到表扬的时候，我也快乐地注视着别人的眼睛。我不喜欢假装谦虚把睫毛深深地垂下，一个人回到僻静处悄悄地乐。

我愿意把心中的喜悦像满桶的水一样溢出来，让我的朋友们分享。在我的亲人、我的朋友的眼睛里，我读出他们的快活和对我更高的希冀。表扬不但没有使我忘乎所以，反倒更使我感到肩上的担子沉重。成功好比是一座小山，一个准备走很远的路的旅人，站得高了，才会看到目的地的篝火。他会加快自己的脚步。

当我面对陌生人的时候，我会格外注视他的眼睛。眼睛是心灵的窗户已经是被说腻了的古话，可我要说眼睛不仅仅是窗户，它是心灵的家。假如陌生人的目光坦诚而友好，我会向他伸出我的手。假如陌生人的目光犹疑而彷徨，我断定他是一个没有主见的人，不能成为朋友。假如陌生人的目光躲闪而阴暗，我会退避三舍，在心里敲起警钟。假如陌生人的目光孤苦无告，我愿意提供力所能及的帮助。

当我面对熟识的人的时候，我会观察他的眼睛有没有变化。岁月会改变一个人的眼光，就像油漆的家具会变色一样。但是有些老朋友的眼光是不会变的，像最清澈的水晶，晶莹一生。但他们的眼睛会随着思绪的喜怒哀乐变换颜色，作为朋友，我愿与他们分担。假如他们悲哀，我愿为他们宽心。假如他们喜悦，我愿与他们分享。假如他们焦虑，我愿出谋划策。假如他们忧郁，我愿陪着他们沿着静静的小河走很远很远。

当我独自一人面对镜子的时候，我严格地审视自己的眼睛。它是否还保持着童年人的纯真与善良？它是否还凝聚着少年人的敏锐与蓬勃？它在历尽沧桑以后，是否还向往人世间的真善美？面对今后岁月的风霜雨雪，它是否依旧满怀勇气与希望？

当我面对森林的时候，我注视着森林的眼睛。它们就是树干上斑驳的年轮和随风摇曳的无数嫩叶。它们既苍老又年轻，流露出大自然无限的生机。

当我在月夜里面对星空的时候，我注视着宇宙的眼睛。那是苍穹无数的星辰。天是那样的幽蓝而辽阔，周围是那样的静寂而悠远。作为一个单独的人，我们是多么的渺小啊！但正是看似微不足道的人类，开始了征服宇宙的长征。在这个意义上，人类有时那样伟大而悲壮。每一个孤立的人，都像小星一样微弱，但集结起来，就可以给迷途的人指引方向，就可以在黑暗中放出光明。

我注视着滔滔的流水，浪花就是它的眼睛。生命在于运动，假如大海没有了波涛，就结束了它浩瀚博大的使命，大海就瞎了，成为死水一潭。再也不能负载舟楫远航，再也不能任海鸥翱翔，再也不能繁养无数的水族，再也不能驮着我们在海滩上嬉戏……

世界上所有的生灵都有它们的眼睛。就看你用不用心寻找，就看你有没有勇气和它对视。当我刚刚开始学习注视别人的眼睛的时候，心中很有些不安。我觉得自己是个小小的孩童，我怎么敢看着别人的眼睛？那不是太不尊敬人了吗？我对妈妈讲了我的顾虑，她笑了，说，那你明天试着看看老师的眼睛。

第二天，在课堂上，我开始注视着老师的眼睛。好怪啊，老师好像专门给我一个人讲课似的。我的思考紧紧地跟随老师的讲解，在知识的密林里寻觅。当讲到重要的地方，我看到老师的眼睛里冒出精彩的火花，我知道自己一定要记住它。当老师的眼光像湖水一样平静的时候，我知道这只需要一般掌握。当我在读老师眼睛的时候，老师也在读我的眼睛。假如我显现出迷惘与困惑，老师就会停顿他讲解的步伐，在原地连兜几个圈子，直到我的目光重又明亮如洗。假如我调皮地向他眨眨眼睛，他会突然把讲了一半的话咽进嘴里。他知道我已心领神会，可以继续向下讲了。

我这才知道，眼睛对眼睛，是可以说话的。它们进行无声的交流，在这种通行的世界语里，容不得谎言，用不着翻译。它们比嘴巴更真实地反映着一个人隐秘的内心世界。

随着年龄的增长，我明白了注视着别人的眼睛，是一种郑重，是一种尊敬，是一种信任，是一种坦诚。当然，这种注视不是死瞪瞪地盯着人家看，那样可真有点傻乎乎并且不文雅了。注视的目光应该是宁静而安然的，好像是我们在晴朗的天气，眺望远处的青山。

如果我听懂了他的话，我会轻轻地点头。如果我需要他详细解说，我会用目光传达出这种请求。

注视着别人的眼睛，也给自己提出了更高的要求。当我注视着别人的眼睛说谢谢你的时候，我必须发自内心的真诚。当我注视着别人的眼睛说对不起的时候，我必须传递由衷的歉意。当我注视着别人的眼睛说我能把这件事做好的时候，我一定要有必胜的决心。当我注视着别人的眼睛说请相信我，我觉得自己陡然间增长了才干和胆魄。

　　医学家证明，人在说谎的时候，无论他多么历练老辣，他的眼睛都会泄露他的秘密。他的瞳孔会散大，他的视线会游移，眼睑也会不由自主地下垂。为了我们能够勇敢地注视别人的眼睛并不怕被别人所注视，让我们做一个襟怀坦荡心灵像水晶般透明的人。

爱的回音壁

现今中年以下的夫妻,几乎都是一个孩子,关爱之心,大概达到中国有史以来的最高值。家的感情像个苹果,姐妹兄弟多了,就会分成好几瓣。若是千亩一苗,孩子在父母的乾坤里,便独步天下了。

在前所未有的爱意中浸泡的孩子,是否物有所值,感到莫大幸福?我好奇地问过。孩子们撇嘴说,不,没觉着谁爱我们。

我大惊,循循善诱道,你看,妈妈工作那么忙,还要给你洗衣做饭;爸爸在外面挣钱养家,多不容易!他们多么爱你们啊……

孩子们很漠然地说,那算什么呀!谁让他们当了爸爸妈妈呢?也不能白当啊,他们应该的。我以后做了爸爸妈妈也会这样。这难道就是爱吗?爱也太平常了!

我震住了。一个不懂得爱的孩子,就像不会呼吸的鱼,出了家族的水箱,在干燥的社会上,他不爱人,也不自爱,必将焦渴而死。

可是,你怎样让由你一手哺育长大的孩子,懂得什么是爱呢?从他眼睛接受第一缕光线时,已被无微不至的呵护包绕,早已对关照体贴熟视无睹。生物学上有一条规律,当某种物质过于浓烈时,感觉迅速迟钝麻痹。

如果把爱定位于关怀,随着孩子年龄的增长,对他的看顾渐次减少，孩子就会抱怨爱的衰减。"爱就是照料"这个简陋的命题，把许多成人和孩子一同领入误区。

寒霜陡降也能使人感悟幸福，比如父母离异或是早逝。但它是灾变的副产品，带着天力人力难违的僵冷。孩子虽然在追忆中，明白了什么是被爱，那却是一间正常人家不愿走进的课堂。

孩子降生人间，原应一手承接爱的乳汁，一手播洒爱的甘霖，爱是一本收支平衡的账簿。可惜从一开始，成人就间不容发地倾注了所有爱的储备，劈头盖脑砸下，把孩子的一只手塞得太满。全是收入，没有支出，爱沉淀着，淤积着，从神奇化为腐朽，反让孩子成了无法感知爱意的精神残疾。

我又问一群孩子，那你们什么时候感到别人是爱你的呢？

没指望得到像样的回答。一个成人界都争执不休的问题，孩子能懂多少？比如你问一位热恋中的女人，何时感觉被男友所爱？回答一定光怪陆离。

没想到孩子的答案晴朗坚定。

我帮妈妈买醋来着。她看我没打了瓶子，也没洒了醋，就说，闺女能帮妈干活了……我特高兴，从那会儿，我知道她是爱我的。翘翘辫女孩说。

我爸下班回来，我给他倒了一杯水，因为我们刚在幼儿园里学了一首歌，词里说的是给妈妈倒水，可我妈还没回来呢，我就先给我爸倒了。我爸只说了一句，好儿子……就流泪了。从那次起，我知道他是爱我的。光头小男孩说。

我给我奶奶耳朵上夹了一朵花，要是别人，她才不让呢，马上就得揪下来。可我插的，她一直戴着，见着人就说，看，这是我孙女打扮我呢……我知道她最爱我了……另一个女孩说。

我大大地惊异了。讶然这些事的碎小和孩子铁的逻辑。更感动他们谈论时的郑重神气和结论的斩钉截铁。爱与被爱高度简化了，统一了。孩子在被他人需要时，感觉到了一个幼小生命的意义。成人注视并强调了这种价值，他们就感悟到深深的爱意。在尝试给予的同时，他们懂得了什么是接受。爱是一面辽阔光滑的回音壁，微小的爱意反复回响着，折射着，变成巨大的轰鸣。当付出的爱被隆重地接受并珍藏时，孩子终于强烈地感觉到了被爱的尊贵与神圣。

被太多的爱压得麻木，腾不出左手的孩子，只得用右手，完成给予和领悟爱的双重任务。

天下的父母，如果你爱孩子，一定让他从力所能及的时候，开始爱你和周围的人。这绝非成人的自私，而是为孩子一世着想的远见。不要抱怨孩子天生无爱，爱与被爱是铁杵成针百年树人的本领，就像走路一样，须反复练习，才会举步如飞。

如果把孩子在无边无际的爱里泡得口眼翻白，早早剥夺了他感知爱的能力，育出一个爱的低能儿，即使不算弥天大错，也是成人权力的滥施，或许要遭天谴的。

在爱中领略被爱，会有加倍的丰收。孩子渐渐长大，一个爱自己、爱世界、爱人类，也爱自然的青年，便喷薄欲出了。

柔 和

"柔和"这个词,细想起来挺有意思的。先说"和"字,由禾苗和口两部分组成,那含义大概就是有了生长着的禾苗,嘴里的食物就有了保障,人就该气定神闲,和和气气了。

这个规律,在农耕社会或许是颠扑不破的。那时只要人的温饱得到解决,其他的都好说。随着社会和科技的发达进步,人的较低层次需要得到满足之后,单是手中有粮,就无法抚平激荡的灵魂了。中国有句俗话,叫作"吃饱了撑的——没事找事"。可见胃充盈了之后,就有新的问题滋生,起码无法达致完全的心平气和。

再说"柔"这个字。通常想起它的时候,好像稀泥一摊,没什么筋骨的模样。但细琢磨,上半部是"矛",下半部是"木"——一支木头削成的矛,看来还是蛮有力度和进攻性的。柔是褒义,比如"柔韧、以柔克刚、刚柔相济、百炼钢化作绕指柔……",都说明它和阳刚有着同样重要的美学和实践价值。

记得早年当医学生的时候,一天课上先生问道,大家想想,用酒精消毒的时候,什么浓度为好?学生齐声回答,当然是越高越好啦!先生说,错了。太高浓度的酒精,会使细菌的外壁在极短的时间内凝固,形成一道屏障,后续的酒精就再也杀不进去了,细菌在壁垒后面依然活着。最有效的浓度，是把酒精的浓度调得柔和些．润物无声地渗透进去，效果才佳。

于是我第一次明白了，柔和有时比风暴更有力量。

柔和是一种品质与风格。它不是丧失原则，而是一种更高境界的坚守，一种不曾剑拔弩张，依旧扼守尊严的艺术。柔和是内在的原则和外在的弹性充满和谐的统一，柔和是虚怀若谷的谦逊和冷暖相宜的交流。

现代人在风驰电掣的忙碌中，是多么期望自己和他人的柔和啊。不信，你看看报上的征婚广告，净是征询性格柔和的伴侣。人们希望目光是柔和的，语调是柔和的，面庞的线条是柔和的，身体的张力是柔和的……

当我们轻轻念出"柔和"这个词的时候，你会觉得有一缕淡蓝色的温润，弥漫在唇舌之间。

有人追索柔和，以为那是速度和技巧的掌握。书刊上有不少教授柔和的小诀窍，比如怎样让嗓音柔和，手势柔和……我见过一个女孩子，为了使性情显出柔和，在手心用油笔写了大大的"慢"字，天天描一遍，掌总是蓝的。以致扬手时常吓人一跳，以为她练了邪门武功。并为自己规定每说一句话之前，在心中默数从1到10……她除了让人感到木讷和喜怒无常外，与柔和不搭界。

一个人的心如若不柔和，所有对外在柔和形式的模仿和操练，都是沙上楼阁。

看看天空和海洋吧。当它们最美丽和博大，最安宁和清洁的时候，它们是柔和的。

只有成长了自己的心，才会在不经意之间，收获了柔和。

我们的声音柔和了，就更容易渗透到辽远的空间。我们的目光柔和了，就更轻灵地卷起心扉的窗纱。我们的面庞柔和了，就更流畅地传达温暖的诚意。我们的身体柔和了，就更准确地表明与人平等的信念。

　　柔和，是力量的内敛和高度自信的宁馨儿。愿你在某一个清晨，感觉出柔和像云雾一般悄然袭身。

谎言三叶草

人总是要说谎的，谁要是说自己不说谎，这就是一个彻头彻尾的谎言。有的人一生都在说谎，他的存在就是一个谎言。有的人偶尔说谎，除了他自己，没有人知道这是一个谎言。谎言在某些时候只是说话人的善良愿望，只要不害人，说说也无妨。

在我心灵深处，生长着一棵"谎言三叶草"。当它的每一片叶子都被我毫不犹豫地摘下来时，我就开始说谎了。

它的第一片叶子是善良。不要以为所有的谎言都是恶意，善良更容易把我们载到谎言的彼岸。一个当过许多年的医生，当那些身患绝症的病人殷殷地拉着他的手，眼巴巴地问，大夫，你说我还能治好吗？他总是毫不犹豫地回答，能治好。他甚至不觉得这是一个谎言。它是他和病人心中共同的希望。当事情没有糟到一塌糊涂时，善良的谎言也是支撑我们前进的动力。

"三叶草"的第二片叶子是此谎言没有险恶的后果，更像一个诙谐的玩笑或委婉的借口。比如文学界的朋友聚会是一般人眼中高雅的所在，但我多半是不感兴趣的。不过，人家邀请你，是好意，断然拒绝，不但不礼貌，也是一种骄傲的表现，和我本意相距太远。这时，我一般都是找一个借口推脱了。比如我说正在写东西，或是已经有了约会……

　　第三片叶子是我为自己规定的——谎言可以为维护自尊心而说。我们常会做错事。错误并没有什么了不起，改过来就是了。但因为错误在众人面前伤了自尊心，就是外伤变成内伤，不是一时半会儿治得好的。我并不是包庇自己的错误。我会在没有人的暗夜，深深检讨自己的缺憾，但我不愿在众目睽睽之下，把自己像次品一样展览。也许每个人对自尊的感受不同，但大多数人在这个问题上都很敏感。为了自尊，我们可以说谎；同样是为了自尊，我们不可将谎言维持得太久。因为真正的自尊是建立在不断完善自己的地基之上的，谎言只是短暂的烟幕。

　　随着年龄的增长，心田的"谎言三叶草"渐渐凋零。我有时还会说谎，但频率减少了许多。究其原因，我想，谎言有时表达了一种愿望，折射出我们对事实的希望。生命的年轮一圈圈加厚，世界的本来面目像琥珀中的甲虫，越发纤毫毕现，需要我们更勇敢地凝视。我已知觉的人生第一要素不是"善"而是"真"。有的人总是说谎，那就不是"谎言三叶草"的问题，而简直是荒谬的茅草屋了。对这种人，我并不因为自己也说过谎而谅解他们。偶尔一说和家常便饭地说，还是有原则区别的。

　　中国有句古话，叫做"人之将死，其言也善"。我觉得这个"善"字就是真实的意思。也就是说，人到临死的时候，就不说谎了。但这个省悟，似乎来得太晚了点。

三　你站在金字塔的第几层

亲爱的同学：

　　欢迎你阅读这一部分的毕淑敏经典散文！

　　这一部分精选毕淑敏老师的12篇经典散文，跟你聊一聊负面情绪那些事儿。

　　你是否有过下面的切身经历？犯下错误时，害怕受到批评，就用谎言做挡箭牌；遇到挫折时，失去了信心，就以心情抑郁为借口，放弃了努力；为了考取好成绩，或以不良手段诋毁竞争对手，或在考试中作弊，到最后却发现既失去了同学的信任，又受到了严厉的处分，正所谓得不偿失、作茧自缚；为了摘取校园歌曲大赛的冠军，苦练唱功，比赛时却因紧张忘记了歌词……很多的负面情绪，如同一只只邪恶的小兽不时地诱惑你走向歧途。愿你放下一切心灵的束缚，全力起航，驶向成功的彼岸，拥抱神采飞扬的人生！

有问　毕老师您好！我是广大"留守子女"当中的一

员，爸爸妈妈常年在外打工。留守子女的标签，"缺乏安全感、忧郁、孤僻、敏感猜疑……"对我来说都是切身的体会。我改变不了现实，只能改变自己的心态。我该怎么做，才能调整好自己的心态，远离这些讨厌的标签呢？

毕答 忧郁是一只近在咫尺的洋葱，散发着独特而辛辣的味道，剥开它紧紧相连的鳞片时，我们会泪流满面。

正因为这种本质上的忧郁，所以我们才要在有限生存岁月中，挑战忧郁，让我们自己的生活更自由，更欢愉，更勃勃生气。

不要嘲笑忧郁，忧郁是一种面对失落的正常。不要否认我们的忧郁，忧郁会使我们成长。不要长久地被忧郁围困，忧郁会使我们萎缩。不要长久地被忧郁吓倒，摆脱了忧郁的我们，会更加柔韧刚强。（《切开忧郁的洋葱》）

有问 毕老师您好！我在学习过程中时常感到紧张得喘不过气来，我害怕辜负了父母的期望，我担心失掉"尖子生"的地位，我不敢面对老师的责备、同学的冷眼……最近一段时间，我时常感到焦虑、神经衰弱、失眠，您有没有办法帮助我走过这段灰暗的日子？

毕答 人们很推崇的一个词——大将风度，我以为其中极重要的组成部分，就是不紧张。每一行真正的高手，几乎都是举重若轻温柔淡定的。草船借箭诸葛空城，功夫在诗外，无论形式多么危急，他们成竹在胸。无论己方多么孤立，他们胜券在握。哪怕局面间不容发，他们眼观六路，耳听八方。大将不紧张。（《紧张》）

坦言，心灵的力量

在报上看到两个年轻人的故事。他们非常聪明，是很好的朋友，都有硕士学位，并且在证券业有骄人的成就。其中一位还获得过全国证券交易排行榜第五名。

他们可谓少年得志，面前也有辉煌的前景。受一位朋友的引荐，他们双双接受一家公司的委托，成为国债交易的操盘手。应该说，他们的工作很努力，两个月后，他们已经为公司净赚了两百万元。但是，公司一直未与他们签订聘用合同，也没有在提成方面有一个明确的分配。他们内心不平衡，甲就对乙说，咱们给公司赢了那么多利，他们对我们也没有个交待，找个时间把国债做一下，给公司施加一点压力。

两个人策划之后，一个自以为得计的阴谋形成了。他们又找到了在武汉也是做操盘手的丙，让他准备一笔两千万的款子，伺机而动。

约定的日子到了。他们的手法说复杂很复杂，不在其中的人，是绝不能操纵成功的。说简单也简单，就是甲和乙不按常理，在开盘集合竞价的时候，把一只头一天还报113元卖出的国债，共计四万手，按80块钱卖出，企图让武汉的丙把它们买下来。最后给公司造成了四百万元的损失。

现在，这两位曾经是才华横溢前程远大的青年，在铁窗内度着生涯。他们的一生将因此笼罩在巨大的阴影中。在牢狱中，他们叹息自己不懂法律，付出了惨痛的代价。也许法学家或是金融家能从这一案例当中分析出各种经验教训，在我看来，还有一个极为重要的方面不应被忽视。

这一重大案件的起因，就是因为甲和乙的心理不平衡造成的。他们还不够有经验，在和公司合作伊始，就要把劳务合同和奖惩条例签好，这是他们的一个失误。有了失误可以挽回，他们本可以向公司方面坦陈自己的意见，来个亡羊补牢。可是，他们似乎根本就没有朝这个正确的方向努力，而是一步就迈向了法律所禁止的边缘，开始了犯罪的谋划。

我们常常听到这样的故事。一对年轻人，彼此都很有好感，可是谁都没有勇气表白自己的内心。于是无数的旁敲侧击，无数的委屈误会，无数试探和揣摩，窗户纸始终不能捅破。结果呢，清高占了上风，谁都等着对方说第一句话，最后不了了之。漫长岁月后，都已人到暮年，再次重逢坦露心迹，才知彼此的家庭都不幸福，后悔当年的迟疑。但现实是残酷的，逝去的青春不可能改写，只能存留永远的遗憾。

回想我们的经历，真是有太多时候，我们没有勇气将自己的真实想法和盘托出，我们一厢情愿期待着事件按照我们的想象向前发展。可惜这样的机遇总是十分稀少，不如意者十之八九。一旦失望，要么是退避躲让，要么是走向极端，却忘了一条最直接最简单的捷径，那就是坦言。

其实那两位年轻的操盘手，如果在走马上任三个月后，认为没有得到相应待遇，心中忿忿，就可以直截了当地提出意见，争取自己的利益。如果公司方面答复不如意，也可以用更坚决更理智的方法，争取合法权益。可惜啊，他们舍近求远，他们弃易取难，甚至不惜用犯罪这样极端的手段，来达到一个原本正当的目的。

世上有多少痛苦和支离破碎，是因为双方的故弄玄虚？世上有多少悲剧，是因为误解和朦胧而发生？世间有多少罪恶，是因为隔膜和延宕而萌动？世上有多少流血和战争，是因为彼此的关闭和封锁而爆发？

坦言的"坦"字，在字典里的含义是"平"。把自己想要表达的意见，一马平川地说出来，不遮掩，不隐藏，不埋设地雷不挖掘壕沟，不云山雾罩也不神龙见首不见尾……清晰明白，心平气和，这是做人的基本功之一。

"坦言"常常被误认为是缺少城府涉世不深，其实这是一个天大的误会。在素以严谨著称的外交谈判中，坦率也是一个使用频率极高的词汇。越是面对分歧和隔阂，越需要开诚布公的坦言。

有人以为"坦言"是一个技术性的问题，以为掌握了若干讲话的小诀窍，就可游刃有余，其实"坦言"的基础是一个心理素养的问题。

首先，你要是一个襟怀坦荡敢于负责的人。它不是阿谀奉承的话，也不是人云亦云的话。它是你自我思考的结晶，它将透露你的真实想法，所包含的信息和观点，是你人格的体现。如果你畏葸求全，马首是瞻，那么，你无法坦言。

坦言说起来容易，真正做起来，那过程往往令人不安和焦灼。可能是一个集会或课堂的公开发言，也可能是和你的上司或师长的对谈，可能是面对心仪的异性的首次表白，也可能是因为我们的过失而道歉和忏悔……总之，坦言是一次精神和语言的冒险，其中蕴含着情感的未知和不可预测的反应。

然而，尽管困难重重，我们还是需要坦言。坦言是一种勇敢，因为你面对着世界，发出了独属于你的声音。坦言是一种敢作敢当的尝试，因为你们既不是权势传声筒，也不是旁人的回音壁。无论你的声音多么微弱和幼稚,可那是属于你的喉咙,它昭显了你的独立和思索。

有人以为坦言是不安全的,藏藏掖掖才是老练。我要说,往往你以为最不保险的地方才是最安全的。社会节奏如此之快,你吞吞吐吐,别人怎能知晓你繁复的内心活动?如果说在缓慢的农耕社会,人们还可以容忍剥茧抽丝的离题万里,那么在现代,坦言简直就是人生的必修课了。

有人以为坦言仅仅是嘴皮子上的功夫,其实不然。有人无法坦言,是因为他不知道自己究竟需要坚守怎样的观点。坦言建筑在对自己和对社会的深切了解之上。如果你反对,你就旗帜鲜明。如果你热爱,你就如火如荼。如果你坚持,你就矢志不渝。如果你选择,你就当机立断。

年轻人有一个容易犯的毛病,就是假装深沉。这个责任不在青年,而是在我们民族的约定俗成中,不恰当地推崇少年老成。年轻的特点就是反应机敏、头脑灵活、快人快语。如果强作拖沓徐缓之状,那是对青春活力的不敬。说话不在缓急,而在其中是否蕴含真情,富有真知灼见。如果一个老年人言之无物,看他体弱健忘的分上,人们还能有几分谅解的话,年轻人的故作深沉,只能让人生出悲哀。老年人对于新生事物,难以避免倦怠,但一个年轻人,违背天性欲盖弥彰,那简直就是逃避和无能的同义词了。

坦言的核心是自信,是尊重自己也是尊重他人。你值得我信任,所以我对你说真话。你可以拒绝我的意见,但不要轻视我的热情。我信任我自己是有价值的,所以我能够直率地面向这个世界。

学会坦言,会对人的一生发生重大的影响。我看过很多应聘成功的例子,那骨子里很多是面对权威的坦言。坦言常常更快地显露你的人品和才华,显露你应变的能力。坦言是现代社会人际互动中极富建设性的策略,是一种建立良好情感环境的强大动力。

很多人在开始尝试坦言的时候，常易紧张和失态。如同一只刚刚出壳的小鸡，感到湿漉漉的寒冷。但是，你一定要坚持下去，你一定会渐渐地熟练。坦言之后，即使被心爱的异性拒绝，也比潜藏着愿望追悔一生要好。即使得罪了昏庸的上级，也比唯唯诺诺丧失了人格要好。因为坦言，我们把自己的弱点暴露在光天化日之下，就更有了改正和提升的动力。因为坦言，我们会结识更多肝胆相照的朋友，会获得更多打磨历练的机遇。

珍惜坦言，那是一种心灵力量的体现。我们的意志在坦言中捶打，变得坚强。我们的勇气在坦言中增强，变得坚定。我们的爱在坦言中经受风雨，变成养料。我们的友谊在坦言中纯粹，变得醇厚。

坦言会让我们失去面纱，得到赤裸裸的真实。世上有很多人是经受不起坦言的，一如雪人不能和春风会面。但是，这正说明了坦言的宝贵。从年轻就学会坦言，那就等于你获得了一棵益寿延年的心理灵芝。你可以在有限的时间内，得到更多行动和交流的自由。

切开忧郁的洋葱

忧郁是一只近在咫尺的洋葱,散发着独特而辛辣的味道,剥开它紧密相连的鳞片时,我们会泪流满面。

一位为联合国工作的朋友告诉我,她到过战火中的难民营,抱起一个小小的孩子。她紧紧地搂着这幼小的身躯,亲吻她枯燥的脸颊。朋友是一位博爱的母亲,很喜爱儿童,温暖的怀抱曾揽过无数的孩子,但这一次,她大大地惊骇了。那个婴孩软得像被火烤过的葱管,萎弱而空虚。完全不知道贴近抚育她的人,没有任何欢喜的回应,只是被动地僵直地向后反张着肢体,好似一块就要从墙上脱落的白瓷砖。

朋友很着急,找来难民营的负责人,询问这孩子是不是有病或是饥寒交迫,为什么表现得如此冷漠?那负责人回答说,因为有联合国的经费救助,孩子的吃和穿都没有问题,也没有病。她是一个孤儿,父母双亡。孩子缺少的是爱,从小到大,从没有人抱过她。因她不知"抱"为何物,所以不会反应。

朋友谈起这段往事,感慨地说,不知这孩子长大之后,将如何走过人生?不知道。没有人回答。寂静。但有一点可以预见,她的性格中必定藏有深深的忧郁。

我们都认识忧郁,每一个人,在一生的某个时刻,都曾和忧郁狭路相逢。自然界的风花雪月，人生的悲欢离合，从宋玉的悲秋之赋到绿肥红瘦的喟叹，从游子的枯藤老树昏鸦到弱女的耿耿秋灯凄凉，忧郁如同一只老狗，忠实而疲倦地追着人们的脚后跟，挥之不去。随着现代社会的发达，忧郁更成了传染的通病。"忧郁症"已经如同感冒病毒一般，在都市悄悄蔓延流行。

忧郁像雾，难以形容。它是一种情感的陷落，是一种低潮的感觉状态。它的症状虽多，灰色是统一的韵调。冷漠，丧失兴趣，缺乏胃口，退缩，嗜睡，无法集中注意力，对自己不满，缺乏自信……不敢爱，不敢说，不敢愤怒，不敢决策……每一片落叶都敲碎心房，每一声鸟鸣都溅起泪滴，每一束眼光都蕴满孤独，每一个脚步都狐疑不定……

一个女大学生给我写信，说她就要被无尽的忧郁淹没了。因为自己是杀人凶手，那个被杀的人就是她的妈妈。她说自己从三岁起双手就沾满了母亲的鲜血，因为在那一天，妈妈为了给她买一支过生日的糖葫芦，横穿马路，倒在车轮下……

"为此，我怎能不忧郁？忧郁必将伴我一生！"信的结尾处如此写着，每一个字，都被水洇得像风中摇曳的蓝菊。

说来这女孩子的忧郁，还属于忧郁中比较谈得清的那种，因为客观的、重要人物的失落而引起，在某种程度上，是我们不得不面对的痛苦反应。更有那说不清道不明的忧郁，树蚕一样噬咬着我们的心，并用重重叠叠的愁丝，将我们裹得筋骨蜷缩。

忧郁这种负面情感的源头，是个体对于失落的反应。由于丧失，所以我们忧郁。由于无法失而复得，所以我们忧郁。由于从此成为永诀，所以我们忧郁。由于生命的一去不返，所以我们忧郁。

从这种意义上讲，忧郁几乎是人类这种渺小的动物面对宇宙苍穹时，与生俱来的恐惧，所以我们无法从根本上消除忧郁。我相信凡是有人类生存的日子，我们就要和忧郁为朋，虽然我们不喜欢，但我们必须学会与忧郁共舞。

正因为这种本质上的忧郁，所以我们才要在有限生存岁月中，挑战忧郁，让我们自己的生活更自由，更欢愉，更勃勃生气。

失落引起忧郁。当我们分析忧郁的时候，首先面对的是失落。细细想来，失落似可分为不同性质的两大类。一是目前发生的真实与外在的失落，可以被我们确认并加以处理的。比如失去父母，失去朋友，失去恋人，失去工作，失去金钱，失去股票，失去名声，失去房产，失去自信……惨虽惨矣，好歹失在明处，有目共睹。二是源自自我发展的早期便被剥夺，或严重的失望经验，导致内在的深刻失落感觉。这话说起来很拗口，其实就是失在暗地，失得糊涂，失得迷惘，失在生命入口端的混沌处。你确切无疑地丢失了，却不知遗落在哪一个驿站。

这可怕的第二种失落，常常是潜意识的，表明在我们的儿童期，有着不同程度的缺憾和损失。因为我们未曾得到醇厚的爱，或因这爱的偏颇，使我们的内心发展受阻。因为幼小，我们无法辨析周围复杂的社会，导致丧失了对他人的信任，并在这失望中开始攻击自己。如同联合国那位朋友所抱起的女婴，她已不知人间有爱，她已不会回报爱与关切。在这种凄楚中长大的孩子，常常自我谴责与轻贱，认为自己不可爱，无价值，难以形成完整高尚的尊严感。

过度地被保护和溺爱，也是一种失落。这种孩子失落的是独立与思考，他们只有满足的经验，却丧失了被要求负责的勇气，丧失了学会接受考验和失败的能力，丧失了容纳失望的胸怀。一句话，他们在百般呵护下，残障了自我的成长性和控制力的发展。他们的脑海深处永远藏着一个软骨的啼哭的婴孩，因为愤怒自己的无力，并把这种无能感储入内心，因而导致无以名状的忧郁。

人的一生，必须忍受种种失落。就算你早年未曾失父母失学失恋，就算你一帆风顺平步青云，你也必得遭遇青春逝去韶华不再的岁月流淌，你也必得纳入体力下降记忆衰退的健康轨道，你也必有红颜易老退休离职的那一天，你也必得遵循生老病死新陈代谢的铁律，到了那一刻，你是否有足够的弹性，抵御忧郁？

还有一种更潜在的忧郁，是因为我们为自己立下了不可达到的高标准，产生了难以满足的沮丧感。这种源自认定自我罪恶的忧郁症状，是与外界无关的，全需我们自我省察，挣脱束缚。

忧郁的人往往是孤独的，因为他们自卑与自怜。忧郁的人往往互相吸引，因为他们的气味相投。忧郁的人结为夫妻，多半不得善终，因为无法自救亦无力救人。忧郁的人往往易于崩溃，因为他们哀伤更因为他们羸弱绝望。

难民营的婴儿，不知你长大后，能否正视自己的童年？失却的不可复来，接受历史就是智慧。记忆中双手沾着血迹的女大学生，你把那串猩红的糖葫芦永远地抛掉吧，你的每一道指纹都是洁白的，你无罪。母亲在天国向你微笑。

不要嘲笑忧郁，忧郁是一种面对失落的正常。不要否认我们的忧郁，忧郁会使我们成长。不要长久地被忧郁围困，忧郁会使我们萎缩。不要被忧郁吓倒，摆脱了忧郁的我们，会更加柔韧刚强。

发出声音永远是有用的

有一年，我应邀到一所中学演讲。中国北方的农村，露天操场，围坐着几千名学生，他们穿着翠蓝色校服，脸蛋呈现出一种深紫的玫瑰红色。冬天，很冷。

我从不曾在这样冷的地方讲过这么多的话。虽然我以前在西藏待过，经历过零下40摄氏度的严寒，但那时军人们急匆匆像木偶一般赶路，缄口不语，说话会让周身的热量非常快地流失。这一次，吸进冷风，呼出热气，在腊月的严寒中面对着一群眼巴巴的农村少年谈人生和理想，我口中吐冒一团团白烟，像老式的蒸汽火车头。

演讲完了，我说，谁有什么问题，可以写个纸条。这是演讲的惯例，我有什么地方说得不妥当，请大家指正。孩子们掏出纸笔，往手心哈一口热气，纷纷写起来。老师们很负责地在操场上穿行，收集字条。

我打开一张纸条。上面写着：我很生气，这个世界是不平等的。比如，我为什么是一个女孩呢？我的爸爸为什么是一个农民？而我同桌的爸爸却是县长？为什么我上学要走那么远的路，我的同桌却坐着小汽车？为什么我只有一支笔，他却有那么大的一个铅笔盒？

我看着那一排钩子一样的问号，心想这是一个充满了愤怒的女孩，如果她张嘴说话，一定像冲出了一股乙炔，空气都会燃起蓝白的火苗。

我大声地把她的条子念了出来。那一瞬，操场上很静很静，听得见遥远的天边，有一只小鸟在嘹亮地歌唱。我从台子上望下去，一双双乌溜溜的眼珠，在玫瑰红色的脸蛋上瞪得溜圆，还有人东张西望，估计他们在猜测纸条的主人。

据说孩子们在妈妈的肚子里，就能体会到母亲的感情。很多女孩子从那个时候，就感受到了这个世界的不平等，因为你不是一个男孩，你不符合大家的期望。

这有什么办法吗？没有。起码在现阶段，没有办法改变你的性别。你只有认命。我在这里说的"命"，不是虚无缥缈的命运，而是指你与生俱来的一些不能改变的东西。比如你的性别，比如你的相貌，比如你的父母，比如你降生的时间地点……总之，在你出生以前就已经具备的这些东西，都不是你所能左右的。你只能安然接受。

不要相信对你说这个世界是平等的那些话，在现阶段，这只是一厢情愿。不过，你不必悲观丧气，其实，世界已经渐渐在向平等的灯塔航行。比如100年前，你能到学堂里来读书吗？你很可能裹着小脚，在屋里低眉顺眼地学做女红。县长的儿子，在那个时候，要叫作县太爷的公子了，你怎么可能和他成为同桌？

在争取平等的路上，我们已经出发了。记住，没有什么人承诺和担保你一生下来，就享有阳光灿烂的平等。你去看看动物界，就知道平等是多么罕见了。平等是人们智慧的产物，是维持最大多数人安宁的策略。你明白了这件事情，就会少很多愤怒，多很多感恩。你已经享受了很多人奋斗的成果，你的回报，就是继续努力，而不是抱怨。

身为女子，你不要对这样的不平等安之若素。你可以发出声音。说了和没有说，在暂时的结果上可能是一样的，但长远的感受和影响是不一样的，对你性格的发展是不一样的。而且，只要你不断地说下去，事情也许就会有变化。记住，发出声音永远是有用的，因为它们可能会被听到并引发改变。

说实话，让一个受到忽视的女孩子很小就发出对于自己不公平待遇的呐喊，几乎是不可能的。但我思索再三，还是决定保留这个期望。因为今天的女孩，也可能变成明天的母亲。如若她们因循守旧，照样端起了不平等的衣钵，如若她们的女儿发出呼声，也许能触动她们内在的记忆，事情就有可能发生变化。当然了，如果女孩子长大了，到了公共场合，这一条就更要记住并择机实施。

记住，呐喊是必需的，就算这一辈子无人听见，回声也将激荡久远。

蚕是被自己的丝裹住的

蚕是被自己的丝裹住的,这是一个真理。每一个养过蚕的人和没有养过蚕的人,都知道这件事。蚕丝是一寸一寸吐出来的,在吐的时候,蚕昂着头,很快乐专注的样子。蚕并没有意识到,正是自己的努力劳动,才将自己的身体束缚得紧紧。直到被人一股脑丢进开水锅里,煮死,然后那些美丽的丝,成了没有生命的嫁衣。

这是蚕的悲剧。当我们说到悲剧的时候,不由自主地持了一种观望的态度。也许,是"剧"这个词,将我们引入歧途。以为他人是演员,而我们只是包厢里遥远的安全的看客。其实,作茧自缚的情况,绝不如想象的那样罕见,它们广泛地存在于我们周围,空气中到处都飘荡着纷飞的乱丝。

钱的丝飞舞着。很多人在选择以钱为生命指标的时候,看到的是钱所带来的便利和荣耀的光环。钱是单纯的,但攫取钱的手段却不是那样单纯。把一样物品作为自己奋斗的目标,它的危险,不在于这桩物品的本身,而在于你是怎样获取它并消费它。或许可以说,收入钱的能力还比较容易掌握,支出它的能力则和人的综合素质有极大的关系。在这个意义上讲,有些人是不配享有大量的金钱的。如同一个头脑不健全的人,如果碰巧有了很大的蛮力,那么,无论是对于他本人还是对于他人，都不是一件幸事。在一个社会财富和个人财富飞速增长的时代，钱是温柔绚丽的，钱也是飘浮迷茫的，钱的乱丝令没有能力驾驭它的人窒息，直至被它绞杀。

爱的丝也如四月的柳絮一般飞舞着，迷乱着我们的眼，雪一般覆盖着视线。这句话严格说起来，是有语病的。真正的爱，不是诱惑，是温暖。只会使我们更勇敢和智慧，但的确有很多人被爱包围着，时有狂躁。那就是爱的没有节制了。没有节制的爱，如同没有节制的水和火一样，甚至包括氧气，同是灾难性的。

水火无情，大家都是知道的。但是谈到氧气，那是一种多么好的东西啊。围棋高手下棋的时候，吸氧之后，妙招迭出，让人疑心气袋之中是否藏有古今棋谱。记得我学习医科的时候，教授讲过这样一个故事。一名新护士值班，看到衰竭的病人呼吸十分困难，用目光无声地哀求她——请把氧气瓶的流量开得大些。出于对病人的悲悯，加上新护士特有的胆大，当然，还有时值夜半，医生已然休息。几种情形叠加在一起，于是她想，对病人有好处的事，想来医生也该同意的，就在不曾请示医生的情况下，私自把氧气流量表拧大。气体通过湿化瓶，汩汩地流出，病人顿感舒服，眼中满是感激的神色，护士就放心地离开了。那夜，不巧来了其他的重病人。当护士忙完之后，挣着一头的汗水再一次巡视病房的时候，发现那位衰竭的病人，已然死亡。究其原因，关键的杀手竟是——氧气中毒。高浓度的氧气抑制了病人的呼吸中枢，让他在安然的享受中丧失了自主呼吸的能力，悄无声息地逝去了……

很可怕，是不是？丧失节制，就是如此恐怖的魔杖。它令优美变成狰狞，使怜爱演为杀机。

谈到爱的缠裹带给我们的灾难，更是俯拾即是。放眼观察，会发现很多。多少人为爱所累，沉迷其中，深受其苦。在所有的蚕丝里面，我以为爱的丝，可能是最无形而又最柔韧的一种。挣脱它，也需要最高的能力和技巧。这当中的奥秘，需每一个人细细揣摩练习。

还有工作的丝，友情的丝，陋习的丝，嗜好的丝……或松或紧地包绕着我们，令我们在习惯的窠臼当中难以自拔。

逢到这种时候，我们常常表现得很无奈很无助，甚至还有一点点敝帚自珍的狡辩。常常可以听到有人说，我也知道自己的毛病，也不是不想改，可就是改不掉。我就是这样一个人了……当他说完这些话的时候，就好像对自己和对众人都有了一个交代，然后脸上就显出安坦无辜的样子，仿佛合上了牛皮纸封面的卷宗。

每当这种时候，我在悲哀的同时，也升起怒火。你明知你的茧，是你自己吐的丝凝成的，你挣扎在茧中，你想突围而出。你遇到了困难，这是一种必然。但你却为自己找了种种的借口，你向你的丝退却了。你一面吃力地咬断包围你的丝，一面更汹涌地吐出你的丝，你是一个作茧自缚的高手，你比推石头的西西弗斯还惨。他的石头只是滚下又滚下，起码并没有变得更大更沉重。你的丝却在这种突围和分泌的交替中，汲取了你的气力，蚕食了你的信心，它令你变得越来越不喜爱自己，退缩着，在茧中藏得更深更严密更闭锁更干瘪了。

我们每个人都有一些茧。这些茧背负在我们的身上，吸取着我们的热量，让我们寒冷，令前进的速度受限。撕碎这茧，没有外力和机械可供支援，只有靠自己的心和爪。

茧破裂的时候，是痛苦的。茧是我们亲手营造的小世界。茧的空间虽是狭窄的，却也是相对安全的。甚至一些不良的嗜好，当我们沉浸其中的时候，感受到的也是习惯成自然的熟络。打破了茧的蚕，被鲜冷的空气，闪亮的阳光，新锐的声音，陌生的场景……刺激着，扰动着，紧张的挑战接踵而来。这种时刻的不安，极易诱发退缩。但它是正常和难以避免的，是有益和富于建设性的。你会在这种变化当中，感受到生命充满爆发的张力，你知道你活着痛着并且成长着。

有很多人终身困顿在他们自己的茧里。这是他们自己的选择，当生命结束的时候，他们也许会恍然发觉，世界只是一个茧，而自己未曾真正地生活过。

你站在金字塔的第几层

美国心理学家马斯洛有一段名言:"如果你有意地避重就轻,去做比你尽力所能做到的更小的事情,那么我警告你,在你今后的日子里,你将是很不幸的。因为你总是要逃避那些和你的能力相联系的各种机会和可能性。"每逢读到,我总是心怀战栗的感动。

一个人就像是一粒种子,天生就有发芽的欲望。只要是一颗健康的种子,哪怕是在地下埋藏千年,哪怕是到太空遨游过一圈,哪怕被冰雪封盖,哪怕经过了鸟禽消化液的浸泡,哪怕被风剑霜刀连续宰杀,只要那宝贵的胚芽还在,一旦时机成熟,它就会在阳光下探出头来,绽开勃勃的生机。

现代心理学有很多精彩的论证,这些论证不能像实证的物理化学,拿出若干铁一般的证据,心理学的很多假说,建立在对人的行为的推断和研究之上,被千千万万的人所证实。

马斯洛先生所创建的人的基本需要的"金字塔"理论,就是这样一个伟大的学说。他研究了很多人的行为和动机,特别是那些自我实现程度很高的人,之后得出了一个结论。简言之,就是在我们人类的精神内核中,存在着一个内在需要的金字塔,分成了五个台阶。

在第一个台阶上,是我们的温饱需要——最基本的生存之道。饥肠辘辘，你今晚吃什么饭？是人的第一考虑。寒冬腊月的，你今夜睡在哪里？是火车站的长凳还是马路上的水泥管？这都是头等大事。

当这个需要满足之后，紧接着就是安全的需要了。你有了吃有了住，你今天的生命是有了保障了，可是如果你被其他的人或是动物或是自然界的恶劣条件所侵犯，你远期的生命就陷在水深火热之中了。因此，一旦温饱不成问题之后，人马上就考虑安全系数。这一点，如果你不相信，尽可以放眼看去。马上能看到富人区森严的保安和世上风行的形形色色的自卫器械。当你从一个熟识的环境换到一个新环境，那不安和紧张，与陌生人交谈时的畏葸和不自在等等，都从另一个方面证实了安全对人的重要性。

现在我们已经到了金字塔的第三阶梯。在这个阶梯上大大地写着"爱"。这不仅是男女之爱、亲子之爱、手足之爱……这些源于血缘和繁衍的爱意，还有同伴之爱、集体之爱、祖国之爱、民族之爱、文化之爱……总之，这里所提到的"爱"，有着宽泛的含义，但它是那样不可或缺，是人类精神活动的高级需要。我们常常说，一个不懂得爱的人，是灰暗和孤独的。就是说人的精神需要如果不能完成这种超越和提升，就是饱含瑕疵的半成品。

爱之高处，就是尊严感了。人是一种特殊的动物，人是有尊严感的。一条虫子可以没有尊严，一株树木可以没有尊严，但是一个人，不是这样。如果丧失了尊严感，那就不是一个完整的人了。中国的古话里有"不吃嗟来之食"，有"士可杀不可辱"，有"君子一言，驷马难追"等等，讲的都是尊严的问题。

在金字塔的最高点，屹立着自我价值的体现和追求。什么是自我价值的最高体现——那就是充满了创造性的劳动。我以为劳动是有高下之分的，不是指的在价值层面上，而是指在带给人的由衷喜悦程度上。你可以想象并同意一个科学家，在得不到任何报酬的情形下，不倦地研究某一个与现实相隔十万八千里的学术问题，比如"哥德巴赫猜想"，为自己换不到一块窝窝头，但毫无疑问陈景润乐在其中。你基本上不能同意一位老农在得知三年没人收购麦子的情况下，除了自己够吃之外还会不辞劳苦地广撒麦种。在前者，创造性的劳动里面蕴含着强大的挑战和快乐；在后者，则充斥着重复性劳动的艰辛和疲惫。

人类精神需要的金字塔，在某种意义上讲，是一种铁律，几乎是不可逃避。当然，我们不能想象一个人在自己的温饱都得不到保障的时候，能够像斯蒂芬·霍金那样去研究宇宙大爆炸这样的问题。这也就是鲁迅先生所说的：年轻人，一是要生存，二是要发展。有一个顺序，有孰先孰后的问题。在解决了温饱和安全这些最基本的生存需要之后，你必定要不满足，你必定要有新的追求。人类精神发育的法则你是绕不过去的。你吃得饱了，你睡得暖了，你有大房子了，你安居乐业了，你很有安全的保障了。可是，我敢说，你在心底最深邃的地方，你有火焰一样的躁动，你如果无法满足它，你就没有恒久的快乐。

让我们回到本文开端所引用的马斯洛的那段话。你以为你逃避了风险，你以为你躲避了责任，你以为你成功地掩饰了自己的才华，你以为你心甘情愿地收敛包裹自己，你就可以在人们的艳羡之中，安安稳稳地过此一生了吗？我相信你可以用奢华的装备和风流倜傥的举止，成功地欺骗几乎所有的人，包括和你至亲至爱之人，但是，每每月朗星稀之时，你永远欺骗不了的一个人，就会在你独处的时候，顽强地站在你的面前，拷问你，鞭挞你，谴责你，纠正你……这个人不是别人，正是你自己！由于每一个人都是那样与众不同，由于你所具有的内在生命力一直在熊熊燃烧，所以，当你完成了自己人生的台阶之后，你就要向上攀登。你只有在这种不倦的探索中，才能丰富自己的人生，才能得到生命的欢愉，才感到自己内在的充实和价值。

人是追求创造性快乐的动物，如同飞越大洋的候鸟的脑内罗盘，掌控着我们的一系列选择和决定。你一生将成为怎样的人？在你的价值体系里，是怎样的顺序？这些看起来很浩大很空茫的标准，实际上很细致地决定着我们工作学习生活的各个层面。

记得我在北大讲演的时候，递上来一个纸条，上面写着："我智商很高，从小到大一直是班干部，考上北大更证明了我的实力。只要我愿意，继续读硕士和博士都不成问题。你说我选择金钱作为我一生奋斗的目标，你看怎样？"

我把这个纸条念了。我说我很感谢这位同学对我的信任，我说人生的价值是多元的，以金钱为自己终生的奋斗目标，也大有人在。但我以为，金钱只是手段，在它之后，还有更为深在的目标在导引着你。如果你唯钱是图，那么，你的周围将没有真正的朋友。因为古往今来，已经无数次地证明了，在金钱的旗帜下，会聚拢来很多无耻小人。同时，你很可能得不到真正的爱情。因为爱情可以被金钱所出卖，却不可被金钱所购买。那个爱上你的人，有可能不是爱你本人，而是爱上了你的信用卡。如果你把金钱当成了证明你的自我价值的工具，我要说，除了单一和狭隘，还有一种盲从。你用世俗的标准代替了内在的准星。

我翻阅了几期《华融之声》，看到华融人的志气和理想。谈到从工商行调到华融来的理由，最主要的是期望自己的能力得到更好的发展。我觉得这是很好的理由，是内心和外在的统一，是朝着自我实现路上的迈进。当然了，自我实现的路，绝不会是一帆风顺的。我们常常会遭遇到挫折和失败。但人生的价值并不在于永远是胜利和成功，而在于这个过程当中，我们得到了独一无二的属于自己的体验。在生存之道解决之后，在工作中得到乐趣，就是一个极好的选择。要知道，我们每个人，一生用于工作之中的时间，大于7万个小时。可不要小瞧了这7万个小时，如果你是在快乐和创造中，你是在寻找自我价值的挑战中,你的人生就会过得很充实。如果你只是为了更多的钱,更宽敞的房子,更多的应酬和名声上的虚荣,你将在 7 万个甚至更多的时间里,委屈着自己,扼杀着自己,毁灭着自己的自由。

我在美国印第安人的保留地,遇到一位印第安族的心理学家。她说,在我们古老的印第安人那里,有一个风俗,即使是自己的温饱没有解决,我们也会用自己的食物拯救他人。因为,对我们来说,帮助别人是精神的传统。

她说,我并不是要挑战马斯洛,我只是说,精神有时比肉体更重要。这是那位印第安族心理学家最后留给我的话。

紧 张

一个有趣的游戏。两人一组,其中一人会拿到一些纸条,上面写着字——都是人们常有的一些情绪,比如高兴、漠不关心、嫉妒、疲倦已极……

拿到纸条的人,要按照纸条上的指示,做出相应的表情和行动,让另外的那个人猜。

例如,甲人看了看手中的纸条上的字迹,沉思片刻后开始表演。先是豹眼圆睁,辅以一个箭步上前,右手揪住假想中的某人脖领,同时挥出弧度漂亮的左勾拳,击中那人腮帮……

乙人在目睹了甲人的表情和行动以后,也沉思片刻。然后大声说出他解读出的对方情绪——愤怒。

甲人领首道,基本正确。不过,我手中的纸条上写的是狂怒。

乙人说,嗨!如果是狂,你的这个表达等级,味道尚欠浓烈。倘若换我,一般的愤怒,就已达到这个档次。真到了狂怒阶段,还要加上怒发冲冠拳打脚踢暴跳如雷虎啸龙吟……

这个小游戏,说明人和人之间,并不是很容易沟通的。人们通常按照自己表达情绪的方式,来理解他人。

但人和人之间,仍是可以沟通的。需要语言的帮助和长久的磨合。

程度差异很大。可以一叶知秋，也可落英缤纷。

我很喜欢玩这个游戏，可以更深刻地感知他人的内心，察觉人群的异同。正是这种无休无止的差异，造成了人的丰富多彩和无数悲欢离合。

某次，我遇到了一位有趣的合作者。他是一位老板。

拿了字条开始表演。目光炯炯，眉头紧皱，身板僵直，双手攥拳……

我绕着他走了三圈，思索不出他这番表演的内涵，求助道，你能不能示意得再明确些？

他是个好商量的人。思忖片刻后，加上了一个表情：嘴角紧抿……

我还是百思不得其解，只得求饶道，猜不出猜不出。我投降，快告诉我底牌吧。

他把纸条递给我，上面写着——焦虑。

想想，也有道理。某些人焦虑的时候，就是这副沉闷苦恼的模样。

第二轮测验开始。他看了一眼手中新的纸条，开始表演：目光炯炯，眉头紧皱，身板僵直，双手攥拳……

我丧气地说，不行。再具体些。

他就又加了一个表情——嘴角紧抿……

天啊，我一筹莫展。甚至想，这一堆测验的纸条里，不会有两张"焦虑"吧？

我说，完了。我弱智了。请你告诉我吧。

他手心摊开，我看到了谜底：沮丧。

沮丧是这个样子的吗？我不服气地说，你的表演有问题，沮丧的时候，目光通常是低垂的。

但是，我沮丧的时候，就是如此，聚精会神的。他很诚恳地说。

我只得服输。是啊，你不能否认有些人虽败犹荣，屡败屡战，永远目光如炬。

再一次轮到他表演的时候，我格外地当心。看到他拿了纸条，踌躇了一下，然后胸有成竹地开始演示。

目光炯炯，眉头紧皱，身板僵直，双手攥拳……

看到我的茫然愁苦的模样，他善解人意地加上了一个补充动作——紧抿嘴角……

我极快地调侃道，干脆杀了我。我无法破译你的密码。

轮到他吃惊，说，我有那么神秘吗？其实，这一次，我表达的是一种很平和的情绪——安静！

我几乎昏了过去，说，您的大驾尊容，居然能称得是安静？！我想，当你自以为安静的时候，周边的人，绝不敢打扰你。

说者无心，听者有意。他静默了片刻，一拍大腿说，喔，你这样一讲，我就明白了，为什么我以为自己慈祥的时候，大家依然说我严厉……

那一次令人难忘的游戏，它的结尾有些苦涩的味道。因为我的这位朋友，无论他拿到写着怎样字迹的纸条，他的表情都像一个模子里刻出来的。目光炯炯……嘴角紧抿……甚至当"爱情"出现的时候，他也如此刻板和冷峻。

我问他，你成家了吗？

他说，成了。但是，又散了。

我说，还打算成吗？

他说，暂时没有打算。

我说，没有了好。

他说，你为什么这样说？

我说，我的意思是，你若不把表情修改一下，即使有了女朋友，

紧　张

也会莫名其妙地走开。

我后来同这位老板，详细地探讨了他的表情。他说，我一个当老板的，哪能事事都流露在脸上，让人看个透明？我这是深沉。

我说，表情的僵化和不动声色，并不能画等号。对家人和对谈判对手，哪能一样？周恩来可算是大家，他的表情就丰富得很，并非整天板着阶级斗争的脸。咱们常常羡慕外国的老板当得潇洒，其中重要的——就是他们真实。当怒则怒，当喜则喜。况且，老板也是人，也有七情六欲。事业做得好，人也要活得自然、自在。

后来，我和这位老板进行了比较深入的谈话，才明白在他那千篇一律的面具之后，准确地说，既不是焦虑，也不是沮丧，当然更不是安静，而是——紧张。

紧张，是现代人逃脱不掉的伴侣。

紧张的时候，我们的心跳加快，瞳孔睁大，呼吸急促，血流湍急……我们的思索急迫而锋利，我们的行动敏捷而有力。

紧张这个词，很多年以前，被写进一所著名大学的校训。我想，那时它一定是有的放矢，有着历史的必然和辉煌的功绩。

时代在发展，如今，当我们不再从战火和铁血的角度看待紧张的时候，紧张就有了更多探讨的意义。

短时间的紧张，很好，会使我们焕发出非凡的爆发力。不过，世界上的事情，一蹴而就的，肯定有，但终是有限。大量的成功，孕育在日积月累的跋涉。紧张是一百米短跑，成长则是马拉松比赛。长久的紧张，如同长久的鞭策一样，是不能维持的，它会导致反应的迟钝。紧张可以应对一时，紧张却无法达至永恒。

紧张是一种无休止的激动，是一种没有间歇的高亢，是一种针插不进水泼不进的致密，是一种应急和应激的全力以赴。

你见过没有起落的江河吗？你听过没有顿挫的乐曲吗？你爬过没

有沟崖的山峦吗？你走过没有悲喜的人生吗？

紧张是面具。紧张的下面，潜伏着怎样的暗流？换句话说，什么导致我们长久僵硬的紧张？

紧张的人，思维是直线而不是发散的，因为他的注意力太集中了，心就无旁骛。当我们的视野中只有一个目标的时候，它是收束和狭窄的（不是指远大的唯一的目标，是指运筹帷幄的策略）。我们的显意识之下，是辽阔的潜意识。当紧张的时候，理智和经验就占据了上风，而人类在长久的进化中所积累的本体感觉，被抑制和忽略。所以，紧张的人，很容易累。因为他是在用5%的能力，负载着100%甚至更高的压力，怎么能集思广益化险为夷呢？

紧张的人，其实是不安全的。他处于风声鹤唳之中，对自己的位置和处境，有深深的忧虑。他大张着自己所有的感官——眼睛瞪着，耳朵开放，手脚绷紧，呼吸也是浅而快的……他的全身就像一架打开的雷达，侦察着周围的一草一木。

他因袭着以往的重担，关注着周围的一举一动，他无法平和地看待他人和看待自己。紧张的人，睡眠通常不良。因为在睡梦中，他也不由自主地睁着半只眼睛。

打个比喻。什么动物最易于紧张呢？通常一下子就会想起老鼠兔子麻雀之类的，大都是弱小的谨慎的没有强大的防御能力的生灵。如果是老虎狮子大象甚至蟒蛇，我们想起它们的时候，可以觉得它们或懒洋洋或佯装安宁，但我们不会浮现出它们是紧张的这样一个印象。在突袭猎物的时候，它们快则快矣，狠则狠矣，你可以痛恨它，但它依然是从容和大智若愚。它们不紧张。

再举南极洲的企鹅为例，这些穿西服的鸟们，似乎也没有伶牙俐齿可供攻伐猎物与保障自身，胖墩墩的战斗力不强，但是，它们毫无疑义地不紧张。因为，不是来自它们自身的强大，而是没有人类的迫害和袭扰，它们尚不知紧张为何物。

所以，紧张不是强大，只是懦弱的一件涂着迷彩的旧风衣。

紧张往往使我们看问题的角度趋向负面。因为不安全，所以防御感强，假如在判断不清的时候，首先断定对方是有敌意和杀伤力的，考虑自己怎样防卫怎样规避怎样逃脱……紧张会使我们误会了朋友的友谊，曲解了爱情的试探，加深了创伤的痛楚，减缓了复原的时机。在紧张的时刻，决定往往是短期和激烈的。

紧张的时候，我们无法清晰地聆听到人真实的声音。我们自身澎湃的血流，主导了我们的听觉。我们看到的可能并非真实的世界，因为自身的目光已经有了某种先入的景象。我们无法虚怀若谷地接纳他人的意见，因为自己的念头依然盘踞在心。我们难以深刻地反省局限，因为注意力全然集中对外，内心演出了一场空城计……紧张如同凹凸镜一般，变形了真实的世界，让我们进入高度的备战状态。

紧张的人，是很难和别人和睦相处的。紧张的人，通常落落寡合慎言忧郁。紧张的人，孤独寂寞。他们可以置身于灯红酒绿车水马龙当中，好似应者云集，但他们的心，多疑多虑，挛缩成一块石头。

人们很推崇的一个词——大将风度，我以为其中极重要的组成部分，就是不紧张。每一行真正的高手，几乎都是举重若轻温柔淡定的。草船借箭诸葛空城，功夫在诗外，无论形势多么危急，他们成竹在胸。无论己方多么孤立，他们胜券在握。哪怕局面间不容发，他们眼观六路，耳听八方。大将不紧张。

轰毁你心中的魔床

魔鬼有张床。它守候在路边,把每一个过路的人,揪到它的魔床上。魔床的尺寸是现成的,路人的身体比魔床长,它就把那人的头或是脚锯下来。那人的个子矮小,魔鬼就把路人的脖子和肚子像拉面一样抻长……只有极少的人天生符合魔床的尺寸,不长不短地躺在魔床上,其余的人总要被魔鬼折磨,身心俱残。

一个女生向我诉说:我被甩了,心中痛苦万分。他是我的学长,曾每天都捧着我的脸说,你是天下最可爱的女孩。可说不爱就不爱了,做得那么绝,一去不回头。我是很理性的女孩,当他说我是天下最可爱的女孩的时候,我知道我姿色平平,担不起这份美誉,但我知道那是出自他真心。那些话像火,我的耳朵还在风中发烫,人却大变了。我久久追在他后面,不是要赖着他,只是希望他拿出响当当硬邦邦的说法,给我一个交待,也给他自己一个交待。

由于这个变故,我不再相信自己,也不再相信他人。我怀疑我的智商,一定是自己的判断力出了问题。如此至亲至密,说翻脸就翻脸,让我还能信谁?

女生叫箫凉,箫凉说到这里,眼泪把围巾的颜色一片片变深。失恋的故事,我已听过成百上千,每一次,不敢丝毫等闲视之。我知道有殷红的血从她心中坠落。

我对萧凉说,这问题对你,已不单单是失恋,而是最基本的信念被动摇了,所以你沮丧、孤独、自卑还有愤怒得莫名其妙……

萧凉说,对啊,他欠我太多的理由。

我说,人是追求理由的动物。其实,所有的理由都来自我们心底的魔床——那就是我们对一些问题的看法和观念。它潜移默化地时刻评价着我们的言行和世界万物。相符了,就皆大欢喜,以为正确合理;不相符,就郁郁寡欢,怨天尤人。

这种魔床,有一个最通俗最简单的名字,就叫作"应该"。有的人心里摆得少些,有三个五个"应该"。有的人心里摆得多些,几十个上百个也说不准,如果能透视到他的内心,也许拥挤得像个卖床垫的家具城。

魔床上都刻着怎样的字呢?

萧凉的魔床上就写着"人应该是可爱的"。我知道很多女生特别喜欢这个"应该"。热恋中的情人,更是三句话不离"可爱"。这张魔床导致的直接后果,就是我们以为自己的存在价值,决定于他人的评价。如果别人觉得我们是可爱的,我们就欢欣鼓舞;如果什么人不爱我们了,就天地变色,日月无光。很多失恋的青年,在这个问题上百思不得其解,苦苦搜索"给个理由先"。如果没有理由,你不能不爱我。如果你说的理由不能说服我,那么就只有一个理由,就是我已不再可爱,一定是我有了什么过错……很多失恋的男女青年,不是被失恋本身,而是被他们自己心底的魔床,锯得七零八落。残缺的自尊心在魔床之上火烧火燎,好像街头的羊肉串。

要说这张魔床的生产日期,实在是年代久远,也许生命有多少年,它就相伴了多少年。最初着手制造这张魔床的人,也许正是我们的父母。当我们还是婴儿的时候,那样弱小,只能全然依赖亲人的抚育。

如果父母不喜欢我们，不照料我们，在我们小小的心里，无法思索这复杂的变化，最简单的方式，我们就以为是自己的过错。必是我们不够可爱，才惹来了嫌弃和疏远。特别是大人们的口头禅"你怎么这么不乖？如果你再这样，我就不喜欢你了……"凡此种种，都会在我们幼小的心底，留下深深的印记。那张可怕的魔床蓝图，就这样一笔笔地勾画出来了。

有人会说，啊，原来这"应该如何如何"的责任不在我，而在我的父母。其实，床是谁造的，这问题固然重要，但还不是最重要的。心理学家弗洛伊德说过，一个孩子，就是在最慈爱的父母那里长大，他的内心也会留有很多创伤（大意。原谅我一时没有找到原文，但意思绝对不错）。我们长大之后，要搜索自己的内心，看看它藏有多少张这样的魔床，然后亲手将它轰毁。

一位男青年说，我很用功，我的成绩很好。可是我不善辞令，人多的场合，一说话就脸红。我用了很大的力量克服，奋勇竞选学生会的部长，结果惨遭败北。前景黑暗，这可不是个好兆头，看来我一生都会是失败者。于是，他变得落落寡合，自贬自怜，头发很长了也不梳理，邋遢着独来独往的，好似一个旧时的落魄文人。大家觉得他很怪，更少有人搭理他了。

他内心的魔床就是：我应该是全能的。我不单要学习好，而且样样都要好。我每次都应该成功，否则就一蹶不振。挫折被放在这张魔床上反复比量，自己把自己裁剪得七零八落。一次的失败就成了永远的颓势，局部的不完美就泛滥成了整体的否定。

一个不美丽的大学女生每天顾影自怜。上课不敢坐在阶梯教室的前排，心想老师一定只愿看到"养眼"的女孩。有个男生向她表示好感，她想我不美丽，他一定不是真心。如果我投入感情，肯定会被他欺骗，当作话柄流传。于是，她斩钉截铁地拒绝了他，以为这是决断和明智。找工作的时候，她的简历写得很好，每每被约见面试，但每一次都铩羽而归。她以为是自己的服饰不够新潮化妆不够到位，省吃俭用买了高级白领套装外带昂贵的化妆品，可惜还是屡遭淘汰……她耷拉着脸，嘴边已经出现了在饱经沧桑的失意女子脸上才可看到的像小括弧般的竖形皱纹。

如果允许我们走进她枯燥的内心，我想那里一定摆着一张逼仄的小床。床上写着：女孩应该倾国倾城，应该有白皙的皮肤，应该有挺秀的身躯，应该有玲珑的曲线，应该有精妙绝伦的五官……如果没有，她就注定得不到幸福，所有的努力都会白搭，就算碰巧有一个好的开头，也不会有好的结尾。如果有男生追求长相不漂亮的女孩，一定是个陷阱，背后必有狼子野心，切切不可上当……

很容易推算，当一个人内心有了这样的暗示，她的面容是愁苦和畏惧的，她的举止是局促和紧张的，她的声音是怯懦和微弱的，她的眼神是低垂和飘忽的……她在情感和事业上成功的概率极低，到了手的幸福不敢接纳，尚未到手的机遇不敢追求，她的整个形象都散射着这样的信息——我不美丽，所以，我不配有好运气！

讲完了黯淡的故事，擦拭了委屈的泪水，我希望她能找到那张魔床，用通红的火把将它焚毁。

谁说不美丽的女子就没有幸福？谁说不美丽的女子就没有事业？谁说命运是个好色的登徒子？谁说天下的男子都是以貌取人的低能儿？

心中的魔床有大有小，有的甚至金光闪闪，颇有迷惑人的能量。我见过一家证券公司的老总，真是事业有成高大英俊，名牌大学洋文凭，还有志同道合的妻子，活泼聪颖的孩子……一句话，简直人所有的他都有，可他寝食无安，内心的忧郁焦虑非凡人所能想象，不知是什么灼烤着他的内心。

我总觉得这一切不长久。人无远虑，必有近忧。水至清则无鱼，谦受益满招损。我今天赚钱，日后可能赔钱。妻子可能背叛，孩子可能出车祸。我也许会突患暴病，世界可能会发生地震火灾飓风，即使风调雨顺，也必会有人祸，比如"9·11"事件……我无法安心，恐惧追赶着我的脚后跟，惶恐将我包围。他眉头紧皱着说。

我说，你极度不安全。你总在未雨绸缪，你总在防微杜渐。你觉得周围潜伏着很多危险，它们如同空气看不着摸不到但却无所不在无所不能。

他说，是啊。你说得不错。

我说，在你内心，可有一张魔床？

他说，什么魔床？我内心只有深不可测的恐惧。

我说，那张魔床上写着：人不应该有幸福，只应该有灾难。幸福是不真实的，只有灾难才是永恒。人不应该只生活在今天，明天和将来才是最重要的。

他连连说，正是这样。今天的一切都不足信，唯有对将来的忧患才是真实的。

我说，每个人都有过去现在和将来。对我们来讲，无论过去发生过什么，都已逝去。无论你对将来有多少设想，都还没有发生。我们活在当下。

由于幼年的遭遇，他是个缺乏安全感的人。惊惧射杀了他对于幸福的感知和欣赏。只有销毁了那魔床，他才能晒到金色的夕阳；听到妻儿的欢歌笑语，才能从容镇定地面对风云。即使风雨真的袭来，也依然轻裘缓带玉树临风。

说穿了，魔床并不可怕，当它不由分说就宰割着你的意志和行为之时，面对残缺，我们只有悲楚绝望。但当我们撕去了魔床上的铭文，打碎了那些陈腐的"应该"，魔力就在一瞬间倒塌。随着魔床轰塌，代之以我们清新明朗的心态。

魔由心生。时时检点自己的心灵宝库，可以储藏勇气，可以储藏智慧，可以储藏经验和教训，可以储藏期望和安慰，只是不要储藏"应该"。

谈 怕

"怕"好像历来是个贬义词。怕什么？别怕！天不要怕，地不要怕……好像不怕才是人生的大境界。

其实人的一生总要怕点什么，这就是中国古代说的"相克"。金木水火土，都是有所怕的东西。要是不相克，也就没有了相生，宇宙不就乱了套？

人小的时候，怕父母。俗话说衣食父母，我的理解就是衣食来自父母。要是父母火了，不给你吃，不给你穿，你就丧失了基本的生存条件，饥寒交迫地活不下去了，还谈什么别的？所以父母叫你上学你就得上学，叫你成绩好你就得努力。要是一个人从小对慈爱他的父母没有畏惧之心（不是害怕他们本人，而是怕惹他们生气），没有讨他们欢喜之心，那这个人长大了，多半要成为不法之徒。

渐渐大起来，就怕老师，怕上级，怕官怕权……总之是怕比自己更有力量的人。我想这不单是一种懦弱，而是弱小动物生存的本能。想我们人类的祖先，不过是些猴子，虽说脑子还算得上机敏，体力实属一般。在漫长的动物排行榜上，只能列在中档靠下的位置。假若什么都不怕，早就被老虎、狮子、大蟒蛇饕餮了。所以"怕"是一种集体无意识，怕是正常的，不怕却是需要锻炼的事。

怕是一件有理的事，每个人都生活在立体空间，上下左右都有掣肘。人上有人，天外有天，总有东西笼罩在你的脑瓜顶。你可以完全不考虑下情，也可以咬着牙不理睬左邻右舍，但你得"惧上"，否则你的位置就保不住了。所以那个无所不在、无所不能的领袖叫作"上帝"。

人须怕法，那是众人行事的准则。人还须怕天，那是自然界运行的规律。怕是一个大的框架，在这个范畴里，我们可以自由活动。假如突破了它的边缘，就成了无法无天之徒，那是人类的废品。

人有最终的一怕，就是死。因为死去的人都不曾回来告诉我们那边的情形，所以我们并不确切地知道死亡是怎样一回事，我们只是盲目地怕着，我们怕的实际是一种未知的状态。人们怕死，很大的一部分是怕痛。要说死其实一点也不痛，就像在沙滩上晒太阳，暖烘烘地就过去了，怕的人一定少得多。再有怕也是怕比的，假如你活得苦不堪言，所有的感官都用来感受痛苦，在怕活和怕死之间，自然也两怕相权取其轻了。因此那极怕死之人，多是很富贵、很安逸、很猖獗、凌驾一切的显赫。不信你看历代的皇帝，都孜孜不倦地追寻长生不老的仙丹。

女人还有一怕，就是怕老。所以各色美容护肤的佳品层出不穷，种种秘不传人的方子被奉若神明。这一怕的核心是怕时间。世上有许多东西是可以对抗的，唯有时间你不可战胜。可怜女人的这个与生俱来的恐惧，注定无法消除。没有哪一种胭脂可以涂抹时间，女人只好永远地怕下去，除非你不在意衰老。

怕虽有理，却并非总是有利。怕的直接决策是躲，但躲不过的时候，就只有迎头而上。古人们所有教诲我们不要怕的语录，就发生在这一时刻。民不畏死，何以惧之？将对最大的未知的恐惧置之度外，所有已知的苦难都不在话下，这个人的战斗力实不可低估。

但不怕死的人,也仍有一怕,那就是怕自己。死和你作对,只有一次。自己要和你作对,会有无数次的机会。胜利的时候,它会让你骄傲;失败的时候,它诱你气馁。贫困的时候,它指使你堕落;饱暖的时候,它敦促你放荡……自己的实质是欲望。欲望使我们勇敢,欲望也使我们迷失。

人生的发展,一是因了爱好,一是因了惧怕。前者,比如音乐,它并没有更实际的用途,而只是使我们愉悦。那些更实用的发明创造,基本上缘于"怕"。因为害怕冷,人们发明了衣服、房屋、火炉;因为害怕热,人们发明了扇子、草帽、空调器;因为害怕走路,人们发明了汽车、火车、飞机;因为害怕病痛,人们发明了中药西药X光B超;因为害怕地球的孤独,人们向茫茫宇宙进行探索;因为害怕自身的衰退,人们不断高扬精神的旗帜……害怕实在是人类文明进步的助产婆。今后谁知道因了害怕,人类还将诞育多少温馨的婴儿,人类还将补充多少伟大的发明!

我们每个人的心里,都有一个害怕的场。这个场,不要太大,那我们畏畏葸葸,就太委屈了自己的岁月。这个场,也不可太小,太小了就容易人在边缘,演出不该上演的节目。它需不大也不小,够我们驰骋如烟的想象,够我们度过无悔的人生。

造　心

蜜蜂会造蜂巢。蚂蚁会造蚁穴。人会造房屋、机器，造美丽的艺术品和动听的歌。但是，对于我们最重要最宝贵的东西——自己的心，谁是它的建造者？

孔雀绚丽的羽毛，是大自然物竞天择造出。白杨笔直刺向碧宇，是密集的群体和高远的阳光造出。清香的花草和缤纷的落英，是植物吸引异性繁衍后代的本能造出。卓尔不群坚忍顽强的性格，是禀赋的优异和生活的历练造出。

我们的心，是长久地不知不觉地以自己的双手，塑造而成。

造心先得有材料。有的心是用钢铁造的，沉黑无比。有的心是用冰雪造的，高洁酷寒。有的心是用丝绸造的，柔滑飘逸。有的心是用玻璃造的，晶莹脆薄。有的心是用竹子造的，锋利多刺。有的心是用木头造的，安稳麻木。有的心是用红土造的，粗糙朴素。有的心是用黄连造的，苦楚不堪。有的心是用垃圾造的，面目可憎。有的心是用谎言造的，百孔千疮。有的心是用尸骸造的，腐恶熏天。有的心是用眼镜蛇唾液造的，剧毒凶残。

造心要有手艺。一只灵巧的心，缝制得如同金丝荷包。一罐古朴的心，淳厚得好似百年老酒。一枚机敏的心，感应快捷电光石火。一颗潦草的心，门可罗雀疏可走马。一摊胡乱堆就的心，乏善可陈杂乱无章。一片编织荆棘的心，暗设机关处处陷阱。一道半是细腻半是马虎的心，好似白蚁蛀咬的断堤。一个绣花枕头内里虚空的心，是假冒伪劣心界的水货。

造心需要时间。少则一分一秒，多则一世一生。片刻而成的大智大勇之心，未必就不玲珑。久拖不决的谨小慎微之心，未必就很精致。有的人，小小年纪，就竣工一颗完整坚实之心。有的人，须发皆白，还在心的地基挖土打桩。有的人，半途而废不了了之，把半成品的心扔在荒野。有的人，成百里半九十，丢下不曾结尾的工程。有的人，精雕细刻一辈子，临终还在打磨心的剔透。有的人，粗制滥造一辈子，人未远行，心已灶冷坑灰。

心的边疆，可以造得很大很大。像延展性最好的金箔，铺设整个宇宙，把日月包涵。没有一片乌云，可以覆盖心灵辽阔的疆域。没有哪次地震火山，可以彻底颠覆心灵的宏伟建筑。没有任何风暴，可以冻结心灵深处喷涌的温泉。没有某种天灾人祸，可以在秋天，让心的田野颗粒无收。

心的规模，也可能缩得很小很小，只能容纳一个家，一个人，一粒芝麻，一滴病毒。一丝雨，就把它淹没了。一缕风，就把它粉碎了。一句流言，就让它痛不欲生。一个阴谋，就置它万劫不复。

心可以很硬，超过人世间已知的任何一款金属。心可以很软，如泣如诉如绢如帛。心可以很韧，千百次的折损委屈，依旧平整如初。心可以很脆，一个不小心，顿时香消玉碎。

造心的时候，可以有很多讲究和设计。

比如预埋下一处心灵的生长点，像一株植物，具有自动修复，自我养护的神奇功能。心受了创伤，它会挺身而出，引导心的休养生息，在最短的时间内，使心整旧如新。

比如高高竖起心灵的避雷针，以便在危急时刻，将毁灭性的灾难导入地下，耐心等待雨过天晴。

比如添加防震防爆的性能，在心灵遭受短时间高强度的残酷打击下，举重若轻，镇定地维持蓬勃稳定。

比如……

优等的心，不必华丽，但必须坚固。因为人生有太多的压榨和当头一击，会与独行的心灵，在暗夜狭路相逢。如果没有精心的特别设计，简陋的心，很易横遭伤害一蹶不振，也许从此破罐破摔，再无生机。没有自我康复本领的心灵，是不设防的大门。一汪小伤，便漏尽全身膏血。一星火药，烧毁绵延的城堡。

心为血之海，那里汇聚着每个人的品格智慧精力情操，心的质量就是人的质量。有一颗仁慈之心，会爱世界爱人爱生活，爱自身也爱大家。有一颗自强之心，会勤学苦练百折不挠，宠辱不惊大智若愚。有一颗尊严之心，会珍惜自然善待万物。有一颗流量充沛羽翼丰满的心，会乘上幻想的航天飞机，抚摸月亮的肩膀。

造心是一项艰难漫长的工程，工期也许耗时一生。通常是母亲的手，在最初心灵的模型上，留下永不消退的指纹。所以普天下为人父母者，要珍视这一份特别庄重的义务与责任。

当以我手塑我心的时候，一定要找好样板，郑重设计，万不可草率行事。造心当然免不了失败，也很可能会推倒重来。不必气馁，但也不可过于大意。因为心灵的本质，是一种缓慢而精细的物体，太多的揉搓，会破坏它的灵性与感动。

造好的心，如同造好的船。当它下水远航时，蓝天在头上飘荡，海鸥在前面飞翔，那是一个神圣的时刻。会有台风，会有巨涛。但一颗美好的心，即使巨轮沉没，它的颗粒也会在海浪中，无畏而快乐地燃烧。

千头万绪是多少

千头万绪这个词,有一种沸沸扬扬的夸张和缠人喉咙的窒息感,让人心境沮丧,捉襟见肘,好像一个泥潭,不留神陷进去,会被它掩了口鼻,呛得两眼翻白,甚或丢了性命,也说不得。

现代人很常用——或者简直就是爱好用这个词,来描绘自己的生存状况。常常听到人们说自己的处境——千头万绪,要干的工作——千头万绪,待处理的事物——千头万绪,需承担的责任——千头万绪……千头万绪几乎成了一条癞皮狗,死缠烂打地咬住每位现代人的脚后跟,斥之不去。

千头万绪是一个主观的判断,一个夸张的形容。难道对一个普通人来说,世上就真有一万件事,非得你御驾亲征不可?

当我们认定自己进入了千头万绪这一局面的时候,心先就慌了。披头散发,眉毛胡子一把抓,天空也随之阴霾。因为紧迫,就慌不择路。结果是线头越搅越多,原本可以解开的结,也成了死扣。

千头万绪有一种邪恶的威慑力,恐惧和慌乱是它的左膀右臂。一旦被这几个魔头统治了心神,我们在灾难的海市蜃楼面前,往往顿失镇定和勇气。

我认识一位女友,当她说到自己的近况时,脸色晦暗,手指颤抖,嘴唇也无目的地扭曲了，显出干涸辙印中小鱼的表情。

她的确是遇到了足够的麻烦。丈夫外遇十年，儿子正逢高考，模拟考试成绩很不理想。她接手奋战了一年的科研项目，已到了关键时刻，她的高血压又犯了，整天头晕。昨天上街由于精神恍惚，被小偷割裂了书包，偷走了上千元钱。她的邻居在装修房屋，每天电钻声吵得她耳鼓爆炸……

有的时候，真想一死了之！千头万绪啊，我看不到一点光明！她这样说，狠狠捶着自己的太阳穴。

我说，我能体会到你心中的痛楚和无奈。你想改变这一切，但感到自己的绝望和孤独。我们先找到一张白纸，把你最感痛苦烦恼的事件写下来，然后我们看看，有什么办法可以逐个解决它们。

洁白的纸，铺在桌面，如同一片无瑕的雪地。左是起因，右写对策。女友提笔写下：

1. 夜里睡不好觉，因为电钻太吵。

我很惊讶地问她，那装修的人家，居然敢冒天下之大不韪，在夜里开动电钻？

女友愣了一下，然后说，那倒不是。楼下孀居多年的邻居要结婚了，房屋不整也实在当不了新房。那家事先已出了安民告示，并于晚上八点以后，不再使用电钻。

我说，那么，你睡不好觉，就另有原因，并不能归于电钻了。

她对着白纸，看了半天，仿佛不认识自己写下的那一行字。然后把"电钻"云云删去了，在对策一栏里，写下——吃两片安眠药。

继续整理你的烦恼。我说。

2. 丈夫外遇十年。

真是一个折磨人的大难题。我定定神问，你最近才知道吗？她嘶哑地答，早知道了。

我说，你打算最近采取行动，彻底解决这个问题吗？

她思忖着说，时机还不成熟。无论是离婚还是敦促他痛改前非，都需要时间。

我说，那它是可以从长计议的，也就是目前采取的对策是等待。

女友点点头。

3. 昨天丢了一千块钱。

我说，真倒霉啊，对你是雪上加霜。你报案了吗？

她说，报了，但是没寄什么希望。

我说，那就是说，你基本上觉得这笔损失是不可挽回的啦？

她很快地回答，是啊。

我说，不一定啊。也许你不停地愁苦下去，把自己的太阳穴敲出一个透明窟窿，小偷会良心发现，把那笔钱送回来。

她扑哧一声笑了，说，瞧你说的。那小偷根本不知道我是谁，哪怕我今天自杀了，他也不会发慈悲的。

我正色道，说得好。这笔损失，并不因你的痛楚，而有复原的可能。

女友想了想，就把这一条划掉了，重写了一个"3. 孩子考不上大学"。

我陪着她深深地叹了一口气，然后问她，你是直到今天才意识到孩子上大学无望吗？

她摇摇头，说，他学习成绩一直不好，这结果其实已在意料之中。以前总幻想能出现一个奇迹，现在彻底破灭了。

我说，不符合实际的幻想破灭，你说是件好事还是坏事？

她明白了我的用意，但还是很沉重地说，面对残酷的现实，总是让人难以接受。

我说，是啊。但事实是否因你的不接受，而有改变的可能呢？

女友说，我还是希望孩子能有接受高等教育的机会啊。

我说，此次没有考上大学，并不意味着孩子永远失去了接受高等教育的机会。

她突然抓住我的手说，你的意思是还有机会？

我说，你觉着呢？我记得你就是通过自学直接考取的研究生啊。

她沉默了很长的时间，然后一字一顿地说，是啊。孩子已经十八岁了，教会他如何应付困境，也许更重要。于是她写下对策——重新来，继续下去。

4. 高血压。

我说，你的血压是否已经像珠穆朗玛一样，成了世界上的第一高峰了呢？

她有些气恼了，说，我真的很痛苦，你却在这里穷开心。

我把脸上的笑容收起，说，对于病，也要有一个战略藐视战术重视的应对。我相信你的高血压并非到了药石罔效的地步，只要按时吃药，是可以控制的。你服药很可能不守医嘱。

她有些不好意思，反问，你怎么知道的？

我说，别忘了，我还是有二十多年医龄的老大夫。你瞒不过我的火眼金睛。

女友老老实实地交代说，一忙起来，就忘了。她规规矩矩地写上对策——遵医嘱。

女友的脸色渐渐平稳，但她还是愁肠百结地写下了最后一条。

5. 科研任务紧迫。

我说，关于此项艰巨的任务，你承担了一年。现在到了最后攻关阶段，你是否已对自己丧失了信心？

她很坚定地回答，没有。只是我的心情不好，你知道，对于一个搞研究的人来说，心情就是生产力啊。

我一拍她的手掌说，你讲得好！但心情纯属你精神领域的感觉，你为什么不能使自己的心情明亮起来呢？

她说，讲得轻松！不挑担子肩不疼。我这里千头万绪，哪里就亮得起来！

我含笑说，看看你的千头万绪，还剩下了多少？

那张洁白的纸上，写着：

失眠——安眠药

丈夫外遇——从长计议

（丢钱——自认倒霉）

儿子未考上大学——重新来

高血压——遵医嘱

科研攻关——好心情

她看了一遍又一遍，好像不相信自己的千头万绪，已细化成如此简明扼要的条款。看来，我只要今晚吃上两片安眠药，明早醒来，阳光依旧灿烂？她有些半信半疑。

我说，当所有的头绪都搅在一起的时候，的确很可怕，它们使我们的心情变得极为恶劣，智力陡然下降，判断连续失误，于是事情就进入了一个更糟糕的怪圈。把它们理清，列出对策，就可以逐一攻克了。好心情并不来源于一帆风顺，而是生长于从容和坚定的勇气中啊。

女友说，哈！我知道啦！我们每个人都有长出好心情的土地，就看你是否耕耘。

像烟灰一样松散

常常觉得射击这个运动挺有意思。在现实生活中极具杀伤力的举动，在运动场上却是很平和的。你可以根本不知道你的对手是谁，不知道他打了多少环。你只是和你自己做斗争，你要最大范畴地调动你自己的能力，打出你的好成绩。当然，最终的比分要在对比中产生，但你最主要的对手始终是你自己。

有时候想，如果60发子弹，打出了600环的世界纪录，那么，这项赛事还要不要继续比试下去了？答案可能是——还要。因为除了准确以外，还有快速。

记得我当新兵实弹射击，9发子弹打了81环，勉勉强强算个优秀。我第一发子弹就打偏了，是个7环。打完后看到靶纸，那个7环的位置。正好是在人像头部太阳穴附近，我说，哎呀，我这枪法尚可嘛，这一枪打过去，便可以致敌死命，为什么只给7环？连长说，你瞄的是哪里？我说，是胸膛。连长说，你瞄的是胸，却打到了脑门上，给你个7环就不错了。

近年结识了一位警察朋友，好枪法。不单单在射击场上百发百中，更在解救人质的现场，次次百步穿杨。当然了，这个"杨"不是杨树的杨，而是匪徒的代称。我问他从哪里来的这份神功，他答非所问说，我从来不参加我学生的葬礼。我以为他是怕伤感。由于枪法出众，很多人向他学习，在射击这一行上，也是桃李满天下了。我自以为是地说，参加自己学生的葬礼，就有了白发人送黑发人的凄楚吧。他听了我的猜测，很不屑地说，不是那个意思。你既然当了我的学生，就不应当死在歹徒的枪下。所以，我不参加学生的葬礼，原因有二。一是他们之中至今还一个都不曾死。二是如果他们死了，就不是一个好射手，我不认他做学生。

我笑说，以我的枪法，肯定在第一枪的时候就被杨树打死了，于是我向他请教射击的要领。他说，很简单，就是极端的平静。我说这个要领所有打枪的人都知道，可是做不到。他说，记住，你要像烟灰一样松散。只有放松，全部潜在的能量才会释放出来，协同你达到完美。

他的话我似懂非懂，但从此我开始注意以前忽略了的烟灰。烟灰，尤其是那些优质香烟燃烧后的烟灰，非常松散，几乎没有重量和姿态，真一个大象无形。它们懒洋洋地趴在那里，好像在冬眠。其实，在烟灰的内部，栖息着高度警觉和机敏的鸟群，任何一阵微风掠过，哪怕只是极清淡的叹息，它们都会不失时机地腾空而起驭风而行。它们的力量来自放松，来自一种飘扬的本能。这些本身没有结构，没有动力，可以说是微不足道的粉末，在某一个瞬间却驾驭能量，飞向远方。

松散的反面是紧张。几乎每个人都有过由于紧张而惨败的经历。比如，考试的时候，全身肌肉僵直，心跳得好像无数个小炸弹在身体的深浅部位依次爆破，手指发抖头冒虚汗，原本记得滚瓜烂熟的知识，改头换面潜藏起来，原本泾渭分明的答案变得似是而非，泥鳅一样滑走……考生面试的时候，要么扭扭捏捏不够大方，无法表现自己的真实实力，要么口若悬河躁动不安，拿捏不准问题的实质，只得用不停的述说掩饰自己的紧张，适得其反……比如约会朋友本想讲出自己情感的关键词汇，不料面红耳赤嘴笨得像棉裤腰，闹出误会贻误了终身的幸福……嗨，恕我就不一一列举悲惨的例子了，相信每个人都储存了一大堆这类不堪回首的往事。在危急时刻，能保持极端的放松，不是一种技术，而是一种修养。是一种长期潜移默化修炼提升的结果。我们常常说，某人胜就胜在心理上，或是说某人败就败在心理上。这其中的差池不是指在理性上，而是这种心灵张弛的韧性上。

没事的时候，看看烟灰吧。它们曾经是火焰，燃烧过沸腾过，但它们此刻很安静了。它们毫不张扬地聚精会神地等待着下一次的乘风而起，携带着全部的能量，抵达阳光能到达的任何地方。

疲　倦

疲倦是现代人越来越常见的一种生存状态，在我们的周围，随便看一眼吧，有多少垂头丧气的儿童，萎靡不振的青年，疲惫已极的中年，落落寡合的老年……人们广泛而漠然地疲倦了。很多人已见怪不怪，以为疲倦是正常的了。

有一次，我把一条旧呢裤送到街上的洗染店。师傅看了以后，说，我会尽力洗熨的。但是，你的裤子，这一回穿得太久了，恐怕膝盖前面的鼓包是没法熨平了。它疲倦了。

我吃惊地说，裤子——它居然也会疲倦？

师傅说，是啊。不但呢子会疲倦，羊绒衫也会疲倦的，所以，穿过几天之后，你要脱下晾晾它，让毛衫有一个喘气的机会。皮鞋也会疲倦的，你要几双倒换着上脚。这样才可延长皮子的寿命……

我半信半疑，心想，莫不是该师傅太热爱他所从事的工作了，才这般体恤手下无生命的衣料。

又一次，我在一家工厂，看到一种特别的合金，如同谄媚的叛臣，能折弯无数次，韧度不减。我说，天下无双了。总工程师摇摇头道，它有一个强大的对手。

我好奇，谁？

总工程师说，就是它自己的疲劳。

我讶然，金属也会疲劳啊？

总工程师说，是啊。这种内伤，除了预防，无药可医。如果不在它的疲劳限度之前让它休息，那么，它会突然断裂，引发灾难。

那一瞬，我知道了疲倦的厉害。钢打铁铸的金属尚且如此，遑论肉胎凡身！

疲倦发生的时候，如同一种会流淌的灰暗，在皮肤表面蔓延，使人整个地困顿和蜷缩起来。如果不加克服和调整，黏滞的不适，便如寒露一般，侵袭到身体的底层。我们了无热情，心灰意懒。我们不再关注春天何时萌动，秋天何时飘零。我们迷茫地看着孩子的微笑，不知道他们为何快乐。我们不爱惜自己了，觉察不到自己的珍贵。我们不热爱他人了，因为他人是使我们厌烦的源头。我们麻木困惑，每天的太阳都是旧的。阳光已不再播撒温暖，只是射出逼人的光线。我们得过且过地敷衍着工作，因为它已不是创造性思维的动力。

疲倦是一种淡淡的腐蚀剂，当它无色无臭地积聚着，潜移默化地浸泡着我们的神经，意志的酥软就发生了。

在身体疲倦的背后，是精神率先疲倦了。我们丧失了好奇心，不再如饥似渴地求知，生活纳入尘封的模式。甚至婚姻也会疲倦。它刻板地重复着，没有新意，没有发展。爱情的弹性老化了，像一只很久没有充气的球，表皮皲裂，塌陷着，摔到地上，噗噗地发出充满怨恨的声音，却再不会轻盈地跳起，奔跑着向前。

疲倦到了极点的时候，人会完全感觉不到生命和生活的乐趣，所有的感官都在感受苦难，于是它们就保护性地不约而同地封闭了。我们便被闭锁在一个狭小的茧里，呼吸窘迫，四肢蜷曲，渐渐逼近窒息了。

疲倦的可怕，还在于它的传染性。一个人疲倦了，他就变成一炷迷香，在人群中持久地散布着疲倦的细微颗粒。他低落地徘徊着，拖抑着整体的步伐。当我们的周围生活着一个疲倦的人，就像有一个饿着肚子的人，无声地要求着我们把自己精神的谷粒，拨一些到他的空碗中。不过，如果我们这样做了之后，才发觉不但没有使他振作起来，自身也莫名其妙地削弱了。

身体的疲倦，转而加剧着精神的苦闷。

变更太频繁了，信息太繁复了，刺激太猛烈了，扰动太浩大了，强度太凶，频率太高……即使是喜悦和财富吧，如果没有清醒的节制，铺天盖地而来，也会使我们在震惊之后深刻地疲倦了。

当疲倦发生的时候，我们怎么办呢？

看看大自然如何应对疲倦吧。春天的花开得疲倦的时候，它们就悄然地撤离枝头，放弃了美丽，留下了小小的果实。当风疲倦的时候，它就停止了荡涤，让大地恢复平静。当海浪疲倦的时候，洋面就丝绸般地安宁了。当天空疲倦的时候，它就用月亮替换太阳……

人类没有自然界高明。不信，你看。当道路疲倦的时候，就塞车。当办公室疲倦的时候，就推诿和没有效率。当组织者疲倦的时候，就出现混乱和不公。当社会出现疲倦的时候，就冷漠和麻木……

疲倦对我们的伤害，需要平心静气地休养生息。让目光重新敏锐，让步伐恢复轻捷，让天性生长快乐，让手足温暖有力。耳朵能够捕捉到蜻蜓的呼吸，发梢能够感受到阳光的抚摸，微笑能如鲜橙般耀眼，眼泪能如菩提般仁慈……

疲倦是可以战胜的，法宝就是珍爱我们自己。疲倦是可以化险为夷的，战术就是宁静致远。疲倦考验着我们，折磨着我们。疲倦也锤炼着我们，升华着我们。

四 泥沙俱下的生活

亲爱的同学：

　　欢迎你阅读这一部分的毕淑敏经典散文！

　　这一部分精选毕淑敏老师的11篇经典散文，跟你聊一聊人生那些事儿。

　　"世事洞明皆学问，人情练达即文章。"此时的你涉世未深，对生活、对人生充满了憧憬。但是社会是个大熔炉，有精华也有糟粕，也许有一天你会觉得这个世界充满了阴暗，心灵也日渐蒙上了尘埃。经历了一些人情冷暖、世态炎凉之后，你能否依旧热爱生活？"身是菩提树，心如明镜台。时时勤拂拭，勿使惹尘埃。"愿你从现在开始修炼心怀"感恩、善解人意、发现幸福……"的功夫，在人生之路上守护住心灵原本的美丽，勇敢得活出真我本色。

有问　我以为会永远陪在我身边的妈妈突然得了不治之症，不久将离开人世，此时的我该怎么做，学业、生活、人情冷暖，我该如何应对？

毕答 对于注定要发生的风浪，单纯地依靠一厢情愿的堤坝，是无法躲避灾难的。更重要更有效的策略，是我们具备直面它的勇气，然后从容冷静坚定顽强地走过苦难，重建生活。

还有一条路是——我们拭干眼泪，重新唤起生的勇气。掩埋了亲人之后，我们努力振奋新的精神，以告慰天上的目光。我们更珍惜生命的价值和意义，争取用自己的存在让这颗星球更美。（《苦难之后》）

有问 毕老师您好！我是家中的独苗，打小父母家人就视我为掌上明珠，可谓"集万千宠爱于一身"。在别人看来，我是浸泡在爱的蜜汁里长大的，可是我并没有觉着谁是真正爱我的，内心反而时常感到孤独，难道我是真的身在福中不知福吗？

毕答 我们要提高对于幸福的警惕，当它来到的时刻，激情地享受每一分钟。据科学家研究，有意注意的结果比无意要好得多。（《提醒幸福》）

盲人看

每逢下学的时候，附近的那所小学，就有稠厚的人群，糊在铁门前，好似风暴前的蚁穴。那是家长等着接各自的孩童回家。

在远离人群的地方，有个人，倚着毛白杨，悄无声息地站着，从不张望校门口。直到有一个孩子飞快地跑过来，拉着他说，爸，咱们回家。他把左手交给孩子，右手拄起盲杖，一同横穿马路。

多年前，这盲人常蹲在路边，用二胡奏很哀伤的曲调。他技艺不好，琴也质劣，音符断断续续地抽噎，叫人听了只想快快远离。他面前的盛着零碎钱的破罐头盒，永远看得到锈蚀的罐底。我偶尔放一点钱进去，也是堵着耳朵近前。

后来，他摆了一个小摊子，卖点手绢袜子什么的，生意很淡。一天晚上，我回家一下公共汽车，黑寂就包抄过来。原来这一片突然停电，连路灯都灭了。只有电线杆旁，一束光柱如食指捅破星天。靠拢才见是那盲人打了手电，在卖蜡烛火柴，价钱很便宜。我赶紧买了一份，喜滋滋地觉着带回光明给亲人。

之后的某个白日，我又在路旁看到盲人，就气哼哼地走过去，说，你也不能趁着停电，发这种不义之财啊！那天你卖的蜡烛，算什么货色啊？蜡烛油四下流，烫了我的手。烛捻儿一点也不亮，小得像个萤火虫尾巴。

他愣愣地把塌陷的眼窝对着我，半天才说，对不住，我……不知道……蜡烛的光……该有多大。萤火虫的尾巴……是多亮。那天听说停电，就赶紧批了蜡烛来卖。我只知道……黑了，难受。

我呆住了。那个漆黑的夜晚，即便烛火如豆，还是比完全的黑暗好了不知几多。一个盲人，在为明眼人操劳，我还不分青红皂白地指责他，我好悔。

后来，我很长时间没到他的摊子买东西。确信他把我的声音忘掉之后，有一天，我买了一堆杂物，然后放下了50块钱，对盲人说，不必找了。

我抱着那些东西，走了没几步，被他叫住了。大姐，你给我的是多少钱啊？

我说，是50元。

他说，我从来没拿过这么大的票子。

见他先是平着指肚，后是立起掌根，反复摩挲钞票的正反面，我说，这钱是真的，您放心。

他笑笑说，我从来没收到过假钱。谁要是欺负一个瞎子，他的心先就瞎了。我只是不能收您这么多的钱，我是在做买卖啊。

我知道自己又一次错了。

不知他在哪里学了按摩，经济上渐渐有了起色，从乡下找了一个盲目的姑娘，成了亲。一天，我到公园去，忽然看到他们夫妻相跟着，沿着花径在走。四周湖光山色美若仙境，我想，这对他们来讲，真是一种残酷。

闪过他们身旁的时候，听到盲夫有些炫耀地问，怎么样？我领你来这儿，景色不错呗？好好看看吧。

盲妻不服气地说，好像你看过似的？

盲夫很肯定地说，我看过。常来看的。

听一个盲人连连响亮地说出"看"这个字，叫人顿生悲凉，也觉出一些滑稽。

盲妻反唇相讥道，介绍人不是说你胎里瞎吗？啥时看到这里好景色呢？

盲夫说，别人用眼看，咱可以用心看，用耳朵看，用手看，用鼻子看……加起来一点不比别人少啊。

他说着，用手捉了妻子的指，沿着粗糙的树皮攀上去，停在一片极小的叶子上，说，你看到了吗？多老的树，芽子也是嫩的。

那一瞬，我凛然一惊。世上有很多东西，看了如同未看，我们眼在神不在。记住并真正懂得的东西，必得被心房茧住啊。

后来盲夫妇有了果实，一个瞳仁亮如秋水的男孩。他渐渐长大，上了小学，盲人便天天接送。

初起那孩童躲在盲人背后，跟着杖子走。慢慢胆子壮了，绿灯一亮，就跳着要越过去。父亲总是死死拽住他，用盲杖戳着柏油路说，让我再听听，近处没有车轮声，我们才可动……

终有一天，孩子对父亲讲，爸，我给你带路吧。他拉起父亲，东张西望，然后一蹦一跳地越过地上的斑马线。于是盲人第一次提起他的盲杖，跟着目光如炬的孩子，无所顾忌地前行，脚步抬得高高，轻捷如飞。

孩子越来越大了。当明眼人都不再接送这么高的孩子时，盲人依旧每天倚在校旁的杨树下，等待着。

抱着你，我走过安西

那一年我到甘肃敦煌。从兰州坐汽车，在戈壁滩上跋涉千里。一日午后，经过安西。白茫茫的沙海反射着耀眼的阳光，远处矗立着从地面直通云端的黑色风柱，旋转着向我们逶迤而来——那是沙暴……

我突然感到一种莫名其妙的亲切。眼前这干燥的黄土，盘旋的热风，死一般的寂静，还有渐渐旋近的危险……

我可能在梦中到过这个地方。我对自己这样说。

半月后，我回到家，同父母说起安西的遥远。我夸张地描述那里的荒凉，说，你们无法想象那里的神秘。

妈妈很注意地听我聊天。自从我长大到了许多她不曾到过的地方以后，在我描述远方的时候，她总是像个小学生一样专心地看着我，那神气不单是从我这里得到新的见闻，而是在用整个姿势说：看！我的女儿去了我没有去过的地方！

猜测到了母亲这种心情以后，我常常投其所好。我得意地说，妈妈，您到过安西吗？

没想到妈妈非常肯定地回答，30多年前，我抱着你，走过安西。

我回过头去看爸爸。我不是不相信妈妈，我是需要再一次的证明。

爸爸说，是的，那时你才5个月。

我的父母不喜欢忆旧，总是对以后发生的事充满了希望，觉得最后的才是最好的。

谈话无端地中断了。我们总以为还有无数的时间储存着，可以从容地回忆以前。但是突然，我的父亲患了重病。在那种气氛下，是不能忆旧的。我们相信父亲会好起来，我们觉得做那种回忆的事情，会在冥冥中对父亲的康复有背道而驰的力量。

我们格外地避讳谈过去的事情，我们以为这样就可以对抗那种叫作命运的东西。

我们错了。父亲离我们远去。痛定思痛之后，我才发现有关父亲的往事，我们知道的是那么少。懂得自己的父母是一件需要时间的过程，我们不可太年轻，那样我们只能记得他们的慈爱，无法深刻地洞悉他们的内心。我们也不可太年长，那时岁月的烽烟已将我们熏染，无数次默念中将父母重新塑造，已不再具有原始的亲切。

作为女儿，我不知父亲生命中的许多空白。在父亲去世以后，我才知道这是永远无法弥补的黑洞了。

我不想要家谱那样的东西，那是公共的枯燥的记录。我想看到我的祖先对他们生活血肉温暖的倾诉。

我已寻觅不到我的父亲了，于是我把双份的爱恋和探索的目光，注视着我的母亲。

母亲是一个穷人家的女儿，年轻时十分美丽。我小的时候，尽管她对我发着脾气，面色很难看，但在我看来，她依旧是美丽的。这甚至影响了我一生中对女子的审美观，我一直以为像我的母亲那样，白皙端庄不高不矮不胖不瘦的女人，才是世上最完美的女性。

我的父母是山东文登人，很小就定了亲。爷爷家的村庄很小，只有一所初级小学。父亲读高年级的时候，就要到母亲所在的村子里读书了。每逢放学的时候，和母亲一起玩的小伙伴就嚷：快看小英子的女婿啊,他下学了。

母亲小名叫英子。她远远地看着父亲——一个眉毛黑黑的高大男孩。

父亲在威海读了中学后,参军到了山东抗日军政大学。以后到了一野,解放战争中转战南北,跟随王震将军,一直打到了新疆的伊宁。

这座中国西北长满白杨的城市,距我父母的家乡,大概有一万里路。

1951年,我的父亲来了一封信,要我的母亲赶快到新疆与他团聚。那一年,母亲刚满20岁。

父亲后来说,当时王震将军已经开始在内地广招女兵,他作为一个年轻的军官,时常被人问及婚姻。他记着母亲,所以邀母亲前去。但那时的新疆,遥远得如同今日的北极,都是罪犯流放之地。他征询母亲的意见,由母亲做出她对自己命运的选择。

母亲是可以不去的。

但是母亲深深记挂着那个有浓黑眉毛的男子。她把家里的门帘摘下来,洗净叠好,放在炕上,好像是去串亲戚,不久就会回来。把自己的换洗衣服装进一个小包袱,带着烧饼和姥爷卖了粮食凑的几块钱,踏上了未知的道路。

母亲先到了烟台,然后坐船到青岛。她从没出过远门,又晕船,坐的是轮船在水面以下的那个统仓,吐得日月无光。

但是青岛的风景使她把旅途的艰辛淡忘,凭着父亲开出的介绍信,母亲和几位到新疆寻夫的女人汇合在一处。有一个女人的老父是个地主,农村的形势使他感到某种危险,所以和女儿一起远走新疆。他有文化而且有头脑,母亲就把介绍信交给他,由他一路安排食宿。

母亲离开家乡的日子是1951年农历的二月二,龙抬头的日子。其后的旅行在母亲的记忆里就变得模糊而迷茫。她上了一辆又一辆的汽车和火车，到达西安以后，又开始坐马车。他们这一伙老人和妇女每天住在负责接待的兵站里，像真正的军人一样大碗盛菜，馒头管够。

母亲刚开始想，当兵在外原是这样地舒服啊！但随着行程越来越向西，景色越来越荒凉，母亲想父亲一个人在外，真是够可怜的了。

沿途晓行夜宿，母亲已和同行的人十分熟悉。突然有一天，那老人说，现在已经到了新疆的界面，他们几个的亲人在南疆，而我的父亲在北疆。以天山为界，前面就是分手的地方。母亲将独自完成剩余的几千里路程。

那一瞬，母亲感到了极大的恐慌。甚至比从家乡出走时还要孤单。那时她不知道旅途的艰难，幸好找到了同伴。现在她知道以后的路程更加莫测，征途迢迢，却要独自跋涉。

但这是无法救药的事情。老汉对母亲说，你的男人做的官比她们的都大，你会有好日子过的。路上的事你不是都见识过了吗？没有我，你也一样能对付得了。

他们坐着新疆特有的勒勒车，向南方的沙漠中走去。妈妈默默地注视着他们，充满惆怅。在以后的岁月里，再也没有得到他们的音讯。

1951年的5月，历尽风霜的母亲到达了新疆的乌鲁木齐。她被告知父亲在伊宁率领部队执行任务，一时没有汽车到那里去，只有等。

母亲就在乌鲁木齐等了整整一个月。那是一段十分痛苦的等待，母亲什么人都不认识，一个人到街上去转，语言又不通。母亲想，一定不能死在这里，不然变成鬼魂，也找不到人说话。后来总算有了一辆老掉牙的车，要到伊宁去，母亲迫不及待地爬上车，一路颠簸，终于在离开家乡5个月以后，到达伊宁。

母亲坐在父亲的团部里，有人去喊父亲……

我以为这种阔别多年的会面一定非常激动，没想到母亲淡淡地说，她看到父亲时只有一个感觉就是——他长大了。

我也问过父亲同样的问题，您见到母亲的第一印象是什么？父亲说，当然是高兴啊，你妈妈胆子够大的。要是别的人，不会跑这么远来找我。咱们老家那地方的人，是很恋家的。

母亲在父亲的团里住了下来。那时候，部队很艰苦。领导干部的家眷平日也都住在集体宿舍里。只有到了星期天，才让夫妇团聚。办法是在大礼堂里用白布单分割出许多单间，女人们先把自己的被褥铺好，熄了灯以后，男人们才无声地钻进自己的家。母亲说，黑灯瞎火的，有的男人曾经摸错过门。

我就是孕育于这样的环境。

由于水土不服，母亲的身体变得很坏。她在卫生队当了一段时间护士以后，就再也支撑不了了，天天躺在床上。有一次她下床的时候，晕倒在地，头撞在脸盆架上，血把肥皂盒都灌满了。

母亲说，我从一出现，就同她作对，害得她一点东西也吃不了，最后变得骨瘦如柴。她甚至想自己可能要死在这个叫作伊宁的地方了，这是她第一次后悔到新疆来寻找我的父亲。

正是母亲最困难的时候，上级命令父亲带着他的队伍出征。母亲看着父亲，什么话也没有说。因为她知道，说什么话也不能改变父亲执行命令的决心。她只是仔细地盯着父亲，要把他的形象深深地刻在自己的脑子里。她想，等他回来的时候，自己可能已经不在这个世界上了。

父亲也是什么也没说，他只是留下了一个警卫员照顾我的母亲。

这是一个老兵，足有40多岁了。当母亲第一次对我描述他的时候，我说，妈，您肯定记错了。哪有那么老的兵？这个年纪可以当将军了。

妈妈说他真的只是一个兵，是从国民党队伍里解放过来的，个子矮矮的，脸圆圆的，一笑一眯眼，很和善的样子。

父亲在众多的战士里挑选了这个老兵,是他一生最英明的决定之一。如果不是这个有经验的男人细心照料,我母亲和我的生命将遭遇巨大的风险。

妈妈一天什么也不吃,不是她娇气,而是她的胃成心和她作对。无论她吃进什么,胃都毫无例外地翻滚,把东西吐出来。

妈妈被边塞的风吹得欲哭无泪,在1952年伊犁河畔的一座土屋里。父亲在远方率领着他的部队征战,绝不回头照料自己的妻子。

母亲无怨无悔地躺在床上。她甚至都停止思维了,只是在等待。等待她必然的命运。

这时候她闻到了一种奇异的香味,她觉得自己从小到大没有闻到过这么诱人的味道。

小胖子,你吃什么呢?母亲问。

她其实只是一个20岁的少妇,那个老兵的年纪快有她的父亲大了。但是部队里都这样称呼那个老兵,大家都习惯了,她只能服从风俗。

小胖子走进来,黑色大土碗里,装着嶙峋精致的骨头和肉。

这是什么?妈妈问。

这是野鸽子的肉。

哪里来的?

我逮的。

让我尝尝好吗?

好。

小胖子把碗递给我妈妈,妈妈把野鸽子肉一口气吃完了。然后他们就安安静静地等待着。以往也有这种情形,妈妈把东西吃进去,但是很快就吐了出来。不是妈妈要吐,是她身体里一种莫名其妙的力量要这样捣乱。

决定吐不吐东西的是你。妈妈对我说。

我无言以对。那时的事情我真是不记得。

等待的结果不是吐，是妈妈又饿了——她还想吃野鸽子的肉。

小胖子高兴极了。他正为如何完成自己的任务大发其愁。要是我的母亲终于死了，他会像失守了一座阵地一样自责的。但他不知怎样劝一个吃不下东西的孕妇，他想出的唯一办法是——把周围能找得到的一切生物拿来烧了吃，他是一个四川人，还是很会吃的。

他吃了一样又一样，我的母亲总是无动于衷。但小胖子不气馁，继续试验下去。当他试到把野外捕来的野鸽子烧了吃的时候，我的母亲终于焕发了食欲。

在怀你的10个月当中，我只吃了不到10斤米。母亲说。

我说，妈妈您一定是记错了。一个孕妇，只吃这么少的粮食，她自己和婴儿都要陷入重度的营养不良。

母亲说，怎么会记错呢？大米是你父亲留下的，当时要算是特殊待遇了，由小胖子保管。我每次都劝他一道喝稀饭，因为四川人是爱吃大米的。他总是说，只有10斤，还是省着吃吧。这样一直到了生你的时候，米还没有吃完。

我说，我生下来的时候一定满面菜色。

妈妈说，孩子你错了。生你的时候是在一家苏联医院，你红光满面，健康无比。

我说，妈妈这是怎么一回事？

妈妈说，那都是野鸽子肉的功劳啊。

从那天以后，小胖子总是黎明即起。在伊犁河谷地上有一座废旧的仓库，小胖子把仓库所有的窗户都打开，在地上撒满苞谷粒。然后他就埋伏在远处，目光炯炯地注视着飞翔的野鸽子群。野鸽子们先是在天空盘旋，它们嗅到了新鲜苞谷的香气，一个个钻进幽暗的谷仓。

它们在窗台上踯躅着,判断有无危险。

小胖子在远处镇静地等待着,不慌不忙。

野鸽子就大着胆子飞进谷仓,降落在地面上,仔细地拣食金色的谷粒。它们发出咕咕的友善的叫声,把大量的同伴吸引过来。

小胖子有足够的耐心,他要到傍晚时分才开始动作。拎着一把大扫帚,蹑手蹑脚地进了谷仓。野鸽子腾飞起的烟尘眯了他的双眼,但剩下的活他熟门熟路,就是闭着眼睛也是干得了的。他急速地奔到窗户跟前,把破旧的窗户死死关住。

谷仓立时昏暗起来,小胖子挥动大扫帚,上下飞舞,像哪吒的风火轮。野鸽子惊恐地飞翔着,但门窗已被堵死,扫帚像乌云般地扑下来,野鸽子无力地降落在地上……

小胖子把野鸽子捉住,把它们炖在从苏联买回的铝锅里,和我的母亲吃得津津有味。

我问母亲,您一共吃过多少只野鸽子?这可是杀生。

妈妈说,那不是我要吃,是你要吃。要不然,为什么吃什么都吐,唯有吃野鸽子就不吐了呢?整个怀你的期间,我大约吃了几千只野鸽子吧。

我吓了一大跳说,您准是记错了。

妈妈很严肃地说,我每天最少要吃十几只野鸽子,300多天算下来,你说是多少只吧?

于是我暗暗地向造就我生命的这3 000多只野鸽子道歉和祈祷。它们用血肉之躯构成了我的大脑骨骼牙齿和黑发,它们把飞翔的灵魂赋予了我,它们把从伊犁河谷的紫苜蓿红柳花蒲公英草籽中吸取的大地精华馈赠于我。我若是一生的努力还抵不过一只小鸟飞越蓝天时的勇敢,真是暴殄了天物。

妈妈渐渐地健康,终于到了1952年的10月。中秋节过后,住进了苏联人开的医院。阵痛席卷了她三天三夜，父亲还在远方操练他的部队。有人把妈妈难产的消息飞报父亲，他到医院里来了一趟。苏联医生的制度很严，他只能隔着窗户看一眼妈妈。父亲当时满脸悲怆，注视着这个跋涉了万水千山来找他的老乡……但是他不能停留，立即又骑马赶回了几百公里之外的部队。

妈妈记住了父亲那张悲戚紧张的脸，她很感动。她的一生紧紧同这个人相连，在一个女人最危急的时刻，他不能帮助她，但给了她深深的关切，这就足够了。

我是在正午12时出生的。母亲说，她几乎在我出生的同一分钟就睡着了。几天几夜没合眼，疲倦已极。护士捅醒她，让她看一眼初生的婴儿。母亲说，看到我的第一眼，惊讶我的眉毛那样像我的父亲，浓黑地皱着，好像在思考什么重大的问题。之后她更深沉地睡着了。

母亲远离家人，没人照料她。胖胖的苏联看护大娘端来鲜红的西瓜，示意她吃。我出生在晚秋，这在内地已经是没有西瓜吃的季节，但新疆正是瓜果飘香。因为出了很多血，母亲口渴万分。但是她没有吃那诱人的西瓜，想起在老家，人们说月婆子是不能吃凉东西的。而且她还有说不出口的原因，生孩子的时候，一直咬紧牙关，满口的牙齿都松动了，无法咀嚼……

妈妈抱我回了凄清的部队。由于孩子不停地哭，不能再住集体宿舍了，母亲住进一间泥做的小屋。在新疆有许多这样的小屋，屋顶平平，墙壁裂缝，看得出是用砍土镘撅起的湿泥堆积而成，在某个角落还留着施工者当年的手印。你常常觉得它随时都会倒塌，其实它可以在风雨中屹立多年，比人要活得长久得多。

小屋远离人群，母亲抱着我，度过一个个漫漫长夜。孤独地听着呼啸的塞风，她不敢熄灯，面对如豆的灯火直到天明。清晨别人问她，是不是小女儿很难带？她说，没有啊。人家说，那为什么夜夜灯火通明？妈妈不好意思承认自己害怕，就把罪名推到我身上，改口说，是啊，女儿很爱哭。

当我3个月的时候，父亲回来了。这是他第一次见到我，也很惊讶我是那么像他（其实我远没有我的父亲英俊，我先生同我相识以后，曾说过你的父母都那么出类拔萃，可惜了你们这些孩子，居然没有一个像他们的）。父亲对母亲说，准备好，我们要走了。

母亲默默地准备行囊，她已经习惯了父亲的漂泊。甚至都没有问这次是到哪里去。倒是父亲自己忍不住了，说，你猜我们是到哪儿？上北京！

当时正是1953年初，组建军委，从各大军区选调年轻的团职干部充实总部，父亲恰在其中。

母亲并没有表示太多的欣喜和惊讶，她是一切听从父亲。只是在具体办调动的时候，遇到了一点意外。当时母亲的军籍已经报上去了，正在待批阶段。本来父亲要是稍微催促一下的话，也早就办好了。但因母亲一直得病，以后又是孕育我，父亲总想等到母亲能精干地工作时，再批不迟。现在中央的调令急如星火，上面只有父亲一个人的名字。摆在父母面前的是两条路——要么父亲一个人赶赴北京，母亲等着军籍批下来以后再办调动。要么同行，但母亲是以家属的身份跟随进京。

母亲毫不犹豫地选择了后者，这使她在今后漫长的岁月里付出了高昂的代价，影响了她的整个性格。浓重的阴影甚至渗进了我们的童年。

但是1953年初的母亲是兴致勃发的。她将随着她终身的依靠，一步步向内地迁徙。她离开父母已经很有一段时间了，她原不知自己何时才能再回家乡，此刻希望就在面前。

我那时只有3个月，携带这样小的孩子跋涉关山将遭遇怎样的困难，母亲估计不足。他们匆忙上路，坐在隆冬时节的汽车大厢板上，开始了历时几个月的颠簸。

妈妈本来以为是可以抱着我坐驾驶楼子的。一来在爸爸的队伍里，妈妈一直是享受照顾的，她忽略了天外有天。再一个原因完全是凑巧，同时调往北京的干部里，有一名家属也带了一个孩子，8个月大。

那孩子比你大了将近半岁啊，可他们不让着我。妈妈在多少年后一想起来，还叹息不止。

我的父亲是历来以忍让为美德的，他反对我的母亲同对方讲理，甚至反对母亲同对方协商出一个方案，每个孩子一天轮流坐在驾驶楼里。他只是要母亲忍让，让那个比我的生命历程长了将近3倍的男孩，不受风雨的侵袭，日日享受驾驶室的温暖。

其实就是在那些最颠簸的日子里，留给我的依然是幸福。母亲的怀抱永远是婴儿的海洋与天空，只要有了母亲，我们就永远有太阳。

母亲为了我吃了很多的苦，每逢到了兵站的时候，父亲都不愿让母亲抱着我与众人一起吃饭，怕我一时哭了起来，坏了众人的食欲。母亲就一个人在车上坐着，直到大家都吃完了饭，才独自走向冰冷的饭桌。当然父亲也是身体力行的，他也常常让母亲先去吃饭，自己抱着我，孤守在汽车大厢上。

我至今对所有人多的场合都心生畏惧，愿意一个人悄悄地躲在类乎大厢板这种寂寞凉爽的地方，挂着下巴出神。我想这一定是归功于我的父亲从小不许我上桌吃饭的命令，养成了我躲避喧嚣的习惯。

进京的路线是从新疆伊宁翻越果子沟，到达乌鲁木齐。然后穿过星星峡经哈密出新疆，继续东进，沿河西走廊到达兰州。这途中，在安西车坏了。母亲抱着我，徒步走过安西。一路上经过的许多地方，母亲都已忘记。她无暇参观车外的景色，一个3个月的婴儿在她怀中嗷嗷待哺。但她记住了"安西"这个地名，因为父亲对他说，过去的皇帝为了表示边境安宁，中国就有了"安南、安东、安西……"这些名称。面对着苍茫的大漠和如血的夕阳，母亲抱着她的小婴儿一边跋涉一边想，但愿此生永远不再经过安西。

现在在天上旅行不过几个小时的路程，父母亲走了几个月。到了1953年的5月，才到达北京。

其后的日子大约是母亲一生中最无忧无虑的时光。父亲作为年轻有为的军人，在总部机关大展宏图。建国初期时军人至高无上的地位，使得母亲心满意足。她没有其他的事情，专心致志地生养儿女。这其中有一次调干上工农速成中学然后上大学的机会，母亲毫不犹豫地放弃了。让父亲有一个舒适的家，让儿女们有一个快乐的童年，就是母亲单纯而美好的愿望。

父亲到政治学院深造了。母亲在家抚育着我们。这时已到了1957年，母亲已有了我、妹妹、弟弟三个孩子。她住在部队的大院里，每天穿着剪裁合体的旗袍，领着弟、妹款款地散步。家中有保姆做饭，我被送到幼儿园长托，生活静谧而安详。

开始反右了，机关大院里闹得熙熙攘攘。从学校回来休假的父亲突然看到了几张大字报，说是有些军官的夫人没有工作，一天躲在城里吃闲饭……下面还附了一张长长的名单，他的名字赫然在列。

大字是一个哗众取宠的人所写，所有被点到名的军官们都置若罔闻。但我一贯尊严而要强的父亲如坐针毡，他第一次因了母亲，在众人面前感到抬不起头来。

吃晚饭的时候，父亲平平静静地说，你带着孩子回乡下去吧。

那一刻母亲惊骇莫名。但她很快就镇定下来了，她一生信服父亲，既然是父亲这样说了，那就是一定应该这样做的了。她默默地接受了父亲的安排，居然没有一丝异议。

第二天早上，母亲穿着单薄的旗袍，雇了一辆三轮车，大清早赶到前门的廊坊头条,排队买了一架缝纫机。她从小绣花,20岁时出来寻找我的父亲,现在带着三个孩子回到乡下,她不会干农活,只有给人家做衣服,以做生计。

当所有的军官夫人都我行我素地过着和她们以往同样的日子时,我的母亲到办事处转出了我们母子四人的北京户口。对于这种毫无外力胁迫下的自由迁徙,办事员大惑不解,一再提醒我的母亲想清楚些,北京户口可是个宝,一出了这个门,你就是哭得眼睛流血,也成不了一个北京人了。

母亲默默地听着她的话,什么也没有说,带着我们的户口回到她的故乡——山东省文登县的一个小村。

父亲甚至没有把我们送回老家,就赶回去上他的学去了。

母亲离开故乡的时候,是一个如花似玉的女孩,那一方水土的人都以母亲为骄傲,对自家的女孩说,要出落得像小英子一样,以后嫁个军官,见大世面,过好日子。现在年近30的小英子突然很落魄地拉扯着三个孩子回来了,其中我最小的弟弟还不到一岁。

姥姥一家慌忙腾出"门屋子",给我们住。这是一间暗淡的小屋,在大宅院里,是看门的长工住的地方。乡亲们窃窃私语,以为我的父亲一定是犯了天条,或者是我的母亲遭了婚变。

他们狐疑地观察着母亲,母亲对这一切浑然不觉。人们唯一能相信母亲说她在外面日子过得还好的证据是——我们这几个孩子粉面玉琢,不像遭了虐待的模样。

母亲的缝纫机没有派上什么用场,她只会简单地轧线,并不会裁剪,乡下人喜欢的式样她也做不出来,根本没有人找她做衣服。她开始下地劳动,玉米锋利的叶子把她的胳膊划出道道血痕。她毫无怨言,跟着年迈的姥爷学习着一件件农活。

不管大人们如何评价这一次搬迁,它在我心里留下了极为美好的印象。我再也不用穿夹脚的红皮鞋,可以光着脚在地上跑来跑去。我再也不用喝腥气冲天的炼乳,而可以大嚼特嚼冒着青水的玉米秆,直到把舌头划出一道道血口,但是只见到吐出的渣滓变成粉色,并不觉得疼。中午时分我可以在大太阳底下,用姥爷编的小篮子捡河滩上无穷无尽的鹅卵石,捡满了就把它们倒回河里去。再也不用像幼儿园那样必须睡午觉,谁要是睡不着,多翻了几个身,生活老师就不给你升小红旗……

那一年,我五岁。一个五岁的城里孩子记住的都是快乐。我的妹妹三岁,我的弟弟一岁,所以我相信,要不是经过特别的提醒,他们是一定不记得自己曾经认认真真地做过几个月乡下人的。

我父亲独自遣返家属的事情,被领导知道。他们要求父亲立即将我们接回。于是在离开北京很短的日子后,妈妈带着我们又回到北京。

新的家比原来的家还要大和漂亮,那时的家具都是配发的,所以把自己的被褥铺好后,几乎一切都没有变化。甚至比原来还要舒适。因为我已经过了幼儿园的转园时间,要在家里呆几个月,才能进入新的班级,父亲专门为我们请了新的保姆。在一段时间里,家里居然有两个保姆,好不热闹。

表面看来,一切都没有变。但是一个最重要的变化已经不可逆转地发生了——那就是我的母亲认识到了世界的严酷。她原来以为父亲就是一切,现在才发现她除了父亲一无所有。

我要去上班,去工作。母亲说。父亲惊讶了一下,说,你能干什么呢?

母亲已经快 30 岁了,她除了绣花,没有做过其他的工作。这些年忙着抚育我们,原有的文化已经淡忘。

别人能做什么,我也能做。母亲说。

但是孩子怎么办呢?父亲问。

找保姆。母亲坚决地说。

父亲是挚爱母亲的,他什么都没有说,开始为母亲联系工作。因为母亲爱绣花,她进了一家工艺美术厂,在铜器上描花。

母亲也许幻想着成为一个工艺美术大师,但她必须从学徒做起,每月的工资是 15 元。

家里雇着两个保姆的开销,数倍于母亲的收入。母亲每天除了上班以外,还要参加众多的政治学习,回家时往往是深夜。母亲从来没有经过这样紧张的奔波,回家后看着我们被保姆带得肮脏不堪,素有洁癖的母亲又挽起袖子亲自为我们洗涤。

这样几个月下来,父亲看着疲惫不堪的母亲和顿失饱满的孩子说,你就不要上班了。这是何苦呢?我又不是养不活你们。

母亲一字一句地说,我再也不想让别人养活了。那个贴大字报的人,不管是什么用心,他让我明白了,一个人要是没有一技之长,说不定什么时候,别人就会操纵你的命运。

从此以后,母亲坚忍地过着她的学徒生活,我们几个孩子主要在别人的照料下渐渐长大。父亲繁忙地工作着。大家虽然忙碌,也很快活,直到有一天……

那时我已 9 岁了,记忆已十分清晰。在一天吃晚饭的时候,父亲突然说,我要回去了。

母亲什么也没问,但是立刻知道了父亲所说的回去,是指返回新疆。

母亲说,吃完饭,再说这件事好吗?

吃完饭后的事情,我就不知道了。当我长得比较大以后,才知道,由于中苏边境中蒙边境紧张,要向新疆增派干部。父亲是从新疆调来的,对新疆比较了解,自然是首当其冲的人选。

我们已经守过边疆了。现在该轮着别人去了。母亲无力地说。

跟组织上,是不能讲这个话的。父亲说。

妈妈以为原来同我们一同调京的干部,大部分都会回去。没想到真到临行的时候,只有父亲依旧去戍边。

别人为什么都不回去呢?为什么偏偏是我们?母亲不解。

他们都说自己有病。父亲说。

那你也说自己有病。母亲说。

我没病。父亲说。

当我的父亲后来患一种极罕见缓慢的恶性血液病、离开人间的时候,我在外文资料上看到,父亲所患疾病的病史是长达几十年的。父亲到了新疆之后就多次高烧,现在看来,那就是疾病的早期征兆了。

那些号称有病的军人,至今还在世上。我的健康无比的父亲,已长辞人间。

由于当时边境形势十分紧张,父亲必须立即前往,不得携带家属。于是父亲又一次离开我们母子,一个人奔赴祖国的边疆。

从那以后,我基本上就没有跟我的父亲长久地相处过。他在我的心目中,渐渐地幻化成一个神。当我们做了什么不好的事情的时候,妈妈就会说,要是你爸爸知道了,他会难过的。要是我们做出了什么成绩,妈妈就会说,你爸爸会高兴的。所以,对我来说,无所不在的父亲,总是在高远的天空俯视着我,犹如上帝的目光。

我觉得在我的父亲离开北京以后,我的母亲才真正地长大。尽管在这以前,她已经有了3个孩子,还经受了一次下乡的锻炼。现在,她一向依傍的肩膀断然离开,在漫长的中蒙边境建设中国铁的边防。三个孩子像蚂蟥一样吸在她的身上,汲取她的力量。

母亲在那个年代留下的照片,明显地呈现出一种断裂。在我的父亲没有离去之前,她是优雅的军官夫人。在这之后,虽然父亲的官职不断升迁,母亲反倒更像一个劳动妇女了。母亲在一所普通的工厂做工，从亲身的经历中，体验到民间的疾苦，对我们的要求严格了。她终日和平民百姓打交道，变得越来越朴素。

母亲上班的工厂不通汽车，她就从旧货市场买来一辆"生产"牌的自行车，从此每天在路上奔波两小时。她再也不穿优雅的旗袍了，因为她始终没学会骑车的刹闸，遇到危险时只会匆忙跳下，旗袍不方便。她也像普通女工一样中午带菜，我记得她总是把辣椒之类很清淡的菜，装进一个小酒盅里，说是这样不容易洒。依家中的情形，妈妈可带好一些的菜，但她很俭省。我后来才明白，她是不愿让别的女工感觉她特殊。冬天她冒着风雪回来后，手冷得像冰坨，弟、妹都吵着要她抱抱。母亲总是说，让我在暖气上把手烤热一点再抱你们……

母亲跟着她们工厂的人学着纳鞋底，说要给我做一双布鞋。我一直对母亲的布鞋充满神往，对同学们也吹过不止一次。但是母亲因为忙，这鞋做了好几年。等到鞋底子纳好的时候，我的脚已经长大了，无法再穿这双布鞋。母亲就说，可以改成布凉鞋，反正脚趾头能伸到鞋外面，小一点也是可以穿的。我大度地说，那就变成凉鞋好了。但实际穿起来，才知道布底子的凉鞋是很没有优越性的，夏天多雨，一沾水就变得死沉，实在不舒服。

母亲为我们织毛衣（在这以前，我们的毛衣都是买的，十分漂亮），织了很大一片，才发觉掉了一针。母亲就和我商量，说要是拆了重织，浪费很多时间，干脆用针线把那个窟窿补起来，不仔细看是看不出来的。我当然拥护妈妈的合理化建议，而且认为天衣无缝。直到很多年以后，我听女人们议论起毛衣掉了一针，需拆了重织时，我苦口婆心地劝她们只需用针缝起来，她们惊讶得仿佛我是教唆纵火，我这才晓得妈妈当年是如何因陋就简。

妈妈实在是太忙了。

父亲刚走，我的弟弟就在幼儿园里患了急性黄疸性肝炎。这在那个饥饿的年代，是可以置人于死地的疾病。3岁的弟弟被送到全军的传染病医院隔离治疗，因为我的父亲已经调出这个单位，父亲在时的所有待遇一概取消（我至今认为军队是最铁面无私的地方），母亲在每一个星期日去赶公共汽车，倒几次车，去远郊看我的弟弟。当然给父亲写了信，但是父亲是不会回来的，在他的心里，国家的事永远比自家的事重要。

后来我的妹妹又得了重病，住进了301医院，要动手术。手术做到一半，医生传出话来，怀疑是癌症。母亲在扩大手术范围的单子上签了名，手术整整做了9个小时。那一年，我的妹妹刚11岁。

父亲这一次回来了，但是只在家里待了3天，就又坐飞机赶回边防线。母亲几乎习惯了对命运中的突变，单独应战。她已经从那个柔弱的夫人成长为一根顶梁柱。

她每日守着妹妹，带她去烤镭，带她看中医。妹妹成功地从病魔的手里逃脱出来，是母亲再造了妹妹。

但母亲对我们又是很严厉的。自父亲调走以后，我们家的位置起了某种微妙的变化。我们的小学是部队的子弟小学，家长们的爵位就成了砝码。父亲在时，我并不是凭借父亲的职位才获得成绩，但是父亲走了之后，要保住以往的光荣，我却要付出加倍的努力。

但无论怎样挽救，事情也有不能如意的地方。比如我担任少先队的大队长一职多年，因为我的学习成绩一直比较优秀。有一次，大院里说是学空军，要把孩子们另组织起一套新的队伍，一位成绩不如我的同学成了这个组织的大队长，而我成了一个莫名其妙的楼长。

母亲知道之后，声色俱厉地斥责我，说我骄傲了，退步了，怎么连××都不如了……那次打没打我，我不记得了。但我记得心境非常忧伤，我注视着母亲，心想妈妈您是真的不懂人一走茶就凉的道理吗？我比您小得多，可是我懂。我在心里对她说，妈妈，我已经尽了最大的努力，但我就是比现在做得还要好上十分，这个大院里的大队长也是不会给我当的。那个××的父亲是主管学校的要人，您忘了吗？

我的父亲出任中蒙边境边防总站的第一任政委，成功地完成了多次边境谈判。当80年代末期，报纸画报上登出某位现今的领导，是中蒙边境防务的缔造者时，父亲淡淡地说，我当政委的时候，他刚刚入伍。

父亲一生淡泊名利，他永远把家庭置于国家利益之下，母亲为此做出了巨大的牺牲。

"文革"开始，父亲参加三支两军，制止武斗到了不顾身家性命的地步。母亲实在放心不下，她决定追随父亲到新疆。

母亲又一次经过安西，为了父亲和我，重回荒凉之地。

我参军到了西藏，母亲经常面向她以为是西藏的方向，长久地流泪。

我是长女，母亲对我倾注了更多的爱。我从小就和母亲相依为命，所有的艰难和困厄，我都和母亲一同度过。

我更深刻地认识母亲，是在得知我的父亲患重病之后。母亲的天塌了，我知道这对于她是怎样深重痛苦的打击。但是在那灾难性的日子里，母亲表现出了无畏的勇敢和坚忍，她无微不至地照顾父亲，安慰着我们。其实这个世界上最需要安慰的正是她自己啊。

写到这里，我的泪水滚滚而下，电脑的键盘上落满了水滴，手指不断打滑。我无法平静地描写父亲最后的时光，也许我永远也写不出来，那实在是心灵的炼狱。我只是为我的父母深深地感动着，他们相依为命，一同走过了艰辛而幸福的一生。

父亲在最后的痛苦中对我说：我很幸福。有你妈妈，有你们……

父亲是一个军人，一个永远以国家的利益高于一切的人。在他的一生中，我没有听到过他说过类似温情的话。

我的母亲——那个山东昆嵛山下聪明美丽的女孩，她将一生交给了我的父亲，又顽强地从父亲的身影里走了出来，以她坚韧的自尊的努力，给了我们以良好的教养、简朴清白的品格、荣辱不惊的心胸和在巨大的苦难面前无所畏惧的气概。

我的父亲在我的眼中是神，他的目光睿智而高远。

我的母亲是一个普通的女人，她用自己的血脉锻造了我们，精神溶化于我们的生命。为了使她快乐，她的子女愿意做任何事情。我的妹妹后来在北京大学读书，弟弟在1977年考上大学。

父亲去世后，母亲曾对我说，你爸爸到远处去了。你们小的时候，你爸爸就经常到远处去，这一次不过走得更长久些。我们终会到你父亲所在的地方去，我们还会团圆。在没有远行之前，我们还像以前你父亲不在的时候，一道好好地过日子，好吗？

好的。妈妈，我答应您。

爸爸妈妈，无论天上人间，我们永远在一起。

让我们彼此善解人意

善解人意通常是一个优点，但太过善解人意就成了缺点。你无法发现自己的真正想法，它刚一冒头，就淹没在他人意愿的滔天洪水之中了。善解人意的表达在有些时候就变成了"讨好"。

在人们的印象里，善解人意是个褒义词，尤其是贤惠女子的必备条件。君不见征婚启事中，众多的男人都要求将来成为妻子的女人要善解人意。这其实是半句话，下半句话是什么呢？就是你既然懂得了我的意思，就请照我的意思去执行吧。

他们为什么不把下半句话也明明白白地说出来呢？因为理论上大家都是平等的，不好意思说"将来在家里，要以我的意见为主"这样独裁霸道的话，就偷梁换柱改换成了这种看似美德实际上是不平等条约的要求。

如若不信，那么我们换一种说法。如果我们夸赞哪个男生最出众的品质是"善解人意"，恐怕人们会嗤之以鼻，觉得这个人是不是女里女气的没点男子汉的气概啊。

这就是"善解人意"的苦涩的内核。

所以，如果说这世界上真有"善解人意"的优点，你首先要善解自己的意思。不要牺牲了自我，去成全别人的意思。你的"人意"我要能解，我的"人意"请你也要能解，大家彼此都善解人意，游戏才可以长久地玩下去。

苦难之后

谈谈关于苦难的问题,你们可有兴趣?有人一定会捂着耳朵说,不听不听……说句心里话,我也怕谈这个难题。对我这也是一个大考验。咱们好像共同面对着一碗苦苦的药汤,要一口口慢慢地喝下去,有时还得咂着嘴回味一番,更是苦上加苦。可是中国有句古话,叫作"良药苦口利于病",对于某些重要的命题,回避不是一个好法子。所以,咱们就一块儿皱着眉咬着牙,坚持讨论下去吧。

我之所以不称你们为"老朋友",不是因为咱们相识的时间还短,是因为你们的年龄比较小。我原来总以为研究"苦难"这个大题目,要放在人比较成熟的时候——起码要到男孩下巴上长出软软胡须,女孩身姿婀娜之后。可是,生活根本就不理会我们的安排,它我行我素,肆无忌惮。可以顷刻之间,就把严酷的灾难,比如山崩地裂,比如天灾人祸,比如父母离异,比如病魔缠身……莅临到无数人头上,毫不对儿童和少年稍存体恤之情。

这就证明了一个铁一般冷酷的事实——苦难的降临是不以人的善良意志为转移的。它就像空气一样,围绕着成人,也围绕着未成年人。对于注定要发生的风浪,单纯地依靠一厢情愿的堤坝,是无法躲避灾难的。更重要更有效的策略,是我们具备直面它的勇气,然后从容冷静坚定顽强地走过苦难，重建生活。

有一句说得很滥的话——"不要总是生活在童话中"。这话是什么意思呢？大概是说——童话虽然很美好，但现实生活中远不是那个样子。面对真实的生活的时候，我们要忘掉童话的气氛。

我不同意这种说法。其实在那些最优秀的童话里，是充满了苦难和对于苦难的抗争的。比如说"灰姑娘"吧。她小小的年纪，就失去了母亲，父亲也并不关爱她。（在那个经典的故事中，没有对灰姑娘爸爸的具体描写，我估计不是作者的疏忽，而是灰姑娘的老爸乏善可陈。从他找的第二任夫人的品行可看出，这老先生对人的洞察能力不佳。）在继母的冷漠和姐姐们的白眼下生活，没法读书，做着力所不及的杂役……嗨！简直就是未成年人被家庭虐待的典型。

比如"卖火柴的小女孩"，更是悲惨已极。没有吃的，没有喝的，在节日的夜晚，还要光着脚在风雪中售卖火柴，以至于饥寒交迫冻饿而死……真是惨绝人寰的景象。依我在西藏雪域生活多年的经验，作家笔下所描绘的小女孩临死前所看到的温暖光明的家庭图画，其实很有科学根据。濒临冻僵的人，神经麻痹之后会出现神秘的幻觉——平日的理想都虚无缥缈地浮现出来了。包括小女孩脸上的笑容，也有医学基础。严寒会使人的肌肉强烈痉挛，我当过多年的医生，所见过的被冻死的人，表情都好似在微笑……

再说白雪公主。亲妈早早仙逝，后母不容，因为嫉妒她的美丽，竟然雇了杀手要取她首级。好不容易死里逃生，被好心小矮人收留。为了报答恩人，她从高贵的公主摇身一变，成了打扫家务烹炸菜肴的小时工，这个落差不可谓不大。就这样，她的厄运还远未终结，后母死死追杀，最后被毒苹果险些夺去红颜……

怎么样？以上所谈童话中的阴谋与死亡、贫困与灾难……其力度和惨烈，就是今人，也要为之垂泪吧？

我还可以举出许多。比如小人鱼变鳍为脚的痛楚，小红帽面对狼外婆的恐惧，孙悟空戴上紧箍咒的折磨和唐僧九九八十一难的艰辛……怎么样，我说得不错吧？童话并不遮盖苦难，它们比今天那些搞笑的故事，有更多悲凉和灾难的警策。

也许是因为童话多半有一个光明的结尾，好人得到神灵相助，就使人们忽略了那些惨淡的忧郁，以为童话总是祥云笼罩，这实在是一个大误会。

小朋友和中朋友们，说句真心话，依我这些年跋山涉水走南闯北的经验，苦难就像感冒，几乎是不可避免的。如果谁告诉你们世界永远是阳光灿烂，请记住——他是一个骗子。

灾难埋伏在我们前进的拐弯处，不知何时会突袭我们。怕，是没什么用的。我们不能取消灾难，各位能够做到的就是面对灾难不屈服。

灾难会带给我们巨大的痛苦。亲人丧失、房屋倒塌、财产毁坏、学业中断、断臂失明、瘫痪失语、孤苦无依、诬陷迫害……这些词令人窒息，我都不忍心写下去了。但我深深知道，以上绝境还远远不是灾难的全部，在人生过程中，还有大大小小许许多多匪夷所思的艰涩会不期而遇。

既然灾难不可避免，灾难之后，我们怎么办？我想答案一定是形形色色的。不过万变不离其宗，大致可以分成两大类。

一条路是——我们可以终日啼哭，用泪水使太平洋的海拔高度上升。我们可以一蹶不振徘徊在墓地，时时沉湎在对亲人的怀念和追悼中。我们可以怨天尤人，愤问苍穹的不公和大自然的残忍。我们可以从此心地晦暗，再也不会欢笑和宽容……

沿着这条路一直走下去，那结局是末日的黑色和冰冷。

还有一条路是——我们拭干眼泪，重新唤起生的勇气。掩埋了亲人之后，我们努力振奋新的精神，以告慰天上的目光。我们更珍惜生命的价值和意义，争取用自己的存在让这颗星球更美。我们对他人更多温情和宽厚，因为我们从患难中理解了友谊和支援……

沿着这条路走下去，那结局是火焰般的橘黄色，明媚温暖。

小朋友和中朋友们，这两条路可是南辕北辙的啊。灾难之后，何去何从，千万三思而后行！

灾难是一把双刃剑，可以把一个人从精神上杀死，也可以把他锻造得更加坚强。所以，选择非常重要。

如果说，何时我们遭遇灾难，是不受我们控制的，但灾难之后我们如何走过灾难，却是我们一定能掌握的。在灾难的废墟上，愿生命之树依然常青。

提醒幸福

我们从小就习惯了在提醒中过日子。天气刚有一丝风吹草动,妈妈就说,别忘了多穿衣服。才相识了一个朋友,爸爸就说,小心他是个骗子。你取得了一点成功,还没容得乐出声来,所有关切着你的人一起说,别骄傲!你沉浸在欢快中的时候,自己不停地对自己说:千万不可太高兴,苦难也许马上就要降临……

我们已经习惯于提醒,提醒的后缀词总是灾祸。灾祸似乎成了提醒的专利,把提醒也染得充满了淡淡的贬义。

我们已经习惯了在提醒中过日子。看得见的恐惧和看不见的恐惧始终像乌鸦盘旋在头顶。

在皓月当空的良宵,提醒会走出来对你说:注意风暴。于是我们忽略了皎洁的月光,急急忙忙做好风暴来临的一切准备。当我们大睁着眼睛枕戈待旦之时,风暴却像迟归的羊群,不知在哪里徘徊。当我们实在忍受不了等待灾难的煎熬时,我们甚至会恶意地祈盼风暴早些到来。

在许多夜晚,风暴始终没有降临。我们辜负了冰冷如银的月光。

风暴终于姗姗地来了。我们怅然发现,所做的准备多半是没有用的。事先能够抵御的风险毕竟有限,世上无法预计的灾难却是无限的。

战胜灾难靠的更多的是临门一脚，先前的惴惴不安帮不上忙。

当风暴的尾巴终于远去，我们守住零乱的家园。气还没有喘匀，新的提醒又智慧地响起来，我们又开始对未来充满恐惧的期待。

人生总是有灾难。其实大多数人早已练就了对灾难的从容，我们只是还没有学会灾难间隙的快活。我们太多注重了自己警觉苦难，我们太忽视提醒幸福。

请从此注意幸福！

幸福也需要提醒吗？

提醒注意跌倒……提醒注意路滑……提醒受骗上当……提醒荣辱不惊……先哲们提醒了我们一万零一次，却不提醒我们幸福。

也许他们认为幸福不提醒也跑不了的。也许他们以为好的东西你自会珍惜，犯不上谆谆告诫。也许他们太崇尚血与火，觉得幸福无足挂齿。他们总是站在危崖上，指点我们逃离未来的苦难。

但避去苦难之后的时间是什么？

那就是幸福啊！

享受幸福是需要学习的，当幸福即将来临的时刻需要提醒。人可以自然而然地学会感官的享乐，人却无法天生地掌握幸福的韵律。灵魂的快意同器官的舒适像一对孪生兄弟，时而相傍相依，时而南辕北辙。

幸福是一种心灵的震颤。它像会倾听音乐的耳朵一样，需要不断地训练。

简言之，幸福就是没有痛苦的时刻。它出现的频率并不像我们想象的那样少。人们常常只是在幸福的金马车已经驶过去很远，捡起地上的金鬃毛说，原来我见过她。

人们喜爱回味幸福的标本，却忽略幸福披着露水散发清香的时刻。那时候我们往往步履匆匆，瞻前顾后不知在忙着什么。

世上有预报台风的，有预报蝗虫的，有预报瘟疫的，有预报地震的。没有人预报幸福。

其实幸福和世界万物一样，有它的征兆。

幸福常常是朦胧的，很有节制地向我们喷洒甘霖。你不要总希冀轰轰烈烈的幸福，它多半只是悄悄地扑面而来。你也不要企图把水龙头拧得更大，使幸福很快地流失。而需静静地以平和之心，体验幸福的真谛。

幸福绝大多数是朴素的。它不会像信号弹似的，在很高的天际闪烁红色的光芒。它披着本色的外衣，亲切温暖地包裹起我们。

幸福不喜欢喧嚣浮华，常常在暗淡中降临。贫困中相濡以沫的一块糕饼，患难中心心相印的一个眼神，父亲一次粗糙的抚摸，女友一个温馨的字条……这都是千金难买的幸福啊。像一粒粒缀在旧绸子上的红宝石，在凄凉中愈发熠熠夺目。

幸福有时会同我们开一个玩笑，乔装打扮而来。机遇、友情、成功、团圆……它们都酷似幸福，但它们并不等同于幸福。幸福会借了它们的衣裙，袅袅婷婷而来，走得近了，揭去帏幔，才发觉它有钢铁般的内核。幸福有时会很短暂，不像苦难似的笼罩天空。如果把人生的苦难和幸福分置天平两端，苦难体积庞大，幸福可能只是一块小小的矿石。但指针一定要向幸福这一侧倾斜，因为它有生命的黄金。

幸福有梯形的切面，它可以扩大也可以缩小，就看你是否珍惜。

我们要提高对于幸福的警惕，当它到来的时刻，激情地享受每一分钟。据科学家研究，有意注意的结果比无意要好得多。

当春天的时候，我们要对自己说，这是春天啦！心里就会泛起茸茸的绿意。

幸福的时候，我们要对自己说，请记住这一刻！幸福就会长久地伴随我们。

那我们岂不是拥有了更多的幸福！

所以，丰收的季节，先不要去想可能的灾年，我们还有漫长的冬季来得及考虑这件事。我们要和朋友们跳舞唱歌，渲染喜悦。既然种子已经回报了汗水，我们就有权沉浸幸福。不要管以后的风霜雨雪，让我们先把麦子磨成面粉，烘一个香喷喷的面包。

所以，当我们从天涯海角相聚在一起的时候，请不要踌躇片刻后的别离。在今后漫长的岁月里，有无数孤寂的夜晚可以独自品尝愁绪。现在的每一分钟，都让它像纯净的酒精，燃烧成幸福的淡蓝色火焰，不留一丝渣滓。让我们一起举杯，说：我们幸福。

所以，当我们守候在年迈的父母膝下时，哪怕他们鬓发苍苍，哪怕他们垂垂老矣，你都要有勇气对自己说：我很幸福。因为天地无常，总有一天你会失去他们，会无限追悔此刻的时光。

幸福并不与财富地位声望婚姻同步，它只是你心灵的感觉。

所以，当我们一无所有的时候，我们也能够说：我很幸福。因为我们还有健康的身体。当我们不再享有健康的时候，那些最勇敢的人可以依然微笑着说：我很幸福。因为我还有一颗健康的心。甚至当我们连心都不再存在的时候，那些人类最优秀的分子仍旧可以对宇宙大声说：我很幸福。因为我曾经生活过。

常常提醒自己注意幸福，就像在寒冷的日子里经常看看太阳，心就不知不觉暖洋洋亮光光。

我羡慕你

我是从哪一天开始老的？不知道。就像从夏到秋，人们只觉得天气一天一天凉了，却说不出秋天究竟是哪一天来到的，生命的"立秋"是从哪一个生日开始的，不知道。青年的年龄上限不断提高，我有时觉得那都是上了年纪的人玩出的花样，为掩饰自己的衰老，便总说别人年轻。

不管怎么样，我觉得自己老了。当别人问我年龄的时候，支支吾吾地反问一句，您看我有多大了？佯装的镇定当中，希望别人说出的数字要较我实际年龄稍小一些。倘人家说得过小了，又暗暗怀疑那人是否在成心奚落。我开始越来越多地照镜子。小说中常说年轻的姑娘们最爱照镜子，其实那是不正确的。年轻人不必照镜子，世人仰慕他们的目光就是镜子。真正开始细细端详自己的容貌的是青春将逝的人们。

于是我把所有的精力放在孩子身上。记得一个秋天的早晨，刚下夜班的我，强打精神，带着儿子去公园。儿子在铺满卵石的小路上走着。他踩着甬路旁镶着的花砖，一蹦一跳地向前跑，将我越甩越远。

"走中间的平路！"我大声地对他呼喊。"不！妈妈！我喜欢……"他头也不回地答道。

我蓦地站住了。这对话是那样熟悉。曾几何时,我也这样对自己的妈妈说过,我喜欢在不平坦的路上行走。这一切过去得多么快呀!从哪一天开始,我行动的步伐开始减慢,我越来越多地抱怨起路的不平了呢?

这是衰老确凿无疑的证据。岁月的长河不可逆转,我不会再年轻了。

"孩子,我羡慕你!"我吓了一跳。这是一句实实在在的声音,从我身后传来,她说得很缓慢,好像我的大脑变成一块电视屏幕,任何人都能读出上面的字迹。

我转过身,身后是一位老年妇女,周围再没有其他人。这么说,是她羡慕我。我仔细打量着她,头发花白,衣着普通。但她有一种气质,虽说身材瘦小,却有一种令人仰视的感觉。我疑虑地看着她。我不知道自己有什么值得人羡慕的地方——一个工厂里刚下夜班满脸疲惫之色的女人。

"是的。我羡慕你的年纪——你们的年纪。"她用手指轻轻点了点,将远处我儿子越来越小的身影也括了进去。"我愿意用我所获得过的一切,来换你现在的年纪。"

我至今不知道她是谁,不知道她曾经获得过的那一切,都是些什么。但我感谢她,让我看到了自己拥有的财富。我们常常过多地把眼睛注视着别人,而自己则在不知不觉中失落着最宝贵的东西。人的生命是一根链条,永远有比你年轻的孩子和比你年迈的老人。我们每个人都有自己的位置,它是一宗谁也掠夺不去的财宝。不要计较何时年轻,何时年老,只要我们生存一天,青春的财富就闪闪发光。能够遮蔽它光芒的暗夜只有一种,那就是你自以为已经衰老。

年轻的朋友们,不要去羡慕别人。要记住人们在羡慕我们!

世界上最缓慢的微笑

受邀到一家医院去看望四川大地震被救出的孩子,他们都已被截肢,生理和心理上都需要援助。

我说,要去看孩子们,该带些什么礼物呢?

邀请方说,他们什么都不缺,快被各式各样的慰问物品埋起来了。您只要带上问候和心理帮助就成了。

这后两样东西当然是要带的,可是,我还是坚持认为一定要带上礼物。马上就要过六一了,这是孩子们盼了很久的节日,我没法空着手,去见孩子们。

只是,什么礼物好呢?

思谋着。原本想带上鲜花。一转念,现在天这么热,鲜花是很容易枯萎的。身心受伤的孩子们,眼睁睁地看着五彩缤纷的花瓣凋零,心里不好受,也许会引起连绵的凄楚。人并不因为年幼,就不知伤感,我一定要小心。再说,来自山南海北纷繁盛开的花束,花粉混杂,容易引起过敏,于孩子们的康复不利。

鲜花被否。

食物和营养品呢?想起那句"物品埋人"的话,估计其中的主角必是形形色色的补品,我就不要床上架屋了。

先生见我发愁，出主意说，要不，你送上几本自己的书吧，签了名留给他们作纪念。

我说，你以为你是谁啊？我已经打过电话询问，其中有个孩子才5岁，还没上学，这不是强人所难么！大些的孩子虽然上中学了，可手臂被截，一时半会儿的，哪里学得会只用一手翻书？仅剩的一只手上还有伤，这不是引得人家劳累么！毁眼睛。馊主意。

先生说，这也送不得，那也送不得，你到底怎么办？

我说，若是咱们现在变小，不断地小下去，直到变成一个小小孩童，你最希望干什么呢？

先生说，当然是可着劲玩了。只可惜，他们没法玩了。

我反驳，谁说躺在床上就不能玩？现在，我想出来主意了，咱们买玩具！

于是，我和先生跑遍了北京的商场。我们的孩子早已成人，这些年来，我们再没有瞄过一眼玩具市场，如今像两个老顽童，在玩具柜台拥来挤去，指手画脚地让人家拿了这个拿那个，挑拣不停。

太大的玩具，病房里耍起来，医生会埋怨的。太复杂的玩具，失去了手脚的孩子恐怕摆弄不了，便心生沮丧。太需用力量的玩具，他们羸弱的身体难以承受。太没个性的玩具，又怕孩子们了无兴趣……唉，难啊。

我们快马加鞭地把自己修炼成了玩具专家。功夫不负苦心人啊，沙里淘金，终于找到了一款又安全又有趣又个性化又有丰富变化的玩具。

它们是绒布做成的动物。摸上去，有一种绵软的绒毛感，亲近安稳。想这些孩子，曾在如山的砖瓦水泥砸压下苦等待援，一定怕极了冰冷坚硬。这种反其道而行之的茸茸质感，该是他们喜欢的。记得我以前看过一个动物实验，说是人们给失去母亲的小猴子两个代用妈妈，一个是塑料做的，一个是棉花做的。其余的部分都一样，都有奶瓶可以喂养小猴子。结果是小猴子们天天围在棉花妈妈周围，不理睬硬邦邦的塑料养母。

玩偶的背后有一道拉锁，打开之后有一电池箱和电路板。好在这些机关通常是看不到的，都藏在玩偶们憨态可掬的肚子里。这组"设备"的功劳就是让毛绒玩具有了会说话的本领。

你只要轻轻按一下玩偶们的左手，就可以开始录音了，时间大约1分钟，说得快些可录下三四句话。然后就是滴滴的警报声，录音终止。录好音后，你捏捏玩偶的右手，机关被触发，玩偶就把刚才录下的声音复播出来，好像一只忠实的鹦鹉。

简言之，这是一个微型的录音装置，可以录下短暂留言，在必要的时候重复播放出来。

这玩具让我们老两口如获至宝。我忙不迭地说，要这一个，再要那一个，对了，还要那边的一个……

售货员是个爱说话的姑娘，她说，您这是给孙子买啊？

我和先生相视一笑，说，是啊。快过六一了。

售货员说，您好福气啊，孙子好多啊。

我说，是啊是啊。买少了，分不过来，会打架喽。

回到家来，我对先生说，一会儿我在房间里自说自话，你不要大惊小怪。

我关上房门，对着一个个玩偶，配置录音。直到这时，我才发现自己有个致命疏忽——我不知道这几位地震截肢孩童的名字。想打电话去问，一看表，时间已经很晚了，负责联系的同志很可能已经休息了。

于是我决定先录下一般的问候，例如，北川中学的小朋友，你好！北京欢迎你。祝你六一儿童节快乐开心！

如果明天我没有时间问孩子们的具体名姓再重新录制，就只有这样播出。我要做好两手准备。

我抱着玩偶们，不断地录，不断地听。刚开始没经验，话说得太多了，满腔关切还没倾诉完，滴滴声就毫不留情地掐断了我的问候语，只有重来。不料下一次矫枉过正，又说得太短了，时间上留有空白，显得热情不够。一番周折之后，时间上大致没毛病了，我又悲哀地发觉自己的声音太老迈了，完全不具备少年们喜爱的欢愉和活泼。

我决定改换风格，尽量把发音卡通化，走欢蹦乱跳的青春路线。不多时先生破门而入，惊愕地问，毕淑敏，你没什么不舒服吧？

我被吓了一跳，恼火道，不是跟你打过招呼了吗？听到某种异常动静不要大惊小怪。

先生说，可这也太令人惊奇了。我认识你几十年了，从来没听过你用这种语调说话。

我不理他，专心干自己的活儿。半夜三更之时，总算把配音这事完工了。

5月28日，我早早赶到了医院，真不错，大家还没来。我还能有一点时间完成预定计划。我把孩子们的名字写在手上，以防自己一紧张说错了。躲到医院的会议室里，把玩偶从精心买的礼品袋里取出来，再次一一为它们录音。

对着黑白相间的大熊猫玩偶，我说，×××小朋友！你好！我也是从四川来的，从此咱们是好朋友！六一节快乐！

"×××"是这个截肢小朋友的名字。

我觉得呼唤一个人的名字，有一种特别重要的意义。那是在执拗地提醒一个存在，强烈地标明一种独立。象征一种至高无上的尊严，表达一份如火如荼的期望。即使是对于一个非常幼小的孩子来说，名字也意味着这个世界上独属于他的精神意识。在咱们古老的传统里，受了惊的孩子，是要被父母反复呼唤名字，来找回魂灵。

这一刻，我最遗憾自己嘴太笨，不会说四川话。若是小朋友听到乡音，一定倍感亲近。

当我走进病房，第一眼看到这些孩子们的时候，尽管我当过8年军医，是总计20年医龄的大夫，尽管我对即将到来的残酷，已经做了最大可能的思想准备，尽管我不停地对自己说，毕淑敏，你不可以哭，为了孩子们的福祉，你必须要保持镇定安之若素。他们需要从我们成年人身上看到力量，看到希望，所有的惊慌失措都不可饶恕……可我还是错愕得肝肠寸断！我只有拼命调动起全部的精神，维持最基本的平静。

有一瞬间，我觉得躺在病床上的不是真实的孩子，是一些白绸折叠起的布娃娃。因为只有在摔碎的布娃娃身上，我们才曾看到这样的断壁残垣。

可他们静静地凝视着我们，那轻轻的呼吸，证明着生命的顽强存在。

这是被苦难之咽凶残嚼碎的天使，又被仁爱之手拼缀起来的残缺的羽毛。

那黑若点漆的眸子，曾见识过最暗无天日的深渊。

那宣纸般柔弱的身躯，曾背负过天崩地裂的塌陷。

那已永远离去的肢体，曾忍受过锥心刺骨的碾磨。

那跳动着的小小心脏，还要黏合多少次才能修复完好如初？

……

当我把录音玩偶拿给他们的时候，他们的眼睛闪过光芒。我托起他们的小手，让他们揿动机关，那手指细弱得像一截断筷。当他们听到从玩偶肚子里发出的响亮声音时，他们的嘴唇微微地上翘了。当玩偶说出他们的名字时，孩子们无比惊奇地睁大了眼睛。当玩偶说出祝福的话语时，孩子们终于悄无声息地微笑了。

近在咫尺。这是我一生所看到的最为缓慢的笑容，无比脆弱，像一个帝企鹅的蛋在冰天雪地经过长久的孵化，终于探出小小的额头。

然而这微笑又如此强韧，一经绽放，它就动人心魄地灿烂起来，携带着抵挡不住的芬芳。

我匆匆走出了病房，因为我再也控制不了滚滚而下的泪水。不是因为他们的悲惨，而是因为他们的坚强。

负责对孩子们进行心理治疗的协和医学院杨霞研究员说，孩子们正在不断地康复中。她讲道，其中一个小姑娘说，马上就要到六一儿童节了，我们少年儿童要……话说到这里，小姑娘突然改口了，说，我们残疾少年儿童要……

这是多么感人至深的改口啊！

从5月12日14时28分他们被埋入废墟，黑暗中的煎熬，肉体的断裂，目睹同学在眼前死去，饥寒交迫，截肢，感染，创伤，高烧，颠簸……这无尽的苦难，铺成了一条怎样尸横遍野血肉模糊的路啊！小姑娘却用没有腿脚的下肢走过来了，留下一串串透明的小小脚印。她完成了从震惊、恐惧、否认、愤怒、孤独、抑郁到接受现实的阶段，她走得多么快啊，像旷野中的一缕清风，其速度是我们成年人都追赶不上的。

她还会有很多反复，很多磨难，但是，她的微笑告诉我们，这一切都会一寸寸翻过去，直到新的篇章翩然展开。

原谅我只能提供我在医院给孩子们的留言簿上写一句话的图片。我不能让那些孩子的影像出现，为了保护他们的隐私。

我就要出发到四川去。到绵阳去。6月1日，在北川中学有一场演讲。

先生说，绵阳是一座危城。余震。堰塞湖。如果发生了溃堤，你是第一批还是第二批撤离呢？

我说，你不用担心。我想和你说的只有一句话，万一发生了什么事，比如我死了（本来我想用"牺牲"这样庄严的字眼，又一想，一介草民，没那么高尚，还是老老实实地说"死"吧。简单明了），不管死相多么惨，这可不是我的责任，我也管不了那么多了。就算成了警匪电影中常说的那句"让你死得很难看"，我也是鞭长莫及无能为力了。我要告诉你的就是——请你坚信我在最后时分一定很安详，因为这是我愿意做的事。因为我已尽力。

泥沙俱下的生活

有年轻人问，对生活，你有没有产生过厌倦的情绪？

说心里话，我是一个从本质上对生命持悲观态度的人，但对生活，基本上没产生过厌倦情绪。这好像是矛盾的两极，骨子里其实相通。也许因为青年时代，在对世界的感知还混混沌沌的时候，我就毫无准备地抵达了海拔五千米的藏北高原。猝不及防中，灵魂经历了大的恐惧，大的悲哀。平定之后，也就有了对一般厌倦的定力。

面对穷凶极恶的高寒缺氧，无穷无尽的冰川雪岭，你无法抗拒人是多么渺小，生命是多么孤单。你有一千种可能性会死，比如雪崩，比如坠崖，比如高原肺水肿，比如急性心力衰竭，比如战死疆场，比如车祸枪伤……但你却在苦难的夹缝当中，仍然完整地活着，而且，只要你不打算立即结束自己，就得继续活下去。

愁云惨淡畏畏缩缩的是活，昂扬快乐兴致勃勃的也是活。我盘算了一下，权衡利弊，觉得还是取后种活法比较适宜。不单是自我感觉稍愉快，而且让他人（起码是父母）也较为安宁。就像得过了剧烈的水痘，对类似的疾病就有了抗体，从那以后，一般的颓丧就无法击倒我了。我明白日常生活的核心，其实是如何善待每人仅此一次的生命。如果你珍惜生命，就不必因为小的苦恼而厌倦生活。因为泥沙俱下并不完美的生活，正是组成宝贵生命的原材料。

　　他又问，你对自己的才能有没有过怀疑或是绝望？我是一个"泛才能论"者——即认为每个人都必有自己独特的才能，赞成李白所说的"天生我材必有用"。只是这才能到底是什么，没人事先向我们交底，大家都蒙在鼓里。本人不一定清楚，家人朋友也未必明晰，全靠仔细寻找加上运气。有的人可能一下子就找到了，有的人费时一世一生，还有的人，干脆终身在暗中摸索，不得所终。

　　飞速发展的现代科技，为我们提供了越来越多施展才能的领域。例如爱好音乐，爱好写作……都是比较传统的项目，热爱电脑，热爱基因工程……则是近若干年才开发出来的新领域。有时想，擅长操纵计算机的才能，以前必定悄悄存在着，但世上没这物件时，具有此类本领潜质的人，只好委屈地干着别的行当。他若是去学画画，技巧不一定高，就痛苦万分，觉得自己不成才。比尔·盖茨先生若是生长在唐朝，整个就算瞎了一代英雄。所以，寻找才能是一项相当艰巨重大的工程，切莫等闲。

　　人们通常把爱好当作才能，一般说来，两相符合的概率很高，但并不像克隆羊那样惟妙惟肖。爱好这个东西，有的时候很能迷惑人。一门心思凭它引路，也会害人不浅。有时你爱的恰好是你所不具备特长的东西，就像病人热爱健康，矮个儿渴望长高一样。因为不具备，所以，就更爱得痴迷，九死不悔。我判断人对自己的才能产生深度的怀疑以至绝望，多半产生于这种"爱好不当"的旋涡之中。因此，在大的怀疑和绝望之前，不妨先静下心来，冷静客观地分析一下，考察一下自己的才能，真正投影于何方。评估关头，最好先安稳地睡一觉，半夜时分醒来，万籁俱寂时，摈弃世俗和金钱的阴影，纯粹从人的天性出发，充满快乐地想一想。

　　为什么一定要强调充满快乐地去想呢？我以为，真正令才能充分发育的土壤，应该同时是我们分泌快乐的源泉。

　　他的最后一个问题是，你是怎样度过人生的低潮期的？安静地等待。好好睡觉，像一只冬眠的熊。锻炼身体，坚信无论是承受更深的低潮或是迎接高潮，好的体魄都用得着。和知心的朋友谈天，基本上不发牢骚，主要是回忆快乐的时光。多读书，看一些传记，一来增长知识，顺带还可瞧瞧别人倒霉的时候是怎么挺过去的。趁机做家务，把平时忙碌顾不上的活儿都在此时干完。

呵护心灵

那一年我17岁,在西藏雪域的高原部队当卫生兵,具体工作是做化验员。

雪山上的条件很差,没有电,许多医学仪器都不能用。化验血的时候,只有凭着眼睛和手做试验,既辛苦,也不易准确。

一天,一个小战士拿了一张化验单找我,要求做一项很特别的检查。医生怀疑他得了一种很古怪的病,这个试验可以最后确诊。

试验的做法是:先把病人的血抽出来,快速分离出血清。然后在56摄氏度的情形下,加温30分钟。再用这种血清做试验,就可以得出结果来了。

我去找开化验单的医生,说,这个试验我做不了。

医生问,为什么?

我说,你想啊,整整半个小时,要求56摄氏度分毫不差。要是有电暖箱,当然简单了。机器的指针旋钮一应俱全。把温度和时间定死,一按电钮,就开始加温。时间到,红色指示灯就亮了,大功告成。但是没有电,你就抓瞎没办法。我又不能像个老母鸡似的把血标本揣在身上加温。就算我乐意干,人的体温也不到56摄氏度啊。

医生说,化验员,想想办法吧。要是没有这个化验的结果,一切治疗都是盲人摸象。

　　我是一个好心加耳朵软的女孩。听了医生的话，本着对病人负责的精神，仔细琢磨了半天，想出一个笨法子，就答应了医生的请求。

　　那个战士的胳膊比红蓝铅笔粗不了多少，抽血的时候面色惨白，好像是把他的骨髓吸出来了。

　　前面的步骤都很顺利，我开始对血清加热。

　　我点燃一盏古老的印度油灯，青烟缭绕如丝，好像有如童话从雪亮的玻璃罩子里飘出。柔和的茄蓝色火焰吐出稀薄的热度，将高原严寒的空气炙出些微的温暖。我特意做了一个铁架子，支在油灯的上方。架子上安放一只盛水的烧杯，杯里斜插一根水温计，红色的汞柱好像一条冬眠的小蛇，随着水温的渐渐升高而舒展身躯。

　　当烧杯水温达到 56 摄氏度的时候，我手疾眼快地把盛着血清的试管放入水中，然后双眼一眨不眨地盯着温度计。当温度升高的时候，就把油灯向铁架子的边缘移动。当水温略有下降的趋势，就把火焰向烧杯的中心移去，像一个烘烤面包的大师傅，精心保持着血清温度的恒定……

　　说实话，这个活儿真是乏味透顶。凝然不动的玻璃器皿，枯燥单调的搬移油灯，好像和一个三岁小孩下棋，你既不能赢又不能输，只能像木偶一样机械动作……

　　时间艰难地在油灯的移动中前进，大约到了第 28 分钟的时间，一个好朋友推门进了化验室。她看我目光炯炯的样子，大叫了一声说，你不是在闹鬼吧，大白天点了一盏油灯！

　　我瞪了她一眼说，我是在全心全意地为病人服务，正像孵小鸡一样地给血清加温呢！

　　她说，什么血清？血清在哪里？

　　我说，血清就在烧杯里啊。

我用目光引导着她去看我的发明创造。当我注视到水银计的时候，看到红线已经膨胀到 70 摄氏度的范畴。劈手捞出血清试管，就在我说这一句话的工夫，原来像澄清茶水一般流动的血清，已经在热力的作用下，凝固得像一块古旧的琥珀。

完了！血清已像鸡蛋一样被我煮熟，标本作废，再也无法完成试验。

我恨不得将油灯打得粉碎。但是油灯粉身碎骨也于事无补，我不该在关键的时刻信马由缰。现在面临的问题是我该怎么办？空白化验单像一张问询的苦脸。我不知填上怎样的答案。

最好的办法是找病人再抽上一管鲜血，一切让我们重新开始。但是病人惜血如命，我如何向他解释理由？就说我的工作失误了吗？那是多么没有面子的事情！人人都知道我是一个尽职尽责的好化验员，这不是给自己抹黑吗？

想啊想，我终于设计出了如何对病人说。

我把那个小个子兵叫来，由于对疾病的恐惧，他如惊弓之鸟战战兢兢。

我不看他的脸，压抑着自己的心跳，用一个 17 岁女孩可以装出的最大严肃对他说，我已经检查了你的血。可能……

他的脸唰地变成霜地，颤抖着嗓音问，我的血是不是有问题？我是不是得了重病？

等待检查结果的病人都如履薄冰。我虽然年轻，也很懂得利用这种心理。

这个……你知道像这样的检查，应该是很慎重的，单凭一次结果很难下最后的结论……

说完这句话，我故意长时间地沉吟着，一副模棱两可的样子，让他在恐惧的炭火中慢慢煎熬，直到相信自己已罹患重疾。

他瘦弱的头颅点得像啄木鸟，说，我给您添了麻烦，可是得了这样的病，没办法……

我说，我不怕麻烦，只是本着对你负责，对你的病负责，还要为你复查一遍，结果才更可靠。

他苍白的脸立刻充满血液，眼里闪出星星点点的水斑。他说，化验员，真是太谢谢啦，想不到你这样年轻，心地这样好，想得这么周到。

小个子兵说着，几乎是迫不及待地撸起袖子，露出细细的臂膀，让我再次抽他的血。

我心里窃笑着，脸上还做出不情愿的样子，很矜持地用针头扎进他的血管。这一回，为了保险，我特意抽了满满的两大管鲜血，以防万一。

古老的油灯又一次青烟缭绕，我自始至终都不敢大意，终于取得了结果。

他的血清呈阴性反应。也就是说——他没有病。

再次见到小个子兵的时候，他对我千恩万谢。他说，化验员啊，你可真是认真啊。那一次通知我复查，我想一定是我有病，吓死我了。这几天，我思前想后，把一辈子的事都想过了一遍。幸亏又查了两次，证明我没病。你为病人真是不怕辛苦啊！

我抿着嘴不吭声。

后来领导和同志们知道了这件事，都夸我工作认真并谦虚谨慎。

在以后很长的时间里，我都为自己当时的灵动机智而得意。

我的年纪渐长，青春离我远去。机体像奔跑过久的拖拉机，开始穿越病魔布下的沼泽。有一天，当我也面临重病的笼罩，我对最后的化验结果望穿秋水的时候，我才懂得了自己当年的残忍。我对医生的一颦一笑察言观色，我千百次地咀嚼护士无意的话语。我明白了当人们忐忑在生死的边缘时，心灵是多么的脆弱。

为了掩盖自己一个小小的过失，不惜粗暴地弹拨病人弓弦般紧张的神经，我感到深深的懊悔。

假如今天我出了这样的疏忽，我会充满歉意地对小个子兵说，对不起，因了我的粗心，那个试验做坏了。现在我来重新做。

我想他也许会发脾气的，斥责我的不负责任。按照四川人的火爆脾气，大骂几句也有可能。我会安静地倾听他的愤怒，直到他心平气和的那一瞬。我相信他还会撸起袖子，让我从他比红蓝铅笔粗不了多少的胳膊上抽血……也许他会对别人说我是一个蹩脚的化验员，我会微笑着不作任何解释。

我们可以吓唬别人，但不可吓唬病人。当我们患病的时候，精神是一片深秋的旷野。无论多么轻微的寒风，都会引起萧萧黄叶的凋零。

让我们像呵护水晶一样呵护人的心灵。

刺玫瑰依然开放

那一天,我和这位20世纪80年代出生的女孩,坐在一间有落地窗的屋子里,窗外不远处有一个花坛,花坛里开放着粉红色的刺玫瑰。我们喝着不放糖和牛奶的黑咖啡,任凭窗帘扑打着发丝和脸颊。

女孩戴着口罩,把眼睛瞪出了口罩的边缘,说,所有的科学知识我都知道了,可我还是害怕。我可以对你说我不害怕,可那是假的。理智不可能解决情感的问题。你说我怎么才能不害怕?

她指的是"非典"。2003年上半年,中国使用频率最高的一个词大概是"非典"。医学家统计,在罹患"非典"的人群里,青壮年占了70%以上,特别是20岁至30岁的青年人在总发病率中占了三成比例。从这个意义上说,"非典"具有生机勃勃的杀伤性。

年轻人的大恐慌,主要来自在有限的生命体验中,找不到被一株小小的病毒杀得人仰马翻的经验。人们对于自己未知的事物,总是充满了震惊和慌张,这是人的正常心理反应,一如我们面对着不可知的黑暗,你不知道在暗中潜伏的是老虎还是蜥蜴。如果我们有了一盏灯,我们的心里就踏实了一点。如果我们在有了灯之后,又有了一根结实的棍子，信心就增长了一些。假如天慢慢地亮起来，太阳出来了，安全感就更雄厚了。科学家对于"非典"病毒的寻找和描述，就是我们在晦暗中的灯光。现在已经初步看清了这个匍匐在阴影中的魔鬼，知道它的爪子从何处伸来，利齿从何处噬咬。我们也有了一根粗壮的棍子，那就是严格的消毒和隔离措施。大多数人的恐慌渐渐地散去，一如冬季北方旷野上的薄雾。

我问女孩，"非典"在北京爆发之后，你在哪里？

她说，我在公司做职员，刚开始隔天上班，现在干脆不用去了。我的同事们很多离开了北京，忍受不了这种恐惧的压榨。听说在北京不容易走，有人就骑着自行车跑到北京的周边地区，然后把自行车一扔，坐上汽车火车，跑回老家去了。可惜我的爷爷奶奶姥姥姥爷都在北京，无地可去，只能和这座城市共存亡。我非常害怕……

我握了握她的手，果然，她的手指被冷汗粘在一起，像冰雹打过的鸟翅簌簌抖动。我说，我没有办法使你不怕，但有一个人能帮助你。

她迫不及待地问，谁？

我说，你自己。

她说，我怎么帮我自己呢？

我说，你拿来一张纸，把自己最害怕的事写下来。

她站起身，拿来一张雪白的大纸，几乎覆盖了半张桌面。然后，一笔一画地写下：

第一个害怕：我还没有升到办公室的主管，就停止了前程。

第二个害怕：我买下的房子，还没有付完全款。

第三个害怕：我刚刚交的男朋友，还没有深入发展感情。

第四个害怕：我准备给我妈妈送一件茉莉紫色的羊绒衫，还没来得及买。

第五个害怕：我上次和我爸爸大吵了一架，还没跟他和好。要是我死了，多遗憾。

第六个害怕：我热爱旅游，很想走遍世界。现在连新马泰和韩国还没去成呢，就要参观地狱了。

第七个害怕：我想减肥，还没有达到预定的斤数。

第八个害怕……

当她写到第八个害怕的时候，停了下来。我说，为什么停笔了？她歪着头从上到下看了半天，说，差不多了，也就是这些了。

我说不多嘛，看你拿来那么大的一张纸，我以为你会写下1001条害怕。请检视一下你的种种害怕，看看有哪些可以化解或减弱。

她仔细地端详着自己刚刚写下的害怕。说道，第七个害怕最不重要了，如果得了病，高烧几天，估计体重就减下来了。

我说，很好啊，凡事就怕具体化。现在，你已经没有那么多的害怕了，只剩下6条，再来具体分析。

姑娘看看手下的纸，说，有两条是可以立刻做的，做完了，我就不再害怕了。

我说，哪两件事？

她说，今天我下班之后，就到商场给我妈妈买一件茉莉紫的羊绒衫，如果这个颜色商场一时无货，我就买一件牵牛花紫的羊绒衫，要是也没有，买成大枣红的也行。第二件事是和爸爸推心置腹地谈谈。我爸是个特好面子的人，所以我先同他讲话，他一定会爱答不理的。

要是以前，我才不用热脸贴他的冷屁股呢！但经过了"非典"，我会比较能忍耐了。我会对他说，"非典"让我长大了，我是你的朋友。让我们像真正的朋友那样讲话，好吗？

我说，真喜欢你说"非典"让你长大了这句话。成长不但发生在幸福的时候，更多是发生在苦难之中。

她受了鼓励，原本被恐惧刷得灰白的面庞，有了一丝属于年轻人的绯红。她继续看着恐怖清单，低声说："至于刚刚交下的男朋友，好像也不是什么值得害怕的事情，这需要细水长流慢慢了解。就算是没有'非典'，也不一定就能达到海誓山盟男婚女嫁……"

说到这里，她大概突然看到了恐怖清单上的第二条，笑起来说，至于还不上贷款这件事，我要把它开除出去。这不是我该害怕的事，最害怕的该属房地产开发商。这是不可抗力，是地产老板们最爱用于推诿的理由，想不到也可以"以子之矛攻子之盾"，让他们头疼一回。

开发商的困境引发了女孩的幽默感，她显出些许幸灾乐祸的快乐。旋即细细的眉头又皱了起来，说，恐怖名单上不能去世界旅游这一条，无论如何是驱不去了。

我说，你要到各地去旅游，为了什么？

为了让我快乐。看我没看到过的风景，听我没听到过的鸟鸣。她很快回答道。

我说，这真是旅游最好的理由。只是我想问你，你可曾注意到窗外不远处的花坛里，刺玫瑰在悄然开放？

她一脸茫然地说，刺玫瑰真的开花了吗？

我用手指敲敲窗子说，你往前面看。

她把脸压在玻璃上，贪婪地看着窗外，每一朵刺玫瑰都如同换牙的小童，憨态可掬。她惊讶地说，真的，在"非典"肆虐的春天，刺玫瑰居然还在开放。真怪啊，我以前怎么从来没有注意到呢？

她的目光从睫毛膏的缝隙中向更远处眺望，说，哦，我不但看到刺玫瑰了，我还看到国色天香的牡丹和路边卑微的蒲公英，也一样蓬蓬勃勃地开放着……

她是很聪明的女孩，很快就悟出了，说，我明白了，美丽的风景不一定要到远处寻找，也许就在我们的身边。

我说，起码我们先把眼前的风光欣赏完了，再看远处不妨。

这位20世纪80年代出生的女生看看自己的恐惧清单，然后说，好吧，就算没法周游世界，我也不再害怕了。但是，我要是升不到主管就死了，这还是很可怕的事。

我说，你升到主管之后会怎样？

女孩说，我还要升到部门经理，然后是总经理……

然后呢？我问。

然后就是旅游了……旅游是为了开心，是为了快乐。对啊，我最终的目的是让自己快乐。那么我如果因为害怕，抢先丧失了快乐，我就太傻了，就是本末倒置，就是一个大笨蛋……她自言自语，眼珠飞快地转动着。

那一天的结尾，是这个姑娘把那张像大字报一样的恐怖清单撕掉了。关于20世纪80年代出生的年轻人，在此次"非典"流行的过程中，交出了形形色色的答卷。比如我在电视里，就看到20岁刚出头的女护士，英勇得如同身经百战的士兵，穿戴着把人憋得眼冒金星的三重隔离服，给年纪足够当她伯父的病人做治疗和宽慰疏导。

这就是泥沙俱下的生活，这就是新的一代人。报纸上有人管他们叫"跑了的一代"，我觉得在他们如此年轻的时候，就遭遇到了一场突如其来的严重的灾难，是不幸也是大幸。恐惧可以接纳，却不能长时间地沉溺，逃跑更是懦夫退缩的行径。当你有能力直面灾难，细细将它们剖析，在灾难中看到鲜花依旧在不远处开放，那就有了不再惧怕不会逃跑的气概。

校门口的红跑车

女人们对自己的感情经历，大体上可分为三种。一种是讲，逢人就讲，对熟悉她和不熟悉她的人，甚至车船旅途中的萍客，都可倾诉。一种是不讲，埋得深深，不少人把它像一种致命的病菌一样，带进坟墓。第三种是通常不讲，但在某一特别的场合和时间下，会对人讲。那种时刻，如果我恰巧成为听众的话，常常生出感动。因为我知道，此时一定有什么特别的情形，痛切地触动了我的内心。我也要感激她对我的信任和这一份特别的缘分。

那一夜，月亮非常亮。据说是六十三年以来月亮最亮的一个晚上。女孩对我说：

我是师范院校的学生。读师范的女生，基本上都是家境贫寒的，长相通常也不很好。这样说，我的女同学们，可能会不服气，但我说的是实话，包括我自己，相貌平平。大约读大二的时候，我们就可以做家教了。其实那时，我们和普通大学生所上的课，并没有大的区别，还没学到教学教法什么的，也不一定就能当好如今独生子女的小先生。师范院校的牌子挺能唬人的，再说我们也特需要钱来补贴。所以，同学们就自己组织起家教一条龙服务。每天派出代表，在大街上支个桌子，上书"家教"两字，等着上门求助的家长，接了活后再分给大家。谁领到了活儿，会从自己的收入当中，抽一部分给守株待兔的同学——我们称他们为教提。

有一天，教提对我说，给你分一个大款的女儿，你教不教？我说，钱多不多？他说，官价。我说，你还不跟大款讲讲价？他苦笑着说，讲了，不成。人家门儿清。我说，好吧，官价就官价。他说，那明天下午四点，范先生驾车到大门接你。

第二天，我提前五分钟到了学校门口。没人。我正好把自己的服装最后检视一遍。牛仔裤，白T恤——挺得体的，既朴素又充满了活力，而且这是我最好的衣服了。

四点整，一辆我叫不出名字的红跑车飞驰而来，停在我面前，一位潇洒的中年男人含笑问道，您是黎小姐吗？

我姓李，他讲话有口音，我也就不计较了，点点头。我说，您是范先生吗？他说，正是。咱们接上头了，快请上车吧，我女儿正在家等你呢。

我上了车，坐在他身边，车风驰电掣地跑起来。我从来没有坐过如此豪华的车，那感觉真是好极了。他的技术非常娴熟，身上散发着清爽的烟草和皮革混合的气味，好像是猎人加渔夫。总之，很男人。

他一边开车一边说，女儿的英语基础不是很好，尤其是胆小，不敢会话。口语的声音弱极了，希望我不要在意。我的目光注视着窗外飞速闪动的街景，不停地点头……心想，同样的建筑，你挤在公共汽车上看，和坐在这样高贵的车里看，感觉竟有那么大的差别啊。

很快到了一片高尚住宅区。（我对这个词挺不以为然的，住宅也不是品质，凭什么分高尚和卑下呢？）在一栋欧式小楼面前停下，他为我打开车门时说，我的女儿英语考试成绩每提高一分，我就奖给你一百块钱。

我充满迷茫地问他，你女儿的英语成绩，和我有何相干呢？我是来教历史的。

那一瞬,我们大眼瞪小眼。然后异口同声地说,对不起,错了。他赶紧带上我,驱车重回校门口,接上那位教英语的黎同学回家,而我找到已经等得很不耐烦的范先生。

说实话,那天我对范先生的女儿很是心不在焉。这位范先生虽说也是殷实人家,但哪能与那一位范先生相比呢?我心里称那位先入为主的为——范一先生。

晚上,我失眠了。范一先生的味道,总在我的鼻孔里萦绕。我想,住在那栋小楼里的女人,该是怎样的福气呢?不过,想来素质也不是怎样的好吧?不然,她的女儿为什么那么胆小?要是我有这样的先生和家业,会多么幸福啊……

想归想。这年纪的女生,谁没有一肚子的幻想呢?天一亮,我就恢复正常了,谁叫咱是灰姑娘呢!下午四点之前,我又到了校门口,范二先生说好了再来接我。可能是因为头天迟到的缘故,我到得格外早。

走近校门,我的心咚咚跳起来——又看到了那辆非凡的红色跑车。我悄悄站在一旁,因为和我没关系。他是来接英语系的黎同学的,这很好理解。

没想到,那辆红跑车,如水鸟一样无声地滑到了我面前,范一先生温柔地笑着说,李小姐,你好。

我说,您到得很早啊。

范一说,昨天我正点到时,你已经到了。所以我想你今天还会到得早,果然不错。我喜欢守时的人,咱们走吧。

他说着,打开了车门。

我说,范先生,昨天错了。

他笑笑说,昨天错了,今天就不能再错。我已将黎同学炒了,重新雇用你。

我很吃惊，说，你怎么会知道今天我们能见面？

他说，不要这么惊奇。你惊奇的样子，可爱极了。对于一个商人来说，这点信息有什么难呢？历史系，一个姓氏和"黎"近似的有着魔鬼身材的女生，现在做着家教……就这样啊。

我扶着车门说，我不是英语系的。

他说，你的大学只要是考上的，就可以教我女儿的英语……上车吧，我女儿已经在等了。

在车上，所有昨天的感觉都复活了。正当我沉浸在速度的快感之中时，范一先生打断了我的美好感受。他说，看来你对自己太不在意了。

我说，此话怎么讲？

他说，你穿着和昨天一模一样的衣服。有你这样魔鬼身材的女孩，应该善待自己才是。

我说，一个穷学生，是无法善待自己的。

他说，我也当过穷学生，你的处境我能体会。但是，别忘了，你有资源啊。

我说，我有什么资源啊？芸芸众生而已。

他说，你的身材非常好，我昨天一眼就被吸引了。一个人，长相好，其实相对来讲比较容易。一张脸，才有多大面积？对比匀称不算难。就是有些小的瑕疵，比如眼睛不够大，鼻梁不够挺直，做做整容也不难，巴掌大的地方，就那么几组零件。好安排。可一个人的身材，波及全身所有的结构，头颅过大过小都不成，脖子不长不行，脊柱要挺拔，胸腰的比例要适宜，腿更是重中之重，要是短了，纵使闭月羞花也白搭……你呢，刚刚好，所有的搭配都天造地设，你要懂得珍惜啊。而且我提醒你，女性的身材，是很脆弱的结构。上了年纪，就不一样了。锻炼出来的，节食出来的，和天然的，是不一样的……好了，我们到了。

又是那座小洋楼，但我无心观赏它的精致了。我的心被范一先生的逻辑催动，变得不安分了。这就像一个穷人，守着自己的几亩薄田苦熬。有一天，突然有人对你说，你田里长的那些草，都是人参啊。你还能心平气和吗？

不过，那天我还是抖擞起精神，辅导范一先生的女儿。我对女主人的羡慕和嫉妒，都不存在了。这是一个没有女主人的家庭，因此那女孩十分孤独内向。她的英语其实不是很差，只是因为不敢说，成绩才糟。

范一对我很满意，约定以后天天接我来做家教。我说，都是这辆车吗？

他说，你很在意这辆车吗？

我说，不是在意，是它美丽。

他说，我能理解。美丽的东西，人们都想和它在一起。好吧，即使我不能来，我也会派我的司机，开着这辆车来。

我和范一先生的女儿交了朋友，她的胆子渐渐大起来。嘴一敢张开，成绩就突飞猛进。

校门口每天准时出现的红色跑车，让我大出风头。有时候下午有课，我就编谎话请假，总之从未误了范一那边。期末，那女孩的英语成绩提高了二十五分，范一递给了我两千五百块钱。

我就接过来了，心安理得。

后来，他开始给我买衣服，我不要。他说，我是不忍暴殄天物啊。我就收了……直到有一天，他很神秘地拿出一个纸袋，说是托人特地从国外带回来的时装，送给我。那套衣服漂亮得让人心酸，让人觉得自己以前穿过的都是垃圾。

你能今天在我家就把这套衣服穿起来，让我看看吗？你知道，我也很爱美丽的东西啊。范一说。

我本不想答应，但我怕范一不高兴。工钱和奖金，都是我必需的，还有这套华贵的衣服。

我把卫生间里面门上的小疙瘩按死。开始换衣服。正当我把旧衣服脱下。新衣服还没穿上身的时候，门无声无息地开了。

我想看看自己的眼光，对你三围的估计准不准？范一说。

我呼救反抗……偌大的房间里，只有我们两人，女孩到同学家去了。暴行之后，范一扔下一笔钱，说，我是很公平的。你们做家教，是按小时收钱，明码标价。我也是。你的每一公分胸围，我付一笔钱。你的腰围比臀围每少一公分，我付一笔钱。我可以告诉你，我从来没有给过任何一个小姐这么多的钱。你真是魔鬼身材啊。

我很想到公安局告他，可我怕舆论。每天招摇的红跑车，让我气馁。我也很想把钱扔到他脸上，然后扬长而去。那是电影里常常出现的镜头，但是，我做不到。我缺钱。我已经付出了高昂的代价，我要为自己保存一点物质补偿。

我想，一个人是不是记得住那些惨痛的教训，不在于片刻的决绝，更在于深刻的反省吧。

我再也没有见过范一。有时候，在镜子面前欣赏自己优美的身材的时候，我会想起范一的话。我承认这是一种资源，但是，所有的资源，都需要保护。越是美好的资源，越要珍惜。女人，最该捍卫的，不就是我们的尊严吗？！

在明月的照耀下，我看到她脸上的清泪。

五　世界那么大，我想去看看

亲爱的同学：

　　欢迎你阅读这一部分的毕淑敏经典散文！

　　这一部分精选毕淑敏老师的11篇经典散文，跟你聊一聊旅行那些事儿。

　　"世界那么大，我想去看看。""来一场说走就走的旅行。"……

　　网络上关于旅行的话题刺激得每一个人的心里痒痒的。幸运的你，可以在暑假或者寒假出去走一走，想必更多的朋友只能从书上或者电视上过一过瘾，在别人的旅行见闻里聊以自慰。

　　在这里，为你呈现几篇毕淑敏老师的"旅行观"及旅行见闻。祝愿热爱旅行的你，将来能够亲自去看一看这个大千世界！

精彩先睹为快

旅行使我们谦虚。飞驰的速度,变换的风景,奇异的遭遇,萍逢的客人……这一切旅途中可能发生的事件,强烈地超出了我们已知的范畴,以一种陌生和挑战的姿态,敦促我们警醒,唤起我们的好奇。(《旅行使我们谦虚》)

生为夏虫是我们的宿命,但不是我们的过错。在夏虫短暂的生涯中,我们可以和命运做一个商量,尽可能地把这口井掘得口径大一些,把时间和地理的尺度拉得伸展一些。就算最终不可能看到冰,夏虫也力所能及地面对无瑕的水和渐渐刺骨的秋风,想象一下冰的透明清澈与痛彻心肺的寒冻。(《带上灵魂去旅行》)

它简单到只用一个"爱"字就可以全然概括,如钻石的组成成分唯碳一味那般单纯。心灵的连接应该做到如此紧密,就像钻石无坚不摧,永不弯曲。(《送你一颗光芒之海》)

努力,也许就会有不可思议的力量出现。墙倒众人推一直是个贬义词,但一堵很厚重的墙要訇然倒下,是一定要借众人之手的。(《冻顶百合》)

旅行使我们谦虚

由于工作的关系，常常旅行。旅行比居家的时候辛苦，这是不消说的。中国有句古话——在家千日好，出门一时难，说的就是这份不易。但时间长了，待在家里，筋骨锈了，就会生出一份隐隐的焦灼，迫不及待地想到外面走走去。

是什么诱惑着我们放弃安宁和舒适，离开温暖的家，在某一个清晨或是深夜，毅然到遥远的他乡去了呢？

当然，很多时候，是为了谋生，为了无法推卸的责任和理由。但是，随着温饱的解决，我们越来越多自觉自愿地选择了——人在旅途。

一次，我应邀到国外访问。在规定的活动完结之后，主人很热情地让我挑选一个完全自由的项目，以便我可以更深入地了解这个国家。我想了想，提笔写下了：乘坐火车或是长途汽车，在大地上旅行。主人看了看那张纸说，好，我们很乐意满足您的要求。只是，您的目的地是哪里呢？您究竟要到哪里去呢？

我说，没有目的地，不到哪里去。坐着车在大地上行走，就是目的，就是一切了。

我固执地认为，要真正认识一个国家、一个民族、一块土地、一处山水，你必得独自漫游。

旅行使我们谦虚。飞驰的速度，变换的风景，奇异的遭遇，萍逢的客人……这一切旅途中可能发生的事件，强烈地超出了我们已知的范畴，以一种陌生和挑战的姿态，敦促我们警醒，唤起我们的好奇。在我们被琐碎磨损的生命里，张扬起绿色的旗帜；在我们被刻板疲惫的生活中，注入新鲜的活力。

久久的蜗居，易使我们的视野狭小、胸怀逼仄、肌力减弱、肺廓扁平……这个时候，收拾好行囊，辞别了亲人，踏上旅途吧！

珍惜旅途吧！火车上那些不眠的夜晚，凭窗而立，看铁轨旁一盏盏路灯，闪着紫蓝色的光芒，倏忽而逝，许多记忆幽灵般地复活了。

人们常常在旅途中，猛地想起湮灭许久的往事，忆起许多故人的音容笑貌。旅行好像是一种溶剂，溶化了尘封的盖子，如烟的温情就升腾出来了。

人们常常在旅途中，向相识才几小时的旅伴倾诉衷肠，彼此那样深刻地走入了对方的精神架构。我甚至知道几位青年，竟这样找到了自己的终身伴侣。

有人把这些解释为——旅途使人们亲近，是因为没有利害关系。我不同意这个观点。正是因为同乘一列车、同渡一条船，才使我们如此亲密。旅行使人性中温暖的那些因子弥散开来。

旅途也有困厄和风雨、艰难和险恶。但是，这不会阻止真正的旅行者的脚步。旅行正是以一种充满未知的魅力，激起人们不倦的向往。

带上灵魂去旅行

人的知识永远是不完备的,他无法知道一个地区或是一个时代是否就是时间的全部。从这个意义上讲,我们每个人都是井底之蛙,所不同的只是栖息的这口井的直径大小而已。每个人也都是可怜的夏虫,不可语冰。于是,我们天生需要旅行。生为夏虫是我们的宿命,但不是我们的过错。在夏虫短暂的生涯中,我们可以和命运做一个商量,尽可能地把这口井掘得口径大一些,把时间和地理的尺度拉得伸展一些。就算最终不可能看到冰,夏虫也力所能及地面对无瑕的水和渐渐刺骨的秋风,想象一下冰的透明清澈与痛彻心肺的寒冻。

旅行,首先是一场体能的马拉松,你需要提前做很多准备。先说说身体方面。依我片面的经验,旅行的要紧物件有三种。

第一,当然是时间。人们常常以为旅行最重要的前提是钱,于是就把攒钱当成旅行的先决条件。其实,没有钱或是只有少量的钱,也可以旅行。关于这一点,只要你耐心搜集,就会找到很多省钱的秘诀。如果把一个人比作一辆车,驱动我们前行的汽油,并不是金钱,而是时间。这个道理极其简单,你的时间消耗完了,你任何事都干不成了,还奢谈什么呢?或者说,那时的旅行只有一个方向,就是地心了。

第二桩物件,是放下忧愁。忧愁是旅行的致命杀手,人无远虑,乃可出行。忧愁是有分量的，一两忧愁可以化作万只秤砣，绊得你跌跌撞撞鼻青脸肿。最常见的忧愁来自这样的思维：把这笔旅游的钱省下来可以买多少斤米多少缕菜，过多长时间丰衣足食的家常日子。将满足口腹之欲的时间当作计量单位，是曾经有用现在却不必坚守的习惯。很多中国人一遇到新奇又需要破费的事，马上把它折算成米面开销，用粮食做万变不离其宗的度量衡。积谷防饥本是美德，可什么事都提到危及生命安全的高度来考虑，活着就成了负担。谁若一意孤行去旅行，就咒你将来基本的生存都要打折，食不果腹、衣不蔽体、流落街头……别怪我说得凄惶，如果你打算做一次比较破费的旅行，你一定会听到这一类的谆谆告诫。迅即把诸事折合成大米的计算公式，来自温饱没有满足的农耕时代遗留下来的精神创伤。如果你一定要把所有的钱都攒起来用于防患于未然，这是你的自由，别人无法干涉。可你要明白，身体的生理机能满足之后，就不必一味地再纠结于脏腑。总是由着身体自言自语地说那些饥饱的事，你就灭掉了自己去看世界的可能性，一辈子只能在肚子画出的半径中度过。这样的人生，在温饱还没有解决的往昔，是不得已而为之，甚至可能成为能优先活下来的王牌。在今天，就有时过境迁、过于迂腐之感了。

第三桩，是活在身体的此时此刻。此话怎讲？当下身体不错，就可以出发，抬腿走就是，不必终日琢磨以后心力衰竭的呕血和罹患癌症的剧痛。我琢磨着自己还有能力挣出些许以后治病的费用，我相信国家的社会保障机制会越来越好。我捏捏自己的胳膊腿，觉得它们尚能禁得住摔打，目前爬高上低、风餐露宿不在话下。若我以后真是得了多少万人民币也医不好的重症，从容赴死就是了，临死前想想自己身手矫健耳聪目明时，也曾有过一番随心所欲的游历，奄奄一息时的情绪，也许是自豪。

我是渐渐老迈的汽车，油料所剩已然不多。我要精打细算，小心翼翼地驱动它赶路。生命本是宇宙中的一瓣微薄的睡莲，终有偃旗息鼓闭合的那一天。在这之前，我一定要抓紧时间，去看看这四野无序的大地，去会一会英辈们留下的伟绩和废墟。

终于决定迈开脚步了。很多人有个习惯，出远门之前，先拿出纸笔，把自己要带的东西都一一列出。旅游秘籍中，传授这种清单的俯拾皆是。到寒带，你要带上皮手套、雪地靴，到热带，你要带上防晒霜、太阳镜、驱蚊油。就算是不寒不热的福地，你也要带上手电筒、黄连素加上使领馆的电话号码……

所有这些，都十分必要。可有一样东西，无论你到哪里，都不可须臾离开，那就是——你可记得带上自己的灵魂？

据说古老的印第安人有个习惯，当他们的身体移动得太快的时候，会停下脚步，安营扎寨，耐心等待自己的灵魂前来追赶。有人说是三天一停，有人说是七天一停，总之，人不能一味地走下去，要驻扎在行程的空隙中，和灵魂会合。灵魂似乎是个身负重担或是手脚不利落的弱者，慢吞吞地经常掉队。你走得快了，它就跟不上趟儿。我觉得此说法最有意义的部分，是证明在旅行中，我们的身体和灵魂是不同步的，是分离分裂的。而一次绝佳的旅行，自然是身体和灵魂高度协调一致，生死相依。

好的旅行应该如同呼吸一样自然，旅行的本质是学习，而学习是人类的本能。身为医生，我知道人一生必得不断地学习。我不当医生了，这个习惯却如同得过天花，在心中留下斑驳的痕迹。旅行让我知道在我之前活过的那些人，他们可曾想到过什么、做过什么。旅行也让我知道，在我没有降生的那些岁月，大自然盛大的恩典和严酷的惩罚。旅行中我知道了人不可以骄傲，天地何其寂寥，峰峦何其高耸，海洋何其阔大。旅行中我也知晓了死亡原不必悲伤，因为你其实并没有消失，只不过以另外的方式循环往复。

凡此种种，都不是单纯的身体移动就能解决问题的，只能留给旅行中的灵魂来做完功课。出发时，悄声提醒，背囊里务必记得安放下你的灵魂。它轻到没有一丝重量，也不占一寸地方，但重要性远胜过GPS。饥饿时是你的面包，危机时助你涉险过关。你欢歌笑语时，它也无声扮出欢颜。你捶胸顿足时，它也滴泪悲愤……灵魂就算不能像烛火一样照耀着我们的行程，起码也要同甘共苦地跟在后面，不离不弃，不能干三天停一天地磨洋工。否则，我们就是一具飘飘荡荡的躯壳在蹒跚，敲一敲，发出空洞的回音，仿佛千年前枯萎的胡杨。

我很重要：毕淑敏经典散文学生读本

送你一颗光芒之海

到伊朗旅行。还没出发，同行女友就说咱们一定要挑个好日子。我纳闷，说你是要避开什么特定的时辰吗？朋友说，伊朗有个珍宝博物馆，是一定要看的。它每星期只开放两天，每次只有很短的几个小时。如果我们碰到它闭馆，就太遗憾了。

于是我们的出发和返程，都是按照伊朗珠宝博物馆的时间而设定。这样哪怕是出了意外情况，也有双保险。女人都喜爱珠宝，纵是无法拥有，看一看也是好的呀！

博物馆在德黑兰市的菲尔杜西街，因为在闹市区了，门口不可以停车，我们从很远的地方下了车，步行过去。翻译是位资深的伊朗学者，对波斯历史颇有研究。他开玩笑地说，一会儿各位出来的时候，眼睛也许会闪耀黄金和钻石的光芒。

珍宝馆在伊朗中央银行地下室，或者更确切地说它就是金库，里面储藏着波斯帝国历代的王座、王冠、宝剑、珠宝、首饰等宫廷用品。翻译说，这些价值连城的宝贝，本来是属于国王他们家的，1938年，当时在位的礼萨·汗国王，把王室的藏品交给了伊朗国家银行，作为发行纸币的担保。1960年底，这个馆开始对公众开放。

珍宝馆先声夺人，不同凡响。我说的不是它的藏品，这时候我们还没来得及进馆呢，我说的是它的森严。在通往珍宝馆的路上，我们连续接受了三道安检。且不说书包、照相机等不能带进去，就连手机也要掏出来交付安全人员托管，真正做到身无长物，裸着进馆了。

悠长的台阶，走得人心惊肉跳。一步步走向地心，灯光幽暗，有一种洞穴探宝的感觉。珍宝馆内昏晦如夜，刚进去一时间你判断不出它的面积，好像无边广阔，也好像只有几间屋子大小。在黯淡的底色当中，一处处闪亮的岛屿，就是防弹玻璃构成的陈列柜，就是那些惊世骇俗的珠宝栖息之地。首先映入眼帘的是巴列维国王的王冠，翻译告诉我们其上镶有 3 380 颗钻石，共重 2 000 余克拉。

翻译悄声向我们普及钻石的知识。由于钻石的珍贵和细小，重量就不能大刀阔斧地计量，改用了谨小慎微的"克拉"。这个标准是古希腊人最先制定的，他们所用的砝码，是生长在爱琴海岸边的角豆树种子。这种种子很小很轻，每颗的重量都基本相同。1 克拉是 200 毫克，也就是 0.2 克。5 克拉相当于一克。

我在以色列耶路撒冷城见过这种植物，类乎皂角树。它的种子被称为克拉豆，比绿豆稍大一点点，但没有绿豆那样丰满，呈扁平的椭圆形，浅淡的咖啡色，摸起来有轻的油腻润滑感。摆在手心上几颗细细比较，果然难兄难弟的，万分相似。世界上已经发现的最大钻石，名叫"库利南"，重达 3 106 克拉，有莽汉的拳头那么大，我国的"常林钻石"，重 158 克拉，似青皮小桃那么大。

重量在一克拉以下的钻石，只能用更微小的计量单位，叫作"分"。一克拉等于 100 分，也就是两毫克。常见某个女子被富豪家迎娶，大秀特秀她的钻戒，重量是几克拉，引得人们尖叫。

伊朗国王王冠上 2 000 多克拉钻石，共计 400 多克，快合咱们的 1 市斤了。国王头戴这么重的王冠，是不是容易得颈椎病呢？我们在这厢刚被钻石闪得目光迷离，转过身去再被巨大的刻花金板晃得头晕眼花。金板足足有 20 公斤重，其上还有用钻石镶嵌的文字，说这是犹太教民在礼萨·汗国王加冕时的进献。旋即被惊得浑身抖擞。一个 37 公斤重的纯金地球仪，劈面而来。这个黄金球上覆盖着密密麻麻的宝石，有五万多颗，总重量高达 1.82 万克拉。

它是先用纯金铸了个模拟地球的大球，再用宝石显示地球上的海洋和各国的具体位置。海洋用的是绿色宝石，估计是祖母绿。我私下里觉得海洋区域应该用蓝宝石，工匠之所以不这样安排的原因，我绝不敢推论是因为蓝宝石数量不够多，而用绿宝石替代。最大的可能是祖母绿比蓝宝石更为豪华奢靡。或者是因为从波斯湾看到的海水多呈绿色，故如此设计。

这架地球仪，起因是 1848 年纳赛尔·丁国王继位后，觉得王室无数零散宝石不便于保存，遂生出一个主意，让工匠们制造珠宝地球仪。这一工程费时多年，至 1869 年完工。世界各国的位置，用红宝石表示，伊朗、法国、英国和东南亚用钻石来表示。我仔细看了看中国的位置，似乎是以碎钻标出来的（隔着防弹玻璃，不知道判断准否？说错了，请恕。我不是珠宝专家）。不知道这种区别，是表示和这些国家比较亲善，还是率性为之。苛刻要求，该地球仪上中国大陆的海岸线标得不够细致，略显陡直。

另外一个吸引眼球的珠宝，是象征着伊朗王权、镶满珠宝的"孔雀宝座"。它是一把孔雀开屏形状的金交椅，和咱们的皇帝宝座——比如康熙御制五屏式黄地填漆云龙纹宝座，有的一拼。孔雀宝座上，也是镶满了钻石，据说有两万多颗。

目瞪口呆之时，翻译说，所有熠熠生辉的宝贝，在镇馆之宝"光芒之海"面前，还是相形见绌了。来，请跟我走。

"光芒之海"落落寡合地独立陈放在场地中央，可能是为了人们可以从四面八方围观它的风采。它的颜色是极清淡的浅粉。打个比方吧,好像满天飘洒坠落的樱花,被取来了一瓣,轻轻地放在白丝帕中,拧出了一小滴汁。然后将这极微小的一粒粉汁,放入一大盆矿泉水中,然后放到北极,经过周天寒彻的冷冻,成为一块无瑕的冰。小心翼翼地敲下一块儿,就成了钻石。它清冷寒澈,极浅淡的樱红色,散射着柔和无比的光芒,好像一朵花在害羞地沉思。

"光芒之海"的重量是182克拉。它的具体尺寸是:长1.5英寸,宽1英寸,厚0.375英寸(1英寸等于2.54厘米)。整个钻石呈现出令人心痛的美丽。它是世界上最大的业已琢磨的钻石之一,还有一块与之比肩的钻石,名叫"光明之山",史称"科依诺尔"。"光明之山"也是稀有的艳钻,呈淡蓝灰色。重量比"光芒之海"少一些,为105.6克拉。因为发现的时间比"光芒之海"早,咱就称它为哥哥吧。

这两颗赫赫有名的兄妹艳钻,原来同属于印度的莫卧尔王朝,如今天各一方。哥哥"光明之山"几经转手,现为英国王室所有。2002年4月9日,在伦敦威斯敏斯特教堂举行的王太后葬礼上,"光明之山"被放置在王太后的棺木上,举世目睹了这一宝物。妹妹孤寂地留在伊朗的金库里,供万人瞻仰。

待我们翻过来掉过去瞧了个够,翻译微笑着问,你们可知道钻石究竟是什么东西?大家说,知道。就是金刚石嘛!

翻译说,把金刚石和钻石混为一谈,这种说法不准确,钻石是金刚石精加工而成的产品,它们之间的关系,如同麦子和馒头。麦穗要经过多少寒暑和碾磨,还有蒸煮,才能成为食品?钻石是金刚石变化而成的,这条道路十分艰难。先说金刚石,它之所以宝贵,是因为在世界天然矿物中,它是最坚硬的晶体。测定矿物硬度最常用的标准,是德国科学家莫氏(friedrichMohs)定的,共分10级。金刚石就矗立在冠军的宝座上,它的硬度是10。咱们常见的铁,硬度只有4。纯铜就更软了,只有3。

因为无与伦比的坚硬，很多人想当然地以为钻石一定成分很复杂，其实它是最简单的宝石，只由碳元素这独一味组成。说起这碳元素的底子，实在是平常之物。比如能燃烧的煤块、书写时乌黑易断的铅笔芯，还有入口即化的白砂糖，其主要成分，都是碳原子啊。

大家笑起来说，知道，钻石和咱平日吃的大米饭，是未出五服的近亲。

翻译说，人们常常以为复杂才有力量，神秘才不平凡。却不料身为宝石之王的钻石，单一到了不可思议。那么，为什么煤炭和馒头，并没有成就伟业？是什么使普通的碳元素，变成了光艳闪烁的珠宝呢？翻译接着强调，所有的秘密在于原子之间的连接。每一粒金刚石，都是碳原子忍受过极高的温度和极大的压力之后才形成的。如果压力不够高或是温度不够高，或者虽然有过高压高温，但时间不够长，碳的结晶连接便杂乱无章，只能形成黑油油的石墨。告诉你们一个检验真假钻石简便易行的方法。先找来一支石墨芯的铅笔，再把钻石用水湿润，然后用铅笔轻轻地刻画一道。如果是真钻石，晶面上不留任何痕迹。如果是玻璃、水晶等物件，就会在表面上留下黑痕。

我们听后大不解，问这钻石也有灵性吗？认出和石墨本是同根生的兄弟，所以一见面就亲热地不分彼此吗？

翻译说，它们的化学成分是一样的，只是排列得不同。就像一滴水落进了大海，水和水就大团圆了，你分得出这一滴水和那一滴水的界限吗？虽然在理论上说，只要有了一定的压力和温度，钻石可形成于地球的各个历史阶段，但目前开采出来的钻石，历史都极其古老。几乎全部形成于距今33亿年前或是12亿—17亿年这两个时期。来自南非的钻石辈分就更大了，大约在45亿年前。那时地球刚刚诞生不久，钻石便已开始在地球深部结晶。

古老而单纯的金刚石一经形成，在自然界就没有任何力量能让它们磨损和消失。像"光芒之海"这种极其稀少的带色艳钻,身世更为不凡。它们主要是由火山爆发才显露人间。地球深处的岩石由于火山活动,被带到地表或地球浅部,经过风吹雨打而风化、破碎,在水流冲刷下,破碎的原岩连同钻石被带到河床,甚至海岸地带沉积下来,在某一天被某人幸运地发现,从此崭露头角。

好的钻石,同时具备美丽、耐久和稀少这三大要素,集人世间最高的硬度,极强的折射率和色散度于一体,于是理所当然地成了宝石的王者。而一颗美轮美奂的钻石,除了大自然的恩宠之外,还有无数人的汗水掺杂其中。从它的开采、分选、加工、分级、销售,到最后卖到购买者手中,涉及两百多万人的劳作。

如此说来,一枚钻戒的晶莹中,每一道折射的光线,都凝聚了数不清的心血。钻石是天地和人间的合谋,才升华得如此美艳。沧海桑田千变万化中,唯有钻石坚定地保持原始而单纯的透明,雄视天下。面对如此的繁复和悠久,你不由得对钻石蕴藉的时间和品质肃然起敬。

走出珍宝馆,在明亮的阳光下,我们有一刻悄然无声。翻译最先打破了沉默,说,请大家互相对视一眼,看看彼此眼珠上是不是还有宝石的光斑存在?明知他是开玩笑,我们还是不由自主地互相瞄了起来,然后才算微笑着回到了人间。翻译说,我领着很多人参观过珠宝博物馆,出来之后大家都会沉默。这挺有意思,我一直没想出来这是为什么。也许是因为看完之后和没看之前,对财富的认识起了变化。

我说,你认为这是什么变化呢?翻译说,会觉得这些旷世珠宝,不应该属于任何人,只能是属于整个人类。它们曾是大自然的杰作,不应该被任何人据为己有。国王不行,其他人也不行。我频频点头,问他也问大家,那么,在所有的珠宝中,你最喜欢哪一枚?或者说是哪一珠宝组团呢?

面对汪洋大海般的珠宝库,我一时词穷,不知道如何称呼,自创了"珠宝组团"这词。大家纷纷作答。有人说是珠宝地球仪，让人从感官上就觉出地球珍贵乃无价之宝。有人说是孔雀开屏形状的国王座椅，威严中透出奢靡，不可一世。有人说是那堆积如山的零散宝石和珍珠，因为它们还未曾雕琢，或许能制造成最瑰丽的成品，最美的可能性蕴含其中。

翻译说，我最喜欢"光芒之海"。现在，作为纪念，我送大家每人一颗"光芒之海"。我们大笑，说别逗乐了，你送不起的。"光芒之海"价值连城，或者说根本就是无价之宝。这颗钻石曾引发波斯王国和印度的血雨腥风，岂是你可以拱手相送的？再说啦，送每人一颗，你好大的口气！好像这"光芒之海"可以批发似的，谁不知道，"光芒之海"是倾城倾国的孤品啊！

翻译收敛起笑容说，每次参观后，我都会对大家说，送你一颗"光芒之海"。不错，粉红艳钻"光芒之海"，这世上只有一颗，我们没法子也不应该将它攫为己有。不过，每个人都可以藏有一颗心灵的"光芒之海"。你可以像它那样高贵而尊严，天下独霸，唯此为大。没有人能够重复你，你拥有无与伦比的价值。你可以始终如一地像它那样清澈如水，无论深陷怎样的泥沼，抹上多少血腥，依然洁身自好，单纯如一，不计人间宠辱。还要说说它的颜色，如最浅的碧桃花落入流动的溪水中，疏淡静雅，内敛安宁。真正的爱，正是以这种颜色这种状态为最佳。不浓烈，但持久。不汹涌澎湃，但永不停息地流动。

它简单到只用一个"爱"字就可以全然概括，如钻石的组成成分唯碳一味那般单纯。心灵的连接应该做到如此紧密，就像钻石无坚不摧，永不弯曲。最后一条，我喜欢它的名字——"光芒之海"……想想看，数不清的金色的线条汇聚成海，那是多大的能量和多么持之以恒的温暖啊！

在德黑兰熙熙攘攘的大街上，我们不由自主地把手掌微微地拳了起来。每个人的手心，都握住了一颗"光芒之海"。

心轻者上天堂

埃及国家博物馆，有一件奇怪的展品。一方用精美白玉雕刻的匣子，大小约和常用的抽屉差不多，匣内被十字形玉栅栏隔成四个小格子，洁净通透。玉匣是在法老的木乃伊旁发现的，当时匣内空无一物。从所放的位置看，匣子必是十分重要，可它是盛放什么东西用的？为什么要放在那里？寓意何在？谁都猜不出。这个谜，在很长一段时间内，让考古学家们百思不得其解。后来，在埃及中部卢克索的帝王谷，在卡尔维斯女王的墓室中，发现了一幅壁画，才破解了玉匣的秘密。

壁画上有一位威严的男子，正在操纵一架巨大的天平。天平的一端是砝码，另一端是一颗完整的心。这颗心是从一旁的玉匣子中取出的。埃及古老的文化传说中，有一位至高无上的美丽女性，名叫快乐女神。快乐女神的丈夫，是明察秋毫的法官。每个人死后，心脏都要被快乐女神的丈夫拿去称量。如果一个人是欢快的，心的分量就很轻，女神的丈夫就判那颗羽毛般轻盈的心，引导着灵魂飞往天堂；如果那颗心很重，被诸多罪恶和烦恼填满褶皱，快乐女神的丈夫就判他下地狱，永远不得见天日。

原来，白玉匣子是用来盛放人的心灵的。原来，心轻者可以上天堂。

自从知道了这个传说,我常常想,自己的心是轻还是重,恐怕等不及快乐女神的丈夫用一架天平来称量,那实在太晚了。呼吸已经停止,一生盖棺定论,任何修改都已没有空白处。我喜欢未雨绸缪,在我还能微笑和努力的时候,就把心上的坠累一一摘掉。我不希图来世的天堂,只期待今生今世此时此刻朝着愉悦和幸福的方向前进。天堂不是目的地,只是一个让我们感到快乐自信的地方。

心灵如果披挂着旧日尘埃,好像浸满了深秋夜雨的蓑衣,湿冷沉暗。如何把水珠抖落,在朗空清风中晾干哀伤的往事?如何修复心理的划痕,让它重新熠熠闪亮一如海豚的皮肤,在前进中把阻力减到最小?如何在阳光下让心灵变得通透晶莹,仿佛古时贤臣比干的七窍玲珑心,忠诚正直诚恳聪慧,却不会招致悲剧的命运?

我们不是从一张白纸开始自己的心灵健康之旅,而是背负着个人的历史和集体的无意识,在文化的熏染中长大。它们对我们的影响复杂而深远,微妙而神秘。

铁马冰河入梦来

当我写完《昆仑殇》最后一个标点时，有一种奇怪的感觉：好像心的某一部分被掏空了，只留下一个洞。

午夜时分，家人熟睡。我独自走到屋外。

北京的夜不黑，无数灯火交织成彩色的图画。北京的夜也不静，声音的波涛一刻不停，只不过比白昼略低沉了点。唯有冰冷如汁的空气，像清泉一样荡涤着肺腑，使人感到振奋与警醒。遥望西部，我感到一丝淡淡的欣慰。

西部有一座雄伟的高山。绵延数百万平方公里的世界屋脊，由它无尽的子孙组成。它的主峰——乔戈里峰，是我们这个星球上的第二高峰。在古老的文化典籍中，它被称为"帝下之都"，是黄帝居住的地方。这座威严的万山之父，就是昆仑山。

1969年，我参军离开北京，来到了昆仑山上的一个部队。几个月后，迎来了我17岁的生日。战友们为我摆了一桌"罐头宴"。银亮短粗像炮弹壳一样的军用罐头，开了一筒又一筒。有橘子的，有苹果的，有菠萝的，有雪花梨的，还有……对于每月只有一筒半水果罐头定量的士兵们，这是很糜费很丰富的盛宴了。我们把罐头汁倾倒在刷牙用的搪瓷缸里，彼此碰得山响，快乐地"干杯"。

"你才17岁，太小了。"一个老医生说。

"我已经是大人了。很大的人。"我严肃地纠正他。

"真正的大人，是怕人家说他岁数大的。况且'大人'这个称呼，本来就是小孩子说的话。"老医生平静地反驳我。

许多年过去了。每逢过生日时，这对话便清晰地在我耳边响起。我不再自称为大人，而且惊讶时间过得太快了。

当我从报纸上看到，如今17岁的女孩子们，为父母该不该偷看她们的日记而展开热烈的讨论时，不禁浮起会心的微笑。我羡慕她们，但觉得她们比那时的我们还要小。

她们自有她们的幸福。假如历史能够退回去重新拍摄，我愿意踊跃加入她们的讨论，并坚决主张父母亲不应该偷看她们的日记。

可惜，历史不可涂改。于是，我只有羡慕，却从不后悔。

关于昆仑山上的艰苦；关于高原、缺氧、奇寒、强烈的紫外线；关于冰峰雪崩，汽车失事，置人死地的高原病，我们的文学家艺术家已经写过那么多的话，我说不出更令人惊心动魄的故事。我一直在做医务工作，这在军营之中，相对是比较安全舒适的了。尽管如此，我还是看到了那么多死亡，那么多牺牲。没有身临其境的人，是无法想象在那种严酷的自然条件下，人自身的生命力是何等软弱！我想过妈妈，我掉过眼泪，我甚至诅咒过命运。但我终于义无反顾地加入了保卫者的行列，成为祖国的哨兵。

昆仑山呼啸的风雪，卷走了我一生中最好的年华。它浓重的身影，横亘在我生命的原野上。我步入这座高山的时候，还是个稚气未脱的少女。12年后，当我离开这座山时，已是人近中年了！昆仑山在向我索取了高昂的代价之后，馈赠我一件终生享用不尽的珍宝，这就是青年时代艰苦生活的磨炼。

我是个医生，而且自信是个不错的医生。

我之所以写起小说，就是因为对昆仑山的挚爱。它是我心中一颗充满活力的种子。

昆仑山是值得用如椽大笔去挥写的。在我国灿烂的古代文化之中，它有过无数辉煌的传说。在高高的昆仑山巅，长着顶天立地的稻谷，它的每一粒谷米，都是珍珠和美玉。黄帝巍峨壮丽的帝宫，是百神聚议的地方。把守这座华美宫殿的天神，名叫陆吾，他有着英俊威严的面孔，背后却是老虎的身子和脚爪，还拖着九条尾巴……

然而，现实中的昆仑山，哪有什么天稻！哪有什么宫殿！哪有什么陆吾！它是一个严酷的冰雪世界。在这被称为"世界第三极"的冰冻雪国里，生活着我们的边防战士。告别父母，远离家乡，四面八方的稚子在昆仑山上被铸成了钢。在那场空前的民族灾难中，他们经受了更为惨烈的苦难，却始终像昆仑山一样，沉稳坚强地挺立着……

我曾急切地寻找所有描写昆仑山的文学作品。他们有的写得真好，令我赞赏、令我感叹。但每每于掩卷之后，又生出一丝淡淡的惆怅：这同我心中那座雄奇伟岸的高山，似乎并不能完全重合。像一架尚未调试到极佳状态的电视机，总有一点重影，有几行波动。

这怪不得别人。有一百个人，就有一百座昆仑山吧！

那座属于我的昆仑山，时时像雕塑一般，凸现在眼前。陆游的两句话，简直像为我写的：夜阑卧听风吹雨，铁马冰河入梦来。

我想试着勾画我心中的那座昆仑山。

只是，我行吗？一个"文革"时期的初中毕业生。虽然有一张大专文凭，但那是医学的，与文学可不搭界。那场可怕的"革命"，中断了我们这一代人的学业。除了医学，对于数理化，对于文史哲，我似乎总停留在一个初中生的水平。无论怎样自学，无论怎样读书，就像一株误了生长期的植物，再也抽不出绿色的枝条。

我有繁重的本职工作，还有诸多头绪的社会工作，更有不可推卸的家务工作。对于一个女人来讲，在人生这座舞台上，不写小说，角色也已经够多够乱的了。像个蹩脚的棋手，与数个高手对弈，再添上一盘盲棋，你是否有这个勇气？

文学的小路上又是如此拥挤。好心的前辈谆谆告诫：写作是一桩极苦的事业，你推开的将是一扇"地狱之门"。

我跳到空中，像一个第三者一样，冷静地分析了一下我自己。不要抱怨命运吧。每一代人，由于历史的限制，都有自己特定的趋势。不必过于骄傲，也不必过于沮丧。如果把这叫作命运，那它是一回事，自己的努力则是另一回事。与我们每个人密切相关，可以左右的，是第二件事。我这个人别无长处，但是不怕吃苦。这要感谢昆仑山。我经历了那种罕见的艰难困顿之后，一般的苦便难不倒我。

电大中文专业招收自学视听生，我报了名。……没有时间听课，见不到辅导老师，你想完成作业，可连作业题是什么都搞不清楚。更有甚者，有好些科目，连教科书都买不到。于是只有向别人借书来读。上午借，下午还。临到考试，便连书也借不到了。我有时颇感滑稽，觉得自己有点像高玉宝。记得参加第一门考试之前，内心紧张之余，竟感到有些凄楚，觉得这真是自找苦吃。

还好。我的成绩相当不错。一路考下去，我以各科平均80多分、毕业论文"优"的成绩，结束了电大的学业。

现在，总该开始了吧！

唔，不行。学然后知不足。我这才知道自己太浅薄了。文学上那么多流派，那么多主义，那么多色彩。无数本名著等待你翻阅、无数位大家矗立在前头，压得人只能仰视。我又一头扎进书籍中去。

学习不是目的。学习是为了创造。没有学习，便没有创造。但总是学习，也没有了创造。我，必须开始了。

只是，在文学艺术界，我举目无亲。写出的东西。投往何处？倘是返稿，精神上受一次打击不说，别人若知道了，会不会嘲笑说风凉话？

曾盘桓于所有文学青年起步之初的种种顾虑，也像绳索一样羁绊着我的笔。

难啊！世界上最难战胜的敌人，就是你自己。

但毕竟，我还是写了。我写我心的一部分，一肚子的墨水，带着稀薄的血痕，留在了洁白的稿纸上。借此，献给我心中神圣的山。

感谢《昆仑》编辑部的海波同志。对一个素昧平生的业余作者的处女作，他立即予以关注，几天后就给我回了信。在小说的修改过程中，他付出了巨大的精力与心血。人们多知道海波是一位才华横溢的青年作家，殊不知他也是一位极端认真负责的编辑。我真诚地感谢《昆仑》编辑部对我这样的无名作者所给予的支持和帮助。

《昆仑殇》发表了。

电话铃不断。多是我的同学好友。自幼在北京长大，我有不少自幼儿园就熟的朋友。

"看了《人民日报》登的《昆仑》目录，那个写小说的毕淑敏，是你吗？"

"是我。"像所有初学写作的人一样，我实行了严格的保密。现在，人家找上门来指名道姓地问，只得承认。

"那篇叫昆仑……昆仑什么呀？我还不认识这个字。念昆仑汤？要不念昆仑场？"

"念殇。昆仑殇。"

"殇？是什么意思？"

"殇，就是死。"

"什么？昆仑死？写山就够没情绪的了，再加上死！哎呀，你写什么不行呀，偏写这个……"

我放下了电话？真抱歉，我写别的不行。只能写我最熟悉的昆仑山。

幸好以后见面时，朋友对我说，你的小说我看了。看过之后我沉默了好长一段时间，被一种很悲壮的情绪笼罩着……

谢谢你，我的朋友！

沉默了好长一段时间！

这话说得真好。我至今认为这是所有赞扬声中最高的一句评价。

能使我们这一代人沉默的事情，不是太多的。我们同共和国一道，经历了过多的风雨，过多的喧哗。如今又被裹旋进高节奏的现代生活之中，留给我们沉默的时间太少了。沉默是一张白纸，它意味着思考之后将留下点什么。

我希望人们能记住在遥远的西部，有一座雄伟的高山。在那高山之上，有无数双警惕的眼睛和赤诚的心。我们花前月下的每一次聚会，星光璀璨下的每一夜安眠，歌舞升平中的每一声欢笑，都是他们用鲜血和生命换来的。我手中这支拙劣的笔，倘能传达出这种情感之万一，我心足矣！

万事开头难。我已经开了一个头，但开头以后的事，似乎更难。人，应该时时前进，超越自己。但超越，又谈何容易。好比爬山，我现在站在昆仑山的脚背处。举头仰望，险峰峻岩，好一条漫长的路！

昆仑之喝

"喝"这个字好像被酒给垄断了。只要说到喝,后面就拖着长长的酒尾巴。

其实凡是液体入喉,都算作喝。人一生最大量最平凡的是喝水(听说澳大利亚那地方宽裕地把牛奶当水喝,不在此列)。因为太普通,喝水就成了不值一提的俗事。

但若到了奇特的地方,简单的事变得棘手复杂,就又可以写一写了。

二十年前我在藏北高原工作。那里是喀喇昆仑山、冈底斯山、喜马拉雅山三头银色公牛抵犄角的角斗场,海拔平均在五六千米以上。人们常把青藏高原比作世界屋脊,那我所待的地方就要算屋檐上系风铃的地方了。

我们一年到头穿着厚厚的棉衣,像一群松软的面包。缺氧使大伙干什么都无精打采,高原像小偷盗走了青春的力气。再古怪的是锅里的水不到一百度就沸腾,没有切身体会的人,不知道它的玄妙。

我第一次明了它的确切含义,是看到一个女孩把滚开的水往脚上浇,她在洗脚。我想她的皮还不得跟褪鸡毛似的,脱下一块来?没想到她惬意地甩着水,连说舒服舒服,你也来试试。那水其实只有六十多度,虽说开得哗哗叫,并无平原上沸水的杀伤力。盛名之下,其实难副。

我们每天喝的就是这种六十度的开水。为了节省焦炭(运到山上的焦炭比上好的白面还贵得多呢),由食堂统一烧。吃罢晚饭,大师傅用炊帚把刚炒过菜的大铁锅胡乱刷刷,咣咣倒进几大桶雪水,煮开水的漫长过程就开始了。他总不乐意把锅刷干净,因为小时候家穷,有油星的锅是富足的表现,留着下顿饭接着滋润。

人们提着暖壶,拎着水舀子,麇集灶边。袅袅的水汽从裂了缝的木锅盖升起,好像有一大烛香在锅内燃烧。

需要耐心地等,这个过程大约四十分钟。你不可走远,因为水不多。抢不到水,你就会成为一晚上的撒哈拉大沙漠。水舀子也很重要,像古时做官的印玺,要牢牢掌握在自己人手里。假如水开了,你有壶没有舀水的家伙,岂不急煞人。又不兴随便拿个茶缸就能伸进锅里舀水(你就是把杯子洗了又洗也不成,这就是昆仑山的规矩)。水舀子就那么一两个,有数的,这人用完了给下个人用,好像火炬传递。你要是灌满了自己的暖壶,不把水舀子给紧靠在自己身后排队的人,而是遥相呼应,给了远处跟自家亲近的人,叫他先打上了水,大家嘴上不说什么,心里很鄙视你。就跟今日的以权谋私裙带风任人唯亲似的。

水好像不是被灶下的火焰而是被人们焦灼的目光烧开了。那情形像有一条小鱼翔在锅底,渐渐长大。先是搅起轻轻的涟漪,迅即膨胀,直到用尾巴砸出大朵浪花,高原上的开水煮熟了。

这个历程不能撩起盖子看。一看三不开。常有性急的人说,怎么还不开?不待别人阻拦,嘭地把大木头锅盖揪开了。汪着油花的水面像巨大的眸子,凝然不动。他叹口气,重把锅盖像被子似的给水捂严。要等片刻,才会有柔弱的水汽再度逸出。水叫人看了这么一回,就给你推迟两分钟开。要是哪个晚上多碰上几个这样的弟兄,开水就会怠工许久。

其实先舀到开水的人不上算，表面的浮油都被灌进暖瓶里了。这种水在瓶胆里一捂，会泛出熬萝卜般的熏臭，与沏茶极不相宜。

于是要喝茶就自己煮。高原上的人都有硕大的搪瓷缸子，其规模相当于五磅暖瓶的下半截。抓把茶叶扔进缸子里，炖在火炉上，像熬中药似的焖着。高原上的火因为缺氧，永无热情奔放的时候，总是阴险地沉默着，一副紫蓝色忧郁的脸膛。

高原上爱饮浓浓的砖茶。从医学的角度看，老茶叶里茶碱含量高，对人的心脏和呼吸系统有良好的兴奋作用，可以帮助适应缺氧，当是人们喜爱它的主要原因。倘若换了鲜鲜嫩嫩的龙井毛尖，只怕在如此的煎熬下顿失颜色。

高原人也喝酒。到藏族老乡家串门，主人总要敬上青稞酒。青稞酒基本上是无色透明的，并不是想象中的淡绿色。初入口时微甜，像醪糟，但不可小看。据行家们说，这酒后劲大，上头。藏胞淳朴，斟满的银碗高举过头，目光炯炯地注视着你，由不得你不喝。于是一仰脖，很豪爽地把一杯饮净，自觉尽到了心意，把银碗端端正正地放下。

没想到主人以迅雷不及掩耳之势斟满第二杯青稞酒，依样画葫芦，又敬了上来。记着行家们的嘱托，不敢再饮。但主人执意要敬，推推拉拉，大家像在练太极功夫，好不热闹。

后来听翻译说，倒是我错了。若不打算喝了，就在碗底留点酒，主人知道你已尽兴，就随你的意了。像你这样一饮而尽，把酒碗舔了个精光，就是好汉一条豪饮一番的表示了……

原来是这样！

工作部门里也喝酒。都是年轻人，逢年过节时，每十人算一席。每席一瓶白酒，多为西凤酒。一瓶果酒，多为樱桃酒。多少年来，这两个品牌永不变换。我想一定是某年某月商店里盲目购货，压在库里于是年复一年节复一节地总用老面孔犒劳我们。

女孩子们一桌,望着这两瓶液体不知如何是好。西凤为中国十大名酒之一,想来性烈,是断乎不敢喝的。樱桃酒呢?儿时唱过:樱桃好吃树难栽。心想由那么难成活的树长出的美丽的果子酿造出的酒,准是好喝的。于是我们每人斟了一茶缸底子,黑乎乎的,像是咳嗽糖浆。我至今不知那酒是个什么度数,喝到肚里的也只有一墨水瓶那么多(你想啊,十个人分一瓶酒,一个人会有多少?太多了不是多吃多占了吗?)。但十分钟后,我就觉得面前的桌子和人都奇怪地漂浮起来,好像脚下是一片水……

我不知道这叫不叫醉酒。只是我从此后再也不敢去试任何一种含有酒精的饮料了。我的家族是不善饮的。我父亲曾说过我弟弟,喝一口酒连脚指甲都会红。弟弟在场面上练了多年还毫无长进,我等就死了这条心吧。

剩下孤孤一瓶西凤。怎么办呢?

找他们男孩们换一盘菜来吃!不知谁提议,众人皆赞成。于是公推一伶牙俐齿的姐妹到邻桌去交涉,大家就眼巴巴地等着吃。

片刻之后,使节归来,手里仍是拎着满满的酒瓶。吓!他们还不换?一瓶西凤多少钱?一个菜才多少钱?再说平常喝得上酒吗?他们不换可是太傻了。没想到男子汉还这么抠门儿!女孩子们大叫。

使节忙说,不是的!不是的!他们看见酒,眼睛都瞪得像瓶底一样圆。只是我看他们的菜都快吃光了,换了咱就不值了,所以完璧归赵。

原来小气的是我们不是他们!只是这原封未动的一瓶烈酒,女孩儿留着又有何用?随着时间一分分流逝,邻桌碟子里的货色越来越少,假如贸易,我们的逆差就越来越大。

我们气愤地盯着男子汉风卷残云般地吃菜,心痛得厉害。觉得他们是把原属于我们的东西给霸占了。

我看见他们桌上的香蕉罐头还没有动。你们看合不合算？使节的大眼睛除了水灵灵的好看，还真侦察到情况。

男子们多是西北一带人氏，对香蕉这类亚热带水果，抱半信半疑的敷衍态度。况且剥了皮的弯弯蕉体泡在浑黄的液体里，形象也不雅。

不值不值！我们说。

可惜时不我待，女孩们用眼的余光瞟着，各桌上的残羹剩饮越来越单薄。

换啦！我们悲壮地说。我们每人分吃了半截香蕉（没多少，不够一人一条），又喝了浑黄色的罐头汤，觉得还不错，起码比辣乎呛人的白酒好多了。

下一个节日又像候鸟似的降临。

嘿！女娃子们！我们用香蕉罐头换你们的酒！刚开席，就有男子汉找上门来，商讨以物易物。

好嘞！换啦！我们快活地答应，为早早打发掉透明液体而庆幸。

喂！我们来换你们的酒……又有几个小伙子摇着罐头瓶造访。

晚啦晚啦！谁叫你们现在才来！女孩们幸灾乐祸地指责后来者，自己也有点后悔，想不到贸易形势这样好，刚才应该要个高价，一瓶酒换两瓶香蕉罐头的。

亏了亏了。下次要沉着点，待价而沽。我们互相眨着眼睛。

真糟糕！小伙子们懊丧地搔着后脑勺，只好打道回府。

哎！把你们的香蕉罐头拿走啊！我们指着他们遗留下的罐头瓶子，大声叫喊。

罐头嘛，既然你们爱吃，我们就不要了！他们头也不回地说。

男孩子和女孩子就是不一样啊！

从此，每一次会餐，我们总是随随便便把西凤酒送给任何一个邻桌的小伙子们。从此,每一次会餐,我们女孩子的桌上都有许多瓶香蕉罐头。

记得有一次,居然我们每个人都平均到了一瓶香蕉罐头。那一天的会餐,好像成了会香蕉。

我们举着浑黄的罐头汤,豪爽地干杯,把罐头瓶碰得叮当乱响,喝了个一醉方休。

信　使

　　我 17 岁的生日，是在藏北高原过的。那天，正好是军邮车上山的日子，这个生日便像美丽的项圈，久久地悬挂在我胸前。

　　喜马拉雅山、冈底斯山、喀喇昆仑山，像三柄巨大的棱锥，将我所在的部队，托举到了离海平面 5 000 多米的高度。我的生日在 10 月，这正是平原上麦秸垛金黄而干燥的时光，昆仑山却已万里雪飘。就要封山了，封山是冰雪发出的禁令，我们将与世隔绝到春天。

　　战友们把水果罐头汁倾倒在茶褐色的刷牙缸里，彼此碰得山响，向我祝贺。对于每月只有一筒半罐头的我们来说，这是一场盛大的庆典。

　　但心中总有淡淡的悲愁——我想家。

　　一位白发苍苍的老医生对我说，也许军邮车今天会来的。

　　你骗人！我大叫。有时候猛烈指责别人说谎，其实是太渴望那消息真实。

　　军邮车大约每月从新疆喀什开上昆仑山一次，日子并不准，仿佛一只来去无踪的青鸟。老医生戍边多年，他的话有时像符咒一样灵验。"每年封山前上山的最后一辆车，总是军邮车。山下的人都知道我们的心。"他晃着满头的白发，像一丛银针。

那天夜里，军邮车像破冰船一样，跋涉 5 天，英勇地到了，整个军营为之沸腾。我们真想欢呼，但军人只有打了胜仗才允许欢呼，我们屏住气盯着一处房舍。房舍门口站着两个威武的士兵。因为曾有一次，迫不及待的边防军人们跑去抢信，从此在军邮车到来的日子，分拣信件的房间便加站双岗。

各单位取信的人站在房外，一取到信就像古代的驿马接到加急文书，拔腿就跑，送给望眼欲穿的人们。

在高原上奔跑，不是一件轻松的事。这活儿一般都分给腰细腿长的年轻人，但白发苍苍的老医生执拗地要做这件事。知情的人私下里说他家中有很老的双亲、很弱的妻子、很小的孩儿，想信比别人更甚。

老医生说，有一年封山的时间格外长。半年后军邮车首次上山，信件一直摞到分拣人的胸前。他们在信海中游走，呼吸都很困难。

老医生抱着一大摞信，我们扑上去抢。那时候干部去干校，知青接受再教育，妻离子散的多，信件也格外多。每个人都像蜘蛛一样，吐出思念思索的长丝，织一张自己的情感信息之网。

霎时老医生手中就空了，接下来是唰唰撕信，信皮的断屑萧萧而下。

我最先看的是父母的信。仿佛有一只温暖而柔软的手，从洁白的笺纸中探出来，抚摸着我额前飘动的乌发，心便不再凄然。

再看同学和朋友的信。我的同桌此刻在遥远的西双版纳，信中夹了一朵花的标本。她说这是景洪最美丽的花，有沁人肺腑的香气。夹花的那页信纸留有大片紫色的痕液，想象得出花盛开时的娇嫩。我低头嗅那被花汁浸泡过的地方，哪有什么香气，有的只是纯正而凛冽的冰雪气息缭绕其中。

我连夜回信。平常日子，营区是柴油发电机供电，每晚只亮两个小时，然后就像木偶人似的眨几下眼睛，熄灭了。军邮车一来，首长便传令延长发电时间，以利于拣信和回信。首长其实也很盼信。

同屋的女兵嘤嘤地哭了起来。她的小侄子病了。我们都放下笔去劝她。然而女孩子常常是这样：越劝越哭得欢畅。

老医生悠长地叹了一口气，告诉离得这么远的一个小姑娘，孩子的病就能好了吗？我家里人是从不这样的。

不一会儿，女兵停止了哭泣，因为从老医生送来的第二批信中她得知小侄子的病已经好了。

"要有经验，"老医生说，"把信全拆开、码饼干似的排好，从最后面的看起，前面的只能做参考。"

这自然是至理名言。这么办，时间长了，我们也发现了弱点。好比一本回肠荡气的小说，快刀斩乱麻先看了结尾，再回过头去细细咀嚼，便少了许多悬念和曲折。

那一次军邮车上山，老医生没有收到一封信。按照他们家的逻辑，没有信来也许就是出事了。他的忧郁持续了整个冬天。

在这海拔5 000米的高原营地，每逢有人下山，就会挨门挨户地问，我要走了，要不要带信？哪怕是平日最猥琐的人，在这件事上也绝对平和而周到，这是高原的风俗。

有时候突然写好一封信，又不知谁能带走，就在吃饭人多时喊，谁能下山，告我一声。一次，一个素不相识的人对我说，我知道你父亲的名字。"你看过我的档案？"我问。"不是。几年前我为你代发过家信。"我已经完全记不得是托什么人又转到他手中的，于是赶忙表示迟到的谢意。

在我17岁生日过去半年的时候，收到了西双版纳同学的回信，那朵花怎么是紫色的呢？它是雪白的呀！而且，绝不可能没有香气！

信是老医生送来的。这是开山后的第一次通邮，他也很快乐，他的家里寄来了平安信。有时候他又突然疑惑，说他家会不会有什么事瞒了不肯告诉他。我们都说不会不会，你是家里的顶梁柱，他们离了你，根本就办不了事，怎么会瞒你！他也觉得很有道理，心宽许多。

终于，轮到他探家了。很早就告诉我们：他下山时专门预备一个提包，为大家装信。我便对着昆仑山皑皑的冰雪，咬着笔杆，从从容容地写了大约30封信，每一封都竭尽我的才能。

我双手捧着这摞信，郑重地交给老医生。他的白发在雪峰的映衬下，晃动得像一盆水中的粉丝，你放心好了！我到了山下第一件事就是为大家发信。假如回信快的话，下次军邮车上来，你们也许就能收到回信了。

他走了。军邮车像候鸟，飞来一次又一次，但那30封信却一封不见回音。原来他下山乘坐的车翻了，这在高原是很平常的事。熊熊烈火吞噬了他银发苍苍的头颅，那个装满信件的旅行包，顷刻之间化为青烟。

那30封信，只有给父母的那封信，我重写了托人发出。给其他人的，便再也提不起兴致。只要抓起笔，老医生的白发就在眼前灼目地闪动，眼珠便发酸。大团大团的冰雪，在我胸臆中凝结。

后来，在老医生的追悼会上，我才知道他的生辰，远没有我想象的那样老。满头灿然的白发，是昆仑山馈赠他的不能拒绝的礼物。

他死了以后，军邮车还带来过他的家信。我第一次注意了一下地址，是广西一个很偏远的小城。又在地图上仔细寻找，那地方在北回归线以南，属于热带，该是非常炎热的。老医生的家乡，距离昆仑山，大约有一万五千里。

那封迟到的信，边缘已经磨损，好像烙熟又蒸了几遭的馅饼，几处裂口的地方，被薄而坚韧的透明纸粘贴过，上面打着蓝色的印章：邮件已破，军邮代封。

不知这是否是封报平安的家信？

冻顶百合

世界上有没有冻顶百合这种花呢？在我写这篇文章之前是没有的，虽然它很容易逗起一种关于晶莹香花的联想，其实是一个拼凑起来的蹩脚词语。

那一年到台湾访问，因为没有直航，在香港转机一路颠沛。清晨出发，抵达台湾土地时，已是深夜。待办完了手续真正踩到街面，为第二天黎明前最黑暗的时刻。

那是我第一次见到活生生的青天白日旗，低垂在挂着"市党部"招牌的房檐下。一时很有些恍惚，感觉自己闯入了讲述过去年代某个地下工作者宁死不屈的电影场景里。

这种不真实感，被时间一丝丝消弭在同宗同族同文化的血缘归属中。台湾作家为我们安排了丰富多彩的观光旅游项目，其中当然少不了阿里山日月潭这些经典的风光所在。

记得那天去台湾岛内第一高峰的玉山。随着公路盘旋，山势渐渐增高。随行的一位当地女作家不断向我介绍沿路风景，时不时插入"玉山可真美啊"的感叹。

玉山诚然美，我却无法附和。对于山，实在是"曾经沧海难为水"啊！十几岁时，当我还未曾见过中国五岳当中的任何一岳，爬过的山峰只限于北京近郊500米高的香山时，就在猝不及防中，被甩到了世界最宏大山系的祖籍——青藏高原，一住十几年，直到红颜老去。

　　青藏高原是万山之父啊，它在给予我无数磨炼的同时，也附赠一个怪毛病——对山的麻木。从此，不单五岳无法令我惊奇，就连漓江的秀美独柱，阿尔卑斯的皑皑雪岭，对不起，一概坐怀不乱。我已经在少女时代就把惊骇和称誉献给了藏北，我就无法赞美世界上除了冈底斯山、喀喇昆仑山、喜马拉雅山以外的任何一座峰峦。朋友，请原谅我心如止水。由于没有恰如其分的回应，女作家也悄了声。山势越来越高了，蜿蜒公路旁突然出现了密集的房屋和人群。也许是为了挽救刚才的索然，我夸张地显示好奇，这些人要干什么？

　　这回轮到当地女作家淡然了，说，卖茶。

　　我来了兴趣，继续问，什么茶？

　　女作家更淡然了，说，冻顶乌龙。

　　我猜疑她的淡然可能是对我的小小惩罚，很想弥补刚才对玉山的不恭，马上兴致勃勃地说，冻顶乌龙可是台湾的名产啊，前些年，大陆很有些人以能喝到台湾正宗的冻顶乌龙为时髦呢！说着，我拿出手袋，预备下车去买冻顶乌龙。

　　女作家看着我，叹了一口气说，就是爱喝冻顶乌龙的人，才给玉山带来了莫大的危险。她面色忧郁，目光黯淡，和刚才夸赞玉山风景时判若两人。

　　为什么呀？我大不解。

　　她拉住我的手说，拜托了，你不要去买冻顶乌龙。你喜欢台湾茶，下了山，我会送你别的品种。

　　冻顶乌龙为何这般神秘？我疑窦丛生。

　　女作家说，台湾的纬度低，通常不下雪也不结霜。玉山峰顶，由于海拔高，有时会落雪挂霜，台湾话就称其"冻顶"。乌龙本是寻常半发酵茶的一种，整个台湾都有出产，但标上了"冻顶"，就说明这茶来自高山。云雾缭绕，人迹罕至，泉水清洌，日照时短，茶品自然上乘。

冻顶乌龙可卖高价，很多农民就毁了森林改种茶苗。天然的植被遭到破坏，水土流失。茶苗需要灭虫和施肥，高山之巅的清清水源也受到了污染。人们知道这些改变对于玉山是灾难性的，但在利益和金钱的驱动下，冻顶茶园的栽培面积还是越来越大。我没有别的法子爱护玉山，只有从此拒喝冻顶乌龙。

女作家忧心忡忡的一席话，不但让我当时没有买一两茶，时到今日，我再也没有喝过一口冻顶乌龙。在茶楼，如果哪位朋友要喝这茶，我就把台湾女作家的话学给他听，他也就改换门庭了。

又一年，我到西北公差，主人设宴招待。我得知身边坐着的先生是植物学博士，赶紧讨教。说我乡下的院子里有一棵苹果树，很多年了，却从不结苹果。

苹果树的树龄多大呢？他很认真地询问。

不知道。它是被我捡回家的，因为修公路，它就被人从果园连根刨起，几乎所有的枝丫都被人锯走当了柴火。我发现它的时候，它的根系干燥得只剩下拳头大的一小窝，完全是根烧火棒的模样。我把它栽到院子里浇上水，没想到几个月后它长出了绿色旗帜一般的新叶……我说。

植物的生命力比我们所有的想象都要顽强，只要你尊重它。植物学博士说。

可是，它为什么不结苹果呢？它会记人类的仇吗？它是否需要漫长的休养生息？我问。

植物是不会记仇的，它们比人类要宽宏大量得多。按照你说的时间计算，它该恢复过来了，可以挂果了。最大的失误可能是没有授粉，你的苹果树太孤独了……植物学博士谆谆教诲。

我说，明年春天，我是向老乡讨来另一树上的花枝，向我家的苹果树示爱，还是再栽一株新的苹果树呢？侍者端上了一道新菜，报出菜名"蜜盏金菊"。

纷披的金黄色菊花瓣婀娜多姿，奶油、蜂糖和矢车菊的混合芬芳，撩动着我们的眼睫毛和鼻翼，共同化作口中的津液。

吃吧吃吧，这道菜是要趁热吃的，凉了就拔不出丝了。主人力劝，大家纷纷举筷，遂赞不绝口。活灵活现的菊花，花瓣像千手观音，厨师好手艺啊！

植物学博士面色冷峻，一口未尝。多年当医生的经验让我爱多管闲事，一看到谁有异常之举就怀疑病痛在身。菜很甜，我悄声问，您不爱吃糖？

没想到他大声回答，我不吃这道菜，并不是有糖尿病，我很健康。

我一时发窘，不知他为什么义愤填膺。植物学博士继续义正词严地宣布道，菊花瓣纤弱易脆，根本经不起烈火滚油。这些酷似菊花的花瓣，是用百合的根茎雕刻而成的。

大家说，想不到你在植物学之外，对厨艺还有这般研究，一定是常常下厨吧。

博士仍是一脸的冰霜，说，对，我是常常下厨房，请厨师们不要再用百合了，但是，没有人听我的。所以，我只有不吃百合。

餐桌上的气氛陡地肃穆起来。为什么？异口同声。

博士说，百合花非常美丽，特别是一种豹纹百合，更是花中极品，象征着安宁和谐幸福。

我失声道，难道我们今天吃的就是插在花瓶中无比灿烂的百合么？

博士道，豹纹百合和菜百合不是同一个品种，但属于一个大家庭，餐桌上吃的是百合的球茎。这几年，由于百合的食用和药用价值，人们对它的需求越来越大，越来越多的农民开始种百合。百合这种植物，是植物中的山羊。

大家实在没法把娇美的百合和攀爬的山羊统一起来，充满疑虑地看着博士。

博士说，山羊在山上走过，会啃光植被，连苔藓都不放过。所以，很多国家严格限制山羊的数量，因此羊绒在世界上才那样昂贵。百合也需生长在山坡疏松干燥的土壤里，要将其他植物锄净，周围没有大树遮挡……几年之后，土壤沙化，农民开辟新区种植百合。百合虽好，土地却飞沙走石。

那一天那一桌上那盘美妙的蜜盏菊花，只被人动了几筷子，那是在植物学博士还没有讲百合就是山羊之前，嘴馋的人先下的手。

从此，我家的花瓶里，再没有插过百合，不管是西伯利亚的铁百合还是云南的豹纹百合。在餐馆吃饭，我再也没有点过西芹夏果百合这道菜。在菜市场，我再也没有买过西北出的保鲜百合，那些洗得白白净净的百合头挤压在真空袋子里，好像一些婴儿高举的拳头，在呼喊着什么。

一个人的力量何其微小啊。我甚至不相信，这几年中，由于我的不吃不喝不买，台湾玉山阿里山上会少种一寸茶苗，西北的坡地上会少开一朵百合，会少沙化一筲黄土。

然而很多人的努力聚集起来，情况也许会有不同。我在巴黎最繁华的服装商店闲逛，见到地下室里很多皮衣在打折贱卖，价格便宜到你以为商家少写了几个零。我因惊讶而驻步，同行的朋友以为我图便宜想买，赶紧扯我离开，小声说，千万别买！在这里，穿动物皮毛是野蛮人的代名词。

努力，也许就会有不可思议的力量出现。墙倒众人推一直是个贬义词，但一堵很厚重的墙要訇然倒下，是一定要借众人之手的。

我没有向我家的苹果树摇动另外的花枝，也没有栽下另外一棵苹果树，在长久的等待之后，它无声无息地结出了几个苹果，其味巨甜。

翡翠菩提

在南亚某国王宫，供着一块美丽的翡翠菩提叶。它晶莹剔透，翠绿欲滴，没有丝毫杂质。最为奇特的是，在这块菩提叶中，可见到清晰的脉络，丝丝缕缕渗透叶心，与真叶毫无二致。阴天时，若把它挂在御花园的树上，凭你火眼金睛，也找不到翡翠的踪影。不过别急，只要太阳一闪，你就立刻能发现它。它倾泻出的莹莹碧光，把树荫全部染绿。

翡翠菩提有一段故事。

一户贫苦山民，靠种菠萝为生。父亲对儿子莫罕说，祖上赶过马帮，一次到北方贩卖杂货。返程的时候，因为马背两边的分量不均，老祖爷就随手捡了一块石头，压在驮篓的一边。回来后，有人识货，说那石头原是一块翡翠，卖了个好价钱，祖爷才娶了祖奶，有了咱这一支人。

莫罕说，我要到北方去寻翡翠。

老父说，多少人都去找过翡翠。空手而归算好的，数不清的人死在了路上。

莫罕说，找不到翡翠，我不回来见您。

莫罕攀过无数大山，趟过无数红水河，终于找到了一座山。山主说，山洞里，可能藏有翡翠。你给我挖矿石，干得好，年底我付给你一块矿石做工钱。

莫罕说，矿石就是翡翠吗？

山主说，小伙子，那就看你的运气了。矿石被一层砂皮包着，谁也不知道里面藏的是什么。挖翡翠是要赌的。挖宝的人挤破头。不干，滚下山吧。

莫罕留下来了。矿洞窄得像个蛇窟，艰辛危险。到了年底，山主说，我说话算话，你拣一块矿石吧。

莫罕挑了一块鹅蛋大小的矿石。他本想揣着矿石回家，但若万里迢迢赶回去，把矿石一打开，里面是普通的石头，老父该多失望啊！他就留了下来，一年后又得到了一块矿石。

矿石中含有翡翠的机会，也许只有万分之一。莫罕害怕无功而返，埋头干了16年。

他决定回家。矿石装进麻袋，沉甸甸的如同金子。

山主说，你这样走远路，太不方便了吧？我帮你把矿石解开。是石头，你就扔掉。是翡翠，你就揣走。

莫罕答应了。

山主将矿石一块块解开。第一块是石头，第二块是石头，第三块还是石头……一直解了14块，满地碎石。

山主说，你手气太糟了。最后这两块矿石，算你卖给我好了。一块石头的钱，够你路上的盘缠。还有一块石头的钱，够你回家盖一间草房。

莫罕说，老爷，谢谢你的好意。但是，我只卖一块矿石。剩下的那一块，我要带回家，让我的老父看一看。

山主给了莫罕一块石头的钱，然后把莫罕退回来的那块矿石解开。随着工具的响声和砂皮的脱落，一块蓝绿如潭水的蛋形翡翠，显现在大伙面前。

莫罕在众人的惊叹和惋惜声中,头也不回地上了路。集市上,他看到一条巨大的蜥蜴,被人耍着叫卖。他说,为什么不放它回竹林?

那人说,你买了,就能把它放回竹林。如果你不愿放走它,也可以用它的肉熬汤。

莫罕看到绿色的蜥蜴眼里哀怨的神色,动了恻隐之心,把仅有的盘缠掏出来,买下了巨蜥。到了竹林,他把巨蜥放生了,自己吃野果回家。没想到巨蜥不肯远离,总是伴他身边,夜里绕他而眠,保护着他不受猛兽的袭扰。巨蜥看起来笨重,其实在丛林和山地爬行得很快,简直是草上飞。

莫罕回到家,父亲已经垂垂老矣。"爸爸,我带来一块可能是翡翠的石头,和当年我们的老祖一样。明天,当着乡亲们把它解开吧。如果是翡翠,全村的人都有一份。"莫罕说。

"孩子,你回来了。这比什么翡翠都好啊。"父亲摸着矿石说。

第二天,乡亲们预备好象脚鼓,一旦翡翠现身,就敲鼓庆贺。没想到,万事俱备,矿石却突然找不到了。于是有人说,什么矿石啊,出外鬼混了十几年,做梦吧!老父不停地解释——我看到了那块石头。可是没人信他的话。

莫罕想了很久,好像找到了答案,可是他什么也不说。

由于长年劳苦跋涉,莫罕病了。他为了弥补自己不在家时对老父的歉疚,加倍干活。他的病越来越重了。有人说,把巨蜥斩了熬汤吧,大补元气。莫罕说什么也不肯。

莫罕临死对老父说,求您一定善待巨蜥。如果它不肯走,那就等它寿终,才可把它剖开,埋在我的身边。

莫罕逝后,巨蜥不吃不喝,守候在莫罕的坟墓旁,几年以后,干瘦得如同一卷柴火,在一个夜晚悄然死去。

老父把巨蜥剖开。在它的肚腹里，看到了一块硕大的翡翠。由于体液的腐蚀，矿石砂皮已完全剥落，露出了晶莹无瑕的质地。肠胃的蠕动，把翡翠切割成了菩提叶子的吉祥形状。巨蜥最后绝食绝水，内脏干枯紧紧包裹着翡翠，镌刻下精巧的纹路，如同菩提的叶脉。

后来，国王得知了这件奇事，给了山人很多粮食和布匹，换走了莫罕老父的珍宝。

从此，寨子里的人都迁到城里了。只有一个孤独的老人，伴着一座大的坟墓和一座小的坟墓，在菠萝地里恒久地守望着。

玛瑙人

中国人对宝石，有一种与生俱来的向往与神秘。我们的正史、野史、诗词、传说，像一块巨大的黑丝绒，其上缀着无数星光闪烁的宝石：和氏璧、隋侯珠、杜十娘的百宝箱、水晶宫的白玉床……最珍奇的是那块来无影去无踪的通灵宝玉——假如没有它，中国文学史上最伟大的著作将无处落笔。

俗话说，玉不琢不成器。这话说得太滥，我们已习惯于径直去理解它的引申义，反倒忽略了它本身所描述的过程。琢玉是很残酷的——在一块成功的饰物之后，壅着一堆碎屑。在许多年代里，它们只是彩色的垃圾。

3月的桂林，烟雨如画。在参观了广西宝石研究所璀璨的宝石之后，主人热情相邀，再去看看我们的宝石画吧！

知道漆画、铁画、羽毛画、麦秸画，不知道天下还有宝石画！

很小的一间房屋，普通的两张台案。见不到什么绘画器具，只有几十只素白的碗碟摆在桌上，盛得鼓尖，好像好客的乡下人摆下的丰盛宴席。

碟子里的菜可不能吃哟！每只碗里，盛一种宝石的碎屑，翡翠、密玉、红蓝宝石、紫晶、碧玺、蔷薇石……粗粝的如同火柴头大小，细腻的就是彩色的富强粉了。

因了那份毫不混淆的纯粹,因了那份无可挑剔的晶莹,宝石的粉末成了一种绵里藏针的绮丽之物。

凝固的鸽血一般的红,南极洲冰下海水一般的蓝,大漠一般焦灼的黄,原始森林初生嫩叶的绿,若有若无的轻粉,袅袅婷婷的弱紫……目光在五颜六色中沐浴,我疑心自己的眸子要被染成彩虹。

所有的语言都显出一种笨拙,所有的比喻都像窄小的床单,覆盖不了宝石给我们的感觉。词汇被宝石吓住了。我们已习惯说雨后的天空蓝得像一块宝石,待我们看到真正的蓝宝石时,再湛蓝的晴空也无法达到那种晶莹。在真正的宝石面前,只能悄然不语,凭借心中久久的惊讶,记住它的神秘。

几乎是世界上最小的加工厂了,只有两名艺人,都是年轻的女子,在默默地作画,仿佛怕惊动玉石的精灵。

宝石画其实是以宝石粉末颗粒为笔锋,以石为墨,将天然色泽和花纹各异的宝石碎屑粘贴镶嵌在麻布或瓷盘上,形成一幅幅独特而诡谲的画面。

最初的构图是用透明的胶水勾勒而出的。一位艺人拿着牙膏似的胶管在画布上蜿蜒,有轻微的醇味在空气中游蛇似的窜动。胶似干未干之时,她纤巧的手指捻一撮极渺细的蓝宝石粉末,像抚摸婴儿面颊似的在布的上空一抹,一条波光粼粼的漓江便晃动起来。

另一位艺人在点染黛玉。腮上涂了胶,像是终日洗面的泪痕。芙蓉石粉撒上去,这娇美聪慧的女儿便有了永不消退的红颜。

椰子树婆娑摇曳的叶片,是用翡翠镶嵌而成,春夏秋冬长绿;史湘云的石榴裙,是用真正的石榴石拼接连缀,日晒水洗不旧不残。

画出漓江的女艺人,像烹调大师一样忙碌着。从碗碟中拈出原料。灰蓝色的贵翠铺出一片宁静的土地,阿富汗的青金石叠出桂林骄傲的象鼻山……最后用棕黄色的虎睛石粘出一叶小舟……

"您说,这象鼻山上是不是还该有点什么?"女艺人问。她并不回头看我,只是看画,一会儿凑下身去端详,一会儿又端起画布,像火车铁轨似的伸直双臂,脖子尽量往后仰,拉开距离打量……

"空荡荡的山,终是有点冷清……"我思忖着说。

她点点头,捏起一把女人修眉毛的小镊子,像挑食的孩子,在碟子里急促翻拣起来。好容易挑中一粒宝石,往画布上一比量,啪地丢回碗中,发出清脆声响,仿佛两粒子弹相撞。

终于,女艺人夹起一粒粟米大的黑玛瑙,把它精细地粘结在象鼻山的山洞里,又挑选了一粒更小巧的红宝石,挤在一旁。

噢,好一对亲热的情侣!这一幅宝石画,因了这一双依偎的彩粒,漾起了浓浓的春意。

女艺人们作画是没有底稿的,全凭目光在宝石堆里搜寻,看到个什么,想到个什么,就画出个什么。由于天然宝石原料的可遇而不可求性,每一幅创作都是孤本。

"你们总共画了多少幅?"

"上千幅了。"她俩说。

"那怎么周围一幅成品都不见?"我巡视一圈,除了一台远红外取暖器,别无长物。

"都叫人买走了啊!粘好一幅,拿走一幅,有时站在一边催,催得你心慌慌……有一次,我俩一起画了幅大型花卉,好富丽呀!因为太贵,暂且没人买,我俩好喜欢,天天看,都不敢相信是自己粘起来的……可惜呀,还没喜欢够,只看了七天,就被外国人买走了……该买个照相机把它照下来……"两人抢着说。

她们俩的美术都是自学的,然而天分极高,作品销往港台一带,很受欢迎。我同她们聊着天,很融洽。

"我的一个纸包，你看到没有？"画黛玉的女子对画漓江的女子说。

"没有啊！别着急，我帮你慢慢找。"

两个女子便在碗碗碟碟中翻拣，似乎把我忘了。

"我那日在玛瑙碗里发现一块黑色的，像极了一个女人的胸，我就把它留出来。过了些日子，又看到一块羽毛条纹的白玛瑙，像一条裙子，就是跳芭蕾舞短而泡起的那种……后来又寻到了淡红玛瑙的胳膊和腿……我把它们都藏在一个纸包里，很小心地收起，怎么会没有了呢？"画黛玉的女子把白碟子敲得仿佛要碎掉。

粘漓江的女子不作声，细细寻觅，轻声说，找到啦！你怎么就不看看眼底下！

"我们画个玛瑙人送给你！"两人说。

我深深感谢这份温馨的情意，只是定睛看去，心中又暗暗失望：这哪里是美丽的玛瑙人啊？只是一堆零碎的半透明小石片！

这就像是哪吒的莲花身，看看每一截儿都不像，合起来就稳是那个人了。画黛玉的女子在一张白纸上随笔勾了个图，果然是翩翩欲飞的舞蹈形象。

"我给你胶，你回去照这个样子一粘就画出来了。"她说。

"我可是个笨手笨脚的人……"我没把握地说，心中半信半疑，"这把碎屑真能变成那般婀娜吗？"

"我帮你粘起来吧。"画漓江的女子说。

她找来一块白布，敷在一块纸板上，一个简单的画框便出来了。她灵巧地抹着胶，把碎玛瑙按在上面……仿佛她的指尖有魔力，那个舞女轻盈地飘落在画布上：起伏的胸，雪白的裙，挺拔的腿，高昂的头……尤其是她的双臂，像展开的翅膀，仿佛在向苍天祈求着某种祝福……

"好吗?"她俩歪着头问我。

"好,极好。"我由衷地说,惊讶于这两个山野中的姑娘对于石头的想象力。

"好像……单薄了些,她张着两只手,像在求什么,求什么呢?什么……"画黛玉的女子自言自语。

她俩便一齐静默了,你望着我,我望着你,彼此的瞳孔里却都没有对方的影像,一片空茫。

我不敢插言,怕打破了她们的想象。

"让她祈求月亮吧。"画漓江的女子怯怯地说,好像怕惊飞一只鸟。

"好!就找一颗紫月亮!"画黛玉的女子叫着,把盛满紫牙乌宝石的碟子搅得翻江倒海。

"紫月亮?"我轻轻地讶异!

"对!紫月亮!在最晴朗的夜晚,你久久地盯着月亮看,直到眼睛酸了都不要眨,就会看到月亮透出紫色……"画漓江的女子说。

她俩配合得真默契。我想,是宝石给了她们相通的灵犀。

"那么是初月、残月,还是满月呢?"画黛玉的女子问。

"满月!是满月!"我们三个几乎一块儿喊出。无论从画面的构图重心,还是从玛瑙人企盼的虔诚,那里都只能悬挂一轮满月。

我们像秋风扫落叶一般寻觅每一个角落,把宝石的盆盆碗碗翻得一片狼藉。我们终于找到了两个备选月亮,一个是滴溜溜圆的紫牙乌,规整的形状仿佛用圆规画过,圆得不可思议;一个是锆石的,好像浸在水中,略椭了一些,然而极其晶莹透亮。

紫色的月亮啊,哪一轮更圆?哪一轮更亮?

她俩费了斟酌,反复商量,几乎吵了起来,又征求我的看法。我说了,她们却又不听。

最后，终于照画黛玉的女子的意见办了：在玛瑙人的上方，粘了一轮皓月——用真正的锆石所剪裁的月亮。

"月亮可以不圆，但月亮必须要亮。"她说。

"谢谢你们！"我发自肺腑地说，"回到北京以后，我一定把玛瑙人挂在桌前。祝你们画出更多更好的宝石画。"

"我们一定要画得更好，只是，不可能画得更多。"她们说着，打开远红外取暖器，烤自己颀长而冰冷的手指。桂林的3月，阴雨连绵，空气中有一种潜移默化的寒意。

"为什么呢？"我不解。

"因为宝石是很稀少的。选料要很严格，颜色、质地、花纹都是天然的，要把它们搭配在一起，显出一种美，是马虎不得的……"她俩对我说。

手指烤热了，她们又在冰冷的宝石粉屑中翻拣……

此刻，玛瑙人正立在我的案头，仿佛在向皎洁的月亮祈求什么……每当我写作困顿的时候、慵懒的时候、敷衍的时候、畏葸的时候，我就想起两个创造它的普通女工。

我便振作起来，不敢懈怠。

在海参崴闭上眼睛

我以前读不准俄罗斯海参崴的"崴"字,自以为是地念作"海参威",觉着透出一股忧郁的蓝色气息。到了东北,才知道这原是一个极乡土气的地名。崴子,是山东话,意为"水湾"。海参崴,就是出产海参的湾子。

在地图上,海参崴是个被圈在圆括号里的小名。那地方的大名叫"符拉迪沃斯托克"。

多拗口的地名!

我们作为旅游者来到远东这座美丽的海滨城市,轿车在细雨霏霏的街道上疾驶,观赏着异国的风光。俄罗斯女导游娜佳迫不及待地拿出一张黑白人物照片,约莫有一英尺见方,上下晃动着,眉飞色舞地向我们解说着什么。

娜佳名为导游,其实并不通汉语。我们随着汽车的颠簸,注视着相片上那个留着小胡子的俄国军人高傲的面庞,莫名其妙。

娜佳神采飞扬地讲完了,示意随团的中方翻译将她的话译过来。

我方精干的小翻译没来由地结巴起来,无端地咳嗽。旅游车里一瞬变得很静。中国人和娜佳对望着,视线的焦点集中在相片上的那人上。

中方翻译终于开口了，相片上的人叫穆拉维约夫，是沙俄时代的将军，他是第一个踏上海参崴的俄国人……

窗外是蔚蓝色的港湾，天空缀着白色的海鸥。远处，庞大的舰群像钢灰色的山峦，岿然不动。

我凝视着相片上须发森然的将军，心想，从世界上发明第一张照片到今天，不过百十年的历史，可生活在这块土地上的人，岂止繁衍了千百年？第一个踏上这片土地的俄国人，居然留下了如此清晰的照片，历史的神经已经错乱。

小翻译顿了顿，继续说，这里原来是中国的领土。19世纪中期，任俄国东西伯利亚总督的穆拉维约夫多次武装侵入中国的黑龙江流域，1858年用武力迫使清朝签订了不平等的《中俄瑷珲条约》，1860年又签订了《中俄北京条约》，将海参崴割让给俄国。中国共计失去了100多万平方公里的土地。由于穆拉维约夫扩张领土的功劳，沙皇特封他为阿穆尔伯爵，意为黑龙江伯爵。海参崴也改名叫符拉迪沃斯托克，意为"控制东方"……

娜佳矜持而骄傲地微笑着，她听不懂小翻译的话，以为他是把自己的话全文照译。

我闭上了眼睛，让眼帘暂时隔绝穆拉维约夫将军胜利者的笑容和海参崴明媚的阳光。我看到自己血脉中的红血球在阳光的照耀下，变得像火球一样鲜艳而灼热。

娜佳是无辜的。她向所有访问海参崴的外国人都这样介绍着海参崴的历史。对于他们来说，历史的确是从穆拉维约夫将军开始的。

在海参崴面对历史的沉重与沧桑时，我们无话可说，只有闭上眼睛，听凭血液澎湃地涌动。

在海参崴还听到一个故事。据说穆拉维约夫将军在签约的最后关头动了小小的恻隐之心，给中国留下一个小镇作为出海口，在那里矗立了一块中国的界碑。不想巡逻边防的清军嫌那个小镇太偏远了,每日巡逻的时候,都要把界碑往我方扛几步。就这样,他们走得越来越轻松。终于有一天,卫国的军士们巡察国境时再也不用走那么远的路了——中国已经永远丧失了它在远东最后的出海口。

我不知这个故事是否真实。假如它是真的,我们有太多太多的话要说。